VOM BIEST GEBÄNDIGT

INTERSTELLARE BRÄUTE® PROGRAMM:
BAND 8

GRACE GOODWIN

Vom Biest gebändigt Copyright © 2020 durch Grace Goodwin

Interstellar Brides® ist ein eingetragenes Markenzeichen
von KSA Publishing Consultants Inc.
Alle Rechte vorbehalten. Dieses Buch darf ohne ausdrückliche schriftliche Erlaubnis des Autors weder ganz noch teilweise in jedweder Form und durch jedwede Mittel elektronisch, digital oder mechanisch reproduziert oder übermittelt werden, einschließlich durch Fotokopie, Aufzeichnung, Scannen oder über jegliche Form von Datenspeicherungs- und -abrufsystem.

Coverdesign: Copyright 2020 durch Grace Goodwin, Autor
Bildnachweis: Deposit Photos: _italo_, ralwel

Anmerkung des Verlags:
Dieses Buch ist für volljährige Leser geschrieben. Das Buch kann eindeutige sexuelle Inhalte enthalten. In diesem Buch vorkommende sexuelle Aktivitäten sind reine Fantasien, geschrieben für erwachsene Leser, und die Aktivitäten oder Risiken, an denen die fiktiven Figuren im Rahmen der Geschichte teilnehmen, werden vom Autor und vom Verlag weder unterstützt noch ermutigt.

WILLKOMMENSGESCHENK!

TRAGE DICH FÜR MEINEN NEWSLETTER EIN, UM LESEPROBEN, VORSCHAUEN UND EIN WILLKOMMENSGESCHENK ZU ERHALTEN!

http://kostenlosescifiromantik.com

INTERSTELLARE BRÄUTE® PROGRAMM

*D*EIN Partner ist irgendwo da draußen. Mach noch heute den Test und finde deinen perfekten Partner. Bist du bereit für einen sexy Alienpartner (oder zwei)?

Melde dich jetzt freiwillig!
interstellarebraut.com

1

Tiffani Wilson, Abfertigungszentrum für Interstellare Bräute, Erde

ER HOB mich hoch und meine vollen Brüste pressten gegen die glatte, kühle Oberfläche der Wand während sein Schwanz von hinten in mich eindrang. Ich spürte seinen massiven Brustkorb an meinem Rücken und war schockiert über seine Größe. Er war über eins achtzig groß und keiner meiner Liebhaber war je imstande gewesen, mich zu dominieren, mich zurechtzuweisen, selbst, als ich noch dünn war. Nie zuvor hatte ich mich dermaßen ... klein gefühlt. Nicht auf diese Art und Weise.

Er war enorm und es fühlte sich an, als würde sich ein Riese hinter mir auftürmen. Ich blickte auf den gigantischen Arm und die Hand, die meine Handgelenke über meinem Kopf zusammenpresste. Sein Bizeps hatte locker die Größe meines Oberschenkels und war felsenfest. Genau wie der Schwanz, der mich ausdehnte und bis zur Schmerzgrenze ausfüllte.

"Mir." Das Wort war ein undeutliches Knurren, meine Pussy aber antwortete darauf, indem sie sich zusammenzog. Es gab keinen Zweifel an seinem Anspruch an mich, nur rohes Verlangen, Lust.

Lust? Niemand hatte je nach mir gelüstet; ich war zu groß, zu üppig, zu viel für die Männer. Aber dieser hier? *Er?*

Mit einem schnellen Hüftstoß drang er in mich ein, sein fester Körper rammte in mich hinein wie ein Eroberer. Wieder und wieder. Mein gesamter Körper erbebte vor Wucht, meine Finger versuchten, sich an der Wand festzukrallen, vergeblich. Mit seinen Händen an meinen Handgelenken und seinem Schwanz tief in meinem Körper hielt er mich aufrecht. Und ich genoss jede Sekunde davon, mein Verstand war vor lauter Lust und Bedürftigkeit wie vernebelt, vor Hingabe. Ich würde mich ihm ausliefern. Er würde nicht von mir ablassen, bis ich es tat.

Ja. Ich gehörte ihm. Irgendwie wusste ich einfach, dass er mir gehörte. Ich wusste noch nicht einmal, wie er aussah und es kümmerte mich nicht, nicht mit seinen Händen auf meinem Körper und seiner harten Länge zwischen meinen Beinen.

"Halt still." Der Befehl glich einem tiefen Grollen und ich blickte nach oben, als er meine Handgelenke losließ.

Wieso hatte ich es nicht mitbekommen, wie er mir ein paar eigenartige Metallarmbänder angelegt hatte? Sie waren etwa zehn Zentimeter breit und mit einem auffälligen Muster aus Gold, Silber und Platinum verziert, das mein Verstand aber nicht richtig erfassen konnte. Sein Schwanz nahm meinen Geist voll und ganz in Besitz.

Mit jedem seiner Hüftstöße musste ich keuchen, als würde seine harte Länge die Luft aus meinen Lungen herauspressen.

Ich wollte meine Hände anheben, meine Position wechseln, aber sie waren fest mit einem Ring an der Wand fixiert. Als mir bewusst wurde, dass alle Bemühungen vergebens waren, zerrte ich erneut an dem Ring und die Gewissheit, dass ich mich nicht rühren konnte, machte mich nur noch heißer. Ein vollkommen unbekanntes Geräusch entwich meinen Lippen. Meinem Partner schien meine Unterwürfigkeit zu gefallen, denn er knurrte erwidernd und senkte seine Lippen an meinen Nacken und meine Schulter, während er weiter immer wieder in mich hineinstieß, und zwar schnell genug um mich anzuheizen, aber ohne mir dabei die ersehnte Erleichterung zu gewähren.

"Bitte." War ich wirklich dabei, ihn anzubetteln? Himmel, das *tat* ich und ich wollte das Wort so lange hervorträllern, bis er mir gewähren würde, wonach ich mich sehnte.

Als Antwort darauf schlang der Mann hinter mir, mein Partner, seine Hände um meine Schenkel und spreizte mich weiter auseinander, er hob mich hoch, bis meine Stirn gegen die Wand presste und er fickte mich mit einem harten, hämmernden Takt, der mich höher und höher und immer näher an die Schwelle brachte.

Feuchte Fickgeräusche und das laute Klatschen von Fleisch, das auf Fleisch prallte erfüllten den Raum und hinter mir hörte ich, wie er keuchend nach Luft rang.

Nie hatte man mich so festgehalten, mit gespreizten Beinen und entblößter Pussy war ich ihm komplett ausgeliefert. Die Gewissheit, dass mir nichts anderes übrig blieb, als mich zu unterwerfen, zu akzeptieren, was er mir gab, machte mich dermaßen heiß, so verdammt geil, dass ich ihn anbettelte. Ich bettelte darum, dass er mich anfassen würde. Mich beißen würde. Irgendetwas, dass mich über die Schwelle katapultieren und mich kommen lassen würde.

Ich hatte keine Ahnung, wo ich mich befand oder wer er eigentlich war, aber das kümmerte mich nicht. Er gehörte mir. Mein Körper kannte und akzeptierte diese Wahrheit und als er eine Hand anhob und meine volle Brust knetete, konnte ich nichts dagegenhalten. Das wollte ich auch nicht.

"Mehr." Ich-sie-dieser Körper flehte darum, mich härter und schneller zu ficken. Ich wollte und musste ein bisschen *mehr* Schmerz spüren, etwas mehr Intensität, um mich zu brechen und kreuz und quer auf seinem Schwanz kommen zu lassen. Es war ein düsteres Verlangen in mir, etwas, dass ich bisher mit niemanden geteilt hatte, aber irgendwie wusste er es.

"Nein." Seine tiefe Stimme klang mehr wie die eines Tieres und wenn ich es wagen würde, wenn ich mich umdrehen würde, dann würde ich keinen Menschen hinter mir erblicken, sondern etwas Anderes, etwas ... Größeres. Die Vorstellung ließ mich vor Hitze erbeben und ich ballte die Hände zu Fäusten, um mich an der Wand abzudrücken und mich tiefer auf seinen Schwanz zu setzen, damit er mich noch härter fickte. Ich wollte mehr. Ich wollte alles.

"Mehr. Bitte." Ich erkannte meine Stimme nicht, aber das war mir egal. Ich klang verzweifelt und geil und genau so fühlte ich mich.

Daraufhin stieß er hart und tief in mich hinein, er traf meine Gebärmutter und ein kurzer Schmerz fuhr durch mich hindurch. Mit einem Schaudern warf ich den Kopf nach hinten auf seine Schulter und wickelte meine Unterschenkel so gut ich konnte um seine Beine, um ihn tief in mir drin zu behalten, genau da, wo ich ihn brauchte.

Da meine Beine jetzt um ihn geschlungen waren, ließ er meine Schenkel los und packte stattdessen meine Brüste. Mit jedem Hüftstoß verlagerte er ein winziges Bisschen seine Stellung, aber der leichte Positionswechsel bewirkte, dass sein Schwanz tiefer in mich eindrang, immer wieder. Er zwang mich dazu, still zu halten und ihn zu reiten, während er meine Nippel zu harten Spitzen bearbeitete und ich winselte. Meine Pussy zog sich zusammen, dann ließ sie seine harte Länge los und ich versuchte mit den Hüften zu wackeln, damit er schneller machte.

"Mir."

Heilige Scheiße. Er ließ sich von

nichts ablenken! Sollte ich ihm etwa nachsprechen? Es ihm bestätigen?

"Mir." Warum wiederholte er das immer wieder?

Mein Körper schien die Antwort zu kennen, zu verstehen, was genau er von mir wollte. "Ja. Ja. Ja."

Mit jedem Wort fickte er mich heftiger, als ob meine Einwilligung dafür sorgte, dass er die Beherrschung verlor.

Als er eine Hand auf meinen Kitzler legte, schrie ich fast vor Verlangen, aber er hielt mich einfach nur dort fest, kein Streicheln, kein Reiben.

Meine Handfesseln rasselten, als ich mich an ihnen hochziehen und meine Hüften nach vorne schieben wollte, damit er mich so anfasste, wie ich es brauchte.

Sein Schmunzeln war so tief gehend und mir wurde klar, dass ich gerade etwas dermaßen Großes und Mächtiges *spürte*, etwas dermaßen Enormes, dass ich mir im Vergleich dazu wahrlich klein vorkam. Und ich wusste, dass er mich neckte, dass er mich weiter betteln hören wollte.

"Bitte."

Eine Hand verweilte auf meinem Kitzler und seine andere Hand wanderte in mein Haar, wo sie sich verhedderte und er meinen Kopf nach hinten zog, bis sich mein Hals wie eine köstliche Opfergabe nach hinten krümmte. "Liebling."

Seine Lippen strichen über mein Ohr und das sinnliche Versprechen dieses einen Wortes ließ mich zusammenzucken. Ja. Ich wollte ihn. Er gehörte mir. Für immer. Ich leckte mir die Lippen, ich war endlich bereit, die Worte zu sprechen, die ihn um seine eiserne Beherrschung bringen würden. "Fick mich, Liebling. Mach mich zu deiner Braut."

Ein Schauer lief ihm über Arme und Brust. Sein gesamter Körper bebte, als er die Kontrolle verlor. Er hielt mich an den Haaren fest und seine heftigen Stöße lösten meinen Griff um seine Beine, wie eine Maschine schob er sich immer wieder in mich hinein, hart, schnell, erbarmungslos.

Dann zog er sich fast vollständig aus mir heraus und die Schwerkraft tat ihr übriges, durch mein Körpergewicht wurde ich wieder und wieder von seinem Schwanz aufgespießt, es war eine rasante Inbesitznahme, die mir ein Wimmern aus der Kehle zwang.

Auf dieses Zeichen der Kapitulation musste er gewartet haben, denn er begann, meinen Kitzler zu reiben, und zwar ein wenig derbe, genau so, wie ich es mochte.

Mit zurückgehaltenem Kopf ließ ich mich mehr und mehr gehen, ich ritt eine Empfindung nach der anderen, während er mich wie sein Ein und Alles durchfickte, als würde er nie genug von mir bekommen. Als müsste er sterben, sollte er mich nicht mit seinem Samen füllen und für immer erobern können.

Ich fühlte mich mächtig und feminin. Schön. Und ich hatte mich nie schön gefühlt. Der Gedanke lenkte mich ab, bis er von meinem Haar abließ und mir mit der freien Hand einen stechenden Klatscher auf den nackten Arsch verpasste.

Ich erschrak und meine Pussywände verkrampften sich um seinen Schwanz herum. Ich ächzte. Er stöhnte.

Erneut schlug er mich und irgendwie wusste er, dass ich es rabiat mochte, dass mir das schrille Stechen des Schmerzes gefiel.

Klatsch!

Rein. Raus.

Klatsch!

Klatsch!

Er versohlte mir den Hintern, bis die Hitze sich wie ein Lauffeuer in meinem Körper ausbreitete und mich von innen nach außen konsumierte.

Als ich kaum noch denken, kaum noch atmen konnte, hielt er inne. Langsam, so langsam, dass es sich wie eine Ewigkeit anfühlte, zog er aus meiner dick geschwollenen Pussy heraus, dann stieß er noch einmal in mich hinein. Ich saß auf seinem Schoß und er bedeckte meinen Rücken mit seinem schweißverklebten Torso, er nahm mich gefangen, seine Arme waren um meine Hüften geschlungen und seine eifrigen Hände spielten mit meiner Pussy.

"Komm jetzt."

Sachte strich er mit den Fingern an meinem Kitzler hoch und runter, jedes zarte Streichen ließ meine Nerven fast explodieren und er spreizte meine Schamlippen mit je zwei Fingern weit auseinander und hielt mich geöffnet, um mit den restlichen Fingern an meinem Kitzler zu schnippen und zu reiben. Er war so grob und jetzt war er so sanft zu mir. Er hatte beides drauf. Er konnte *alles* sein.

Als mein Orgasmus mich überrollte, verlor ich den Kontakt zur Realität. Aus der Ferne hörte ich das Kreischen einer Frau, ich wusste, dass ich es war, aber ich schwebte in einem Sturm der Gefühle, der von meinem Partner zusammengehalten wurde. Er hielt mich fest, damit ich nicht herunterfiel, er bot mir Schutz, während ich nahm und nahm und nahm.

Mein Körper pulsierte vor Wonne und einen Moment lang wurde mir schwindelig, ich war wie benommen. Ich schloss meine Augen und nahm einen ruckartigen Atemzug, während die Zuckungen schließlich nachließen und meine verkrampften Muskeln sich entspannten. Und plötzlich wurde mir kalt, ich vermisste die Wärme meines Partners an meiner Rückseite.

Panisch und verunsichert öffnete ich die Augen, die grellen Lichter einer medizinischen Einrichtung ließen mich ein paar Mal blinzeln. Neben dem eigenartigen Bett, auf dem ich zu liegen schien, wachte eine Frau, die mich mit besorgter Miene anstarrte. Ich wollte mir die Augen reiben, stellte aber fest, dass das nicht möglich war, denn meine Handgelenke waren an einer Art überdimensionalem Zahnarztstuhl fixiert.

Als ich an mir herabblickte, fiel mir alles wieder ein. Ich trug einen grauen, am Rücken geöffneten Krankenhauskittel. Darunter war ich nackt, mein jetzt klatschnasser Arsch und meine glitschigen Oberschenkel waren der Beweis für meine offensichtliche Erregung. Ich befand mich im Zentrum für Alien-Bräute in Miami. Erst gestern war ich, nachdem ich meinem Chef in dem Restaurant in Milwaukee erklärt hatte, dass er sich am Arsch lecken könne und nachdem ich inmitten meiner Schicht abgehauen war, hierher geflogen. Wie verdammt gut sich das angefühlt hatte.

Das verdammte Flugticket hatte mich mein gesamtes Erspartes gekostet, aber das wir vollkommen egal. Ich brauchte eine Veränderung. Eine gigantische Veränderung. Und ich würde nicht zurückgehen.

"Miss Wilson, geht es ihnen gut?"

Die Frau trug eine dunkelgraue Uniform mit einem eigenartigen, lilafarbenen Abzeichen über der linken Brust. Jetzt erinnerte ich mich an sie, es war die Aufseherin Egara. Sie war ziemlich freundlich gewesen und durch und durch professionell, was ich sehr schätzte. Meistens waren die Leute wegen meiner Größe überrascht, selbst beim Arztbesuch.

Die Aufseherin war schlank und gutaussehend, also alles, was ich nie von mir hätte behaupten können. Wahrscheinlich standen die Männer Schlange, um ein Date mit ihr zu ergattern, um sie auszuziehen und sie auf ihren Schwänzen reitend kommen zu lassen.

Und ich? Männer baten mich, auf ihre Hunde aufzupassen oder ihnen Kaffee zu bringen. Der Orgasmus von eben? Seit dem Ende meiner Schulzeit war es das erste Mal, dass ich es von einem Mann besorgt bekommen hatte. Hin und wieder hatte ich zwar den einen oder anderen Liebhaber gehabt, aber keiner von ihnen war stark genug gewesen, um mich hoch zu heben und von hinten auszufüllen. Keiner von ihnen wusste, wie er mich richtig anzufassen hatte, wie er mich an die Schwelle brachte, mich neckte und anschließend eroberte.

Mein Blick war verschwommen und ich konnte mich nicht davon abhalten, in der Erinnerung des Traumes zu schwelgen, ich musste an den riesigen Schwanz denken, der mich ausfüllte bis es leicht weh tat, ich musste an diese riesigen Hände zurückdenken, unter denen ich mich begehrenswert und klein fühlte. Ich fühlte mich wie ... sie. Mein anderes Ich, das nicht wirklich existierte, das nur in meiner Fantasiewelt lebte. Genau wie *er*.

"Miss Wilson?" Die Aufseherin blickte auf mich herab und musterte mich gründlich, was mir in diesem Moment äußerst unangenehm war, denn mein nackter Arsch war vollkommen nass vor Erregung als ich auf dem Stuhl herumrutschte.

"Mir geht's bestens." Ich wollte den Kittel, der jetzt meine halben Oberschenkel entblößte zurechtziehen, aber die Handgelenksfesseln stoppten mich abrupt. Verdammt.

"Sind sie sicher? Der Auswahlprozess kann recht ... intensiv sein."

So also bezeichnete man sinnesbetäubende Orgasmen heute? Intensiv? Zum Teufel, ja, es war intensiv. Ich hätte dann bitte mehr davon.

Sie wirkte verständnisvoll und ich wollte ihr alles erzählen. Verdammt, ich wollte ihr eine dringende Frage stellen, die ich mich vorher nicht zu fragen getraut hatte. Aber mir fehlte der Mut dazu. Die Antwort machte mir Angst. Stattdessen lächelte ich aufgesetzt. "Ja. Mir geht's gut."

"Ausgezeichnet." Sie lächelte und nickte, scheinbar überzeugte sie mein halbherziges Lächeln davon, dass ich nicht durchdrehen oder einen Nervenzusammenbruch erleiden würde. Offensichtlich musste sie nie während einer geschäftigen Abendschicht mit kotzenden Gören und besoffenen Vollidioten kellnern. Ich konnte mit sehr viel mehr Stress als dem hier klarkommen. Und der stressige Orgasmus? Nun, das war absolut kein Stress. Es war … überwältigend.

Ich versuchte mich zu entspannen und lehnte mich in den Stuhl zurück. Ich zählte, während ich Luft in meine Lungen sog. Vier ein, vier aus. Das war meine Methode, um einen klaren Kopf zu bewahren.

Der Raum war weiß und steril, wie in einer Klinik und ich kam mir vor als befände ich mich in einer Notaufnahme, nicht in einem Abfertigungszentrum für Bräute, aber wenn man dabei war, sich für ein Leben als Braut eines Aliens zu entscheiden, liefen die Dinge wohl ein bisschen anders.

Ihre Finger glitten rasant schnell

über ein kleines Tablet, ich konnte ihr nicht folgen und ehrlich gesagt kümmerte es mich nicht, womit sie gerade beschäftigt war, solange diese blöde Verpartnerung funktionieren würde. Und wie mir klar wurde, wusste ich nicht, ob sie funktioniert hatte.

"Hat es funktioniert? Habe ich einen Partner?" Ich schwöre, als ich auf ihre Antwort wartete, hörte mein Herz einen Moment lang auf, zu schlagen.

"Oh ja. Natürlich."

Ich zuckte zusammen und musste lauthals seufzen, selbst in meinen Ohren klang es laut und in einer mitfühlenden Geste legte sie ihre Hand auf meine Schulter. "Entschuldigen sie, mir war nicht klar, dass sie sich darum Sorgen gemacht haben. Sie wurden dem Planeten Atlan zugeteilt."

Über Atlan wusste ich absolut nichts, aber das hinderte das Fünkchen Hoffnung in meiner Brust nicht daran, sich wie ein Lauffeuer auszubreiten. Ich wurde tatsächlich jemandem zugeteilt.

Heilige Scheiße. "Und mit dieser Verpartnerung ... sind sie sicher, dass der Alien mich als seine Partnerin haben will? Sind sie sicher, dass das Ganze auch funktioniert?"

"Allerdings!" Sie tätschelte noch einmal meine Schulter und wandte sich dann wieder ihrem Tablet zu.

"Selbst für Mädels wie mich?" Scheiße. Bevor ich mich versah, rutschte meine tiefste Angst über meine Lippen. Ich kniff meinen Mund zusammen und hoffte, nicht anderes würde meinen Lippen entweichen.

Das ließ sie aufhorchen und sie blickte mich erneut an. "Was meinen sie, Mädels wie sie? Sind sie verheiratet? Denn sie wurden bereits gebeten, diese Frage unter Eid zu beantworten. Wenn sie gelogen haben, können wir sie nicht abfertigen."

Verheiratet? Als ob.

Ich seufzte. Mensch! Musste ich es ihr denn extra vorkauen? Mit ihrer Kleidergröße sechsunddreißig und ihrem C-Körbchen musste sie sich wohl noch nie Sorgen machen, dass man sie attraktiv finden würde. Ich musterte ihre besorgten, grauen Augen und beschloss, dass ich es ihr sehr wohl verklickern musste. Zum Teufel. Ich atmete tief durch, nahm meinen ganzen Mut zusammen und spuckte die Worte so schnell wie möglich aus: "Mädels wie ich. Größere Mädels."

Als wäre sie überrascht, zog sie die Augenbrauen nach oben, ihr Blick wanderte kurz und prüfend über meinen Übergrößen-Körper, bevor sie sich wieder meinem Gesicht zuwandte. Ihr Grinsen war eines der besten Dinge, dass ich je erlebt hatte. "Liebes, machen sie sich keine Sorgen, dass sie zu klein für einen Atlanischen Kriegsfürsten sein könnten. Für einen Atlanischen Kriegsfürsten könnten sie ein wenig zu klein erscheinen, aber sie sind seine auserwählte Partnerin. Sie werden perfekt füreinander sein."

"Zu klein?" Machte sie sich etwa

lustig über mich? Seit ich zehn Jahre alt war, konnte ich nur noch in der Übergrößenabteilung passende Kleider finden.

"Die Frauen auf Atlan sind mindestens einen Kopf größer als die Durchschnittsfrau auf der Erde und die Atlanen brauchen eine Frau, die stark genug ist, um sie zu bändigen."

"Was meinen sie mit 'bändigen'?"

"Sie sind nicht menschlich, Tiffani. Atlanische Krieger haben eine Bestie in sich stecken. Wenn sie kämpfen oder ficken wollen, dann kommt ihre Bestie zum Vorschein. Stellen sie sich einen Planeten vor, auf dem alle Männer wie Hulk aussehen. Sie sind in der Tat etwas kleiner als die einheimischen Frauen, aber Stärke ist sowohl mental als auch physisch. Sie werden perfekt zu ihm passen."

Ich erinnerte mich an die riesige Hand, die meine Handgelenke umfasste, den riesigen Schwanz, der mich dehnte, die massive Brust an meinem Rücken …

Ich erschauderte vor Vorfreude. Ja. Ich wollte das nochmal spüren. Wenn es so mit einem Atlanen lief, dann war ich hin und weg. Absolut. "Okay. Ich bin bereit."

Daraufhin kicherte sie. "Nicht so schnell. Als Erstes müssen wir einige wichtige Protokollfragen durchgehen. Für die Akten, geben sie bitte ihren Namen an."

"Tiffani Wilson."

Sie nickte. "Sind sie momentan verheiratet oder waren sie es zu irgendeinem Zeitpunkt?"

"Nein."

"Haben sie biologische Kinder?"

"Nein."

Ihre Finger bewegten sich rasant, ihre Stimme klang monoton und maschinenmäßig, als hätte sie exakt dieselben Worte hunderte Male wiederholt. "Als Braut werden sie nie mehr zur Erde zurückkehren, denn sie wurden dem Planeten Atlan zugeteilt und alle zukünftigen Reisen unterliegen den Gesetzen und Bräuchen ihres neuen Planeten. Sie werden die Erdenbürgerschaft aufgeben und offizielle Bürgerin ihres neuen Heimatplaneten werden."

Heilige Scheiße. Ihre Worte waren wie ein Eimer kaltes Wasser und die Enormität meiner Entscheidung wurde mir schließlich bewusst. Ich würde keine Bürgerin der Erde mehr sein? Wie war das überhaupt möglich?

Die nackte Panik kroch mit eisigen Fingerspitzen an meiner Wirbelsäule entlang, während sich die Wand zu meiner Linken öffnete und den Blick auf ein kleines, hellblau beleuchtetes Kämmerchen freigab.

"Ähm ..."

"Ihr Brautgeld soll an die humanitäre Gesellschaft von Milwaukee, Wisconsin gespendet werden, ist das korrekt?" wollte sie wissen, als könnte sie meine wachsende Besorgnis nicht wahrnehmen. Ich würde nicht länger Bürgerin der Erde sein? Ich wollte zwar einen Partner, aber vielleicht war ich doch zu weit gegangen.

"Miss Wilson?"

"Ja, spenden sie das Brautgeld." Da ich *nicht länger Bürgerin der Erde sein würde*, könnte ich mit dem Geld sowieso nichts anfangen und ich hatte niemanden, an den ich es weiterreichen könnte. Letztes Jahr war Sofie, meine fünfzehn Jahre alte Calico-Katze an Leukämie gestorben. Meine Eltern waren beide tot, meine Cousins lebten in Kalifornien, am anderen Ende des Landes und wir standen uns bei Weitem nicht nahe. Ich war allein auf der Welt und hatte nichts zu verlieren.

Mein Stuhl fuhr zur Seite und ein großer, metallischer Arm mit einer gigantischen Nadel kam aus der Wand heraus auf mich zu. Ich lehnte mich zur Seite und versuchte, der Nadel aus dem Weg zu gehen.

"Keine Angst, Tiffani. Damit wird ihnen die NPU eingepflanzt."

"Was zur Hölle ist das?" Beklommen beäugte ich die Nadelspitze.

"Die neurale Verarbeitungseinheit. Sie wird ihnen helfen, die Sprache auf Atlan zu erlernen und zu verstehen."

Okay. Ich hielt still und presste meine Hände zusammen, bis meine Knöchel weiß wurden. So so, ein universelles Dolmetscherding wie in *Star Trek*? Meinetwegen.

Die Nadel stach ein, genau hinter meiner Schläfe und etwas tiefer, ich versuchte, den Schmerz zu ignorieren, während das Gerät zügig herauszog, nach links rotierte und auf der anderen Seite den Vorgang wiederholte.

Als der Metallarm wieder in der Wand verschwand, schnappte mein Stuhl vorwärts und ich wurde in einen warmen Pool mit klarem, blauem Wasser abgesenkt.

"Ihre Abfertigung erfolgt in drei, zwei ..."

Ich machte die Augen zu. Mein Herz hämmerte wie wild vor lauter Adrenalin und ich wartete darauf, dass sie 'eins' sagte. Ich wartete und wartete.

Sie seufzte. "Nicht schon wieder."

Mein Stuhl stoppte und als ich die Augen öffnete, erblickte ich die Aufseherin, wie sie die Stirn runzelte. Sie eilte zu einem Steuerpanel an der Wand des Untersuchungsraums und ich blickte ihr nach.

Verängstigt und verwirrt machte ich große Augen. "Was ist los?"

Sie blickte kurz zu mir, dann wandte sie ihren Blick von meinen Augen ab. "Es gibt ein Problem mit dem Transportzentrum auf Atlan. Es tut mir leid. Das ist bisher nur einmal vorgekommen."

Toll. Sie wollten mich nicht. Ich wusste es, tief in meinem Inneren spürte ich es. Mein Herz in meiner Brust zersplitterte, all die Hoffnung, die ich zuletzt investiert hatte, die Hoffnung auf einen Mann, der mich tatsächlich wollte, der mich hübsch und begehrenswert und sexy fand? Weg war sie und die

Überreste waren wie ritzende Scherben in meinen Eingeweiden; jetzt fühlte ich mich noch beschissener, weil ich es gewagt hatte, von etwas Besserem zu träumen. "Na schön. Holen sie mich aus diesem Stuhl raus, damit ich nach Hause gehen kann."

Sie schüttelte nur mit dem Kopf und ignorierte mich, als sie zu jemanden auf dem Bildschirm sprach, jemanden, den ich nicht sehen konnte. Aber ich konnte die Stimme hören. Es war eine Frauenstimme, aber ich konnte nicht ausmachen, was sie sagte, ich hörte nur Aufseherin Egara sprechen.

"Sarah, was ist los?" Sie hielt inne und lauschte. "Was? Das kann nicht sein." Wieder wurde sie still. "Ich verstehe. Was soll ich laut Kriegsfürst Dax nun tun?" In ihrer Stimme vernahm ich steigende Nervosität. "Nein, er hat schon eine Partnerin und sie ist ein Mensch. Sie sitzt bereits im Stuhl und wartet auf ihre Abfertigung." Es folgte eine lange Pause. "Das kann ich nicht.

Die Transportationsgenehmigung ist automatisch deaktiviert worden. Ich werde eine neue Genehmigung brauchen." Sie seufzte. "Okay. Gib mir fünf Minuten."

Die Aufseherin verabschiedete sich und kam mit eng zusammengezogenen Augenbrauen auf mich zu gelaufen, ihre Lippen bildeten eine schmale Linie. Ihre Schultern waren verkrampft und ihre Schritte waren klein und abgehackt, als wären ihre Muskeln dermaßen verspannt, dass sie sich kaum noch rühren konnte.

"Was ist los? Sagen sie mir, was hier los ist." Ich zerrte an den Fesseln und die Aufseherin erhob die Hand zu einer Geste, die mich wohl beruhigen sollte.

"Ihr Partner, Kommandant Deek, ist dem Paarungsfieber erlegen."

Damit hatte ich nicht gerechnet. Ich ging davon aus, dass er es sich anders überlegt hatte. Aber Paarungsfieber? "Was soll das heißen?"

Sie seufzte und ließ ihre Hand

wieder fallen. "Atlanische Krieger sind sehr groß; die größten, mächtigsten Krieger der gesamten Koalitionsflotte."

Bei ihren Worten zog sich meine Pussy zusammen. Oh ja, verdammt, ich wusste genau, wie groß sie waren. "Und?"

"Also, wie ich ihnen bereits erklärt habe, können sie auch einen Zustand einnehmen, der als Bestienmodus bezeichnet wird, auf dem Schlachtfeld werden sie größer und stärker, oder wenn sie ..."

"Ficken?" Das tiefe, rollende Knurren in meinem Ohr, die einsilbige Unterhaltung aus meinem Abfertigungstraum ergab jetzt mehr und mehr Sinn. Bestienmodus. Verdammt, das hörte sich scharf an. "Und? Wenn er sich aufregt, dann wird er wie Hulk. Ich verstehe. Das haben sie mir schon mitgeteilt. Wo also liegt das Problem?"

"Wenn sie zu lange warten, eine Partnerin für sich zu beanspruchen, dann verlieren sie die Kontrolle über ihre Bestie. Sie verwandeln sich und können sich nicht mehr zurückhalten. Bekanntermaßen haben sie dann schon ihre eigenen Freunde und Verbündete umgebracht, Männer, mit denen sie jahrelang Seite an Seite gekämpft hatten. Wenn es einmal so weit ist, kann sie niemand anderes mehr retten. Nur eine einzige Person im Universum können sie dann noch wiedererkennen, auf sie reagieren."

Ich wartete und bekam kaum noch Luft, als sie ihre Ausführung beendete.

"Ihre Partnerin."

Ich entspannte mich, die Nervosität schwand aus meinen Schultern. "Okay. Großartig. Senden sie mich zu ihm. So verlangt es das Protokoll, richtig? Wenn er nur seine Partnerin wiedererkennt, dann wird er Bescheid wissen und seine Bestie wieder unter Kontrolle bekommen."

Sie schüttelte den Kopf. "So einfach ist das nicht. Atlanen werden über spezielle, neurologisch bindende

Partnerschaftshandschellen mit ihren Partnerinnen verbunden."

Ich dachte an die schmucken Goldarmbänder an meinen Handgelenken, an die eigenartigen Muster. "Also brauche ich ein Paar Handschellen, um ihm zu helfen?"

"Sie müssen bereits eine Beziehung führen, bereits zu seiner Partnerin gemacht worden sein, um seine Bestie bändigen zu können. Ich fürchte, er ist verloren."

"Verloren? Können sie ihn nicht finden?"

"Nein, die Bestie hat ihn übernommen. Tiffani, es tut mir leid, aber er ist nicht mehr zu retten."

Nicht mehr zu retten? Der einzige Mann im Universum, der angeblich perfekt zu mir passte, der mich begehren und lieben und akzeptieren würde, war nicht mehr zu retten? "Was passiert dann mit ihm?"

Schließlich blickte sie mir in die Augen und ich wünschte mir, sie hätte es nicht getan. Alles, was ich darin sah, war ein abgrundtiefer, dunkler Brunnen aus Mitleid und Schmerz. "Meine Kontaktperson auf Atlan, eine Braut, die vor nicht allzu langer Zeit dorthin entsendet wurde, sagt, dass er hingerichtet werden soll."

2

Kommandant Deek, Planet Atlan, Bundar-Sicherheitsverwahrung, Block 4, Zelle 11

SCHWEISSGEBADET SCHRECKTE ich aus dem Schlaf auf. Meine Pritsche war im Bestienmodus zu klein für meine Statur und ich legte mich auf die Seite. Drei Tage. Seit drei Tagen befand ich mich in der Hölle. Als ich Zeuge wurde, wie Dax vom Fieber überkommen wurde, hatte es sich über zwei Wochen hinweg langsam aufgebaut. Aber das war mitten im Kampf und seine Wutanfälle wurde zuerst als kämpferische Adrenalinstöße gedeutet. Was verständlich war, wenn man bedachte, was der Kriegsfürst alles mitgemacht hatte.

Bei den meisten Atlan-Kriegern machte sich das Fieber nach und nach bemerkbar, was ihnen genug Zeit ließ, sich eine Partnerin zu suchen, bevor die Bestie sie überwältigte. Aber allem Anschein nach war ich kein normaler Atlanischer Krieger, denn innerhalb eines Tages war ich vom Kommandanten zu einem Dasein als Bestie verdammt worden.

Ich hatte auf unserem *Schlachtschiff, der Brekk* gewütet und vier Krieger waren nötig gewesen, um mich festzunageln. Kriegsfürst Engel, auf Stippvisite von Atlan und ohne Zweifel darauf bedacht, mir das Anliegen seiner unverpartnerten Tochter noch einmal vorzutragen, war gerade anwesend, als ich die Kontrolle verlor, er war dabei, als ich während eines Wutanfalls einen jungen Prillon-

Krieger attackierte. Ich konnte mich an diesen Zwischenfall nicht erinnern, denn das Fieber war einfach zu mächtig gewesen, aber ich hatte das Raumschiff ins Chaos gestürzt. Ein geplanter Angriff auf einen nahen Außenposten der Hive musste verschoben werden und unser Fortschritt im Sektor gegen den Feind wurde zunichtegemacht. Auf der Krankenstation wurde ich mit Bestienmodus dritter Phase diagnostiziert. Das war die letzte Phase des Verfalls eines Kriegers. In diesem Stadium würde mein Verstand weniger und weniger die Oberhand behalten, bis ich vollends zur Bestie heranreifen und nie mehr normal werden würde.

Es gab kein Heilmittel außer einer Partnerschaft. Ich würde meine Partnerin im Bestienmodus ficken müssen, tief in ihrem Inneren kommen, sie markieren, erobern und für mich beanspruchen müssen. Sex im Bestienmodus war nicht das Problem. Ich konnte sie in mir spüren, ihre Wut wurde immer erbitterter und sie suchte einen Weg, um sich abreagieren zu können. Aber ich hatte keine Hive-Soldaten vor mir, die ich töten konnte und ich hatte auch keine Partnerin.

Nichts davon. Ich war eine ernsthafte Bedrohung und wenn ich es nicht schaffen sollte, eine Partnerin zu finden, dann würde mein Fieber nie mehr nachlassen. Als ich in der kühlen Zelle lag, ohne mörderische Schlacht oder eine Frau an meiner Seite, die die Bestie provozierte, wütete das Monster in mir. Meine Haut war schweißgebadet, meine Kleider durchnässt. Normale Fesseln konnten nichts gegen mich ausrichten. In den ersten fünf Minuten meiner Gefangenschaft hatte ich sie aus der Wand gerissen. Nur das Gravitationsfeld war ausreichend stark, um die Bestie unter Kontrolle zu halten und jede Wand meiner Zelle war mit diesem mächtigen Energiefeld versehen, vom Boden bis zur Decke. Die Vorderseite der Zelle schien aus nichts als dünner

Luft zu bestehen, aber ich wusste es besser, denn in der vergangenen Nacht hatte ich mich im Bestienmodus wieder und wieder gegen die unsichtbare Gravitationswand geschleudert. Meine Kraft kam nicht gegen die Mauer an. Meine Bestie hatte es immer wieder versucht und war daran gescheitert.

Und so war ich unmittelbar nach meiner Rückkehr auf meinen Heimatplaneten Atlan zur Hinrichtung verurteilt worden. Dax hatte mich besucht und mir mit der Hoffnung, das Fieber würde nachlassen oder eine Partnerin würde auftauchen, eine viertägige Gnadenfrist angeboten.

So wie ich mich fühlte—ich war ständig am Abgrund, die Bestie in mir war bereit, alles und jeden anzugeifen, was in ihre Nähe kam—, wusste ich, dass das Fieber nicht einfach vorübergehen würde. Ich musste gezwungenermaßen ficken. Aber die Frau, die gerade vor mir stand, machte mich nicht sexhungrig, sondern wütend.

Ich knurrte und mein gesamter Körper vibrierte, schließlich war alles vergeben. Wie konnte es nur soweit kommen? Sicher, in meinem Alter stellte sich normalerweise das Fieber ein, aber doch nicht so! Es gab keine Hinweise, keine Belege dafür, dass die Männer in meiner Familie dermaßen die Kontrolle verloren hatten.

Mein Vater war in den Hive-Kriegen umgekommen, als ich noch ein Junge war, aber er hatte jahrelang gekämpft und war ehrwürdig aus dem Leben geschieden. Mein Großvater hatte fast ein Jahrzehnt lang gekämpft und kehrte nach Hause zurück, er nahm sich eine Braut und diente anschließend auf der anderen Seite des Planeten als Berater für hohe Regierungsmitglieder. Keiner meiner Cousins war je dem Fieber erlegen. Die Tatsache, dass mir das passieren musste, war ein Schandfleck für unseren Familiennamen.

Und ich verstand immer noch nicht, was mit mir los war.

Die fast unkontrollierbare Wut überkam mich unerwartet und mit derartiger Wucht, dass ich an nichts anderes mehr denken konnte und nur noch damit beschäftigt war, die Bestie im Zaum zu halten. Ich konnte nicht mehr klar denken, ich konnte nicht mehr zusammenhängend oder vernünftig sprechen, um mich nach meinem Angriff auf den Prillon-Krieger gegen die Todesstrafe zu verteidigen. Die Bestie in mir, die mein gesamtes Leben lang rastlos und nervös in meinem Inneren ruhte, war jetzt wild und untröstlich geworden.

Zum ersten Mal in meinem Leben hatte ich die Kontrolle verloren. Und dieses Gefühl mochte ich überhaupt nicht.

Eine Partnerin war meine allerletzte Hoffnung. Irgendwie aber beeindruckten die Atlanischen Frauen, die an meiner Zelle vorbeiliefen meine Bestie nicht im geringsten. Sie waren selbst ohne

Partner und stellten sich freiwillig zur Verfügung, um die Bestien der eingesperrten Krieger zu besänftigen, es war eine letzte Chance, sich zu paaren und so das Fieber zu beenden. Oft funktionierte das auch, aber die Bestie im Krieger musste dafür empfänglich sein, sie musste die Frau *begehren*. Mit einer attraktiven Frau zu ficken und so etwas Erleichterung zu finden war für einen Atlanen eine passable Alternative, während des Paarungsfiebers aber reichte das einfach nicht.

Nur eine echte Partnerin konnte das Fieber bändigen. Der Krieger in der Zelle zu meiner Linken hatte eine ebenbürtige Partnerin gefunden, denn ich konnte ihre derben Fickgeräusche hören. Zügellose Lustschreie, feuchte Körper, die aufeinander klatschten und das laute Heulen der Bestie waren in den höhlenartigen Korridoren zu hören. Dieser Zellenblock war fast leer, nur drei Krieger saßen hier ein und alle stammten aus wohlhabenden, hoch angesehenen Familien.

Mein Schwanz pulsierte und pochte und ich riss meinen Hosenstall auf, um meine dicke Länge zu streicheln und so das Unbehagen ein wenig zu mildern. Die Fickgeräusche halfen meinem Schwanz, die ersehnte Erleichterung zu finden. Ich stellte mir vor, wie meine Partnerin mit weit gespreizten Beinen neben mir liegen würde, bereit für meinen Schwanz und begierig darauf, dass ich sie heftig nehmen und erobern würde. An ihren Handgelenken konnte ich ihre Handschellen ausmachen und als mein Samen sich in sie ergoss, wurde unsere Verbindung besiegelt. Aber ich konnte ihr Gesicht nicht erkennen. Und als mein Samen über meine Hand auf den Boden spritzte, ließ das Fieber nicht nach. Ebenso wenig wie mein Verlangen nach der gesichtslosen Partnerin, die, wie ich wusste, mich nicht retten würde —oder konnte.

Ich zog mein Shirt aus und wischte

mir damit den Samen von den Fingern, dann ließ ich es zu Boden fallen, um mit dem Fuß die kleine Pfütze trocken zu wischen. Ich steckte meinen immer noch steifen Schwanz zurück in meine Hose und atmete tief durch.

Das Glühen in meinen Adern, der wilde Zorn wollten einfach nicht nachlassen. Verdammt. Sollte ich mich nicht in den Griff bekommen, würde ich hingerichtet werden. Und das war vielleicht auch gut so. Meine Bestie war eine einzige Furie, ein wildes Tier, das sich gegen seinen Käfig krallte und endlich frei kommen wollte.

"Sie sehen ... gut aus, Kommandant."

Die bange Begrüßung bewirkte, dass ich den Kopf herumriss. Er war berechtigterweise besorgt. Hinter der unsichtbaren Wand standen Kriegsfürst Engel Steen und seine Tochter, jene Atlanische Schönheit, mit der ich seit dem zarten Alter von fünf Jahren verpartnert werden sollte, die umwerfende Tia. Meine Bestie musste aber erst noch Interesse an ihr finden und ich war schon vor langer Zeit zu dem Schluss gekommen, dass sie nicht die Richtige für mich war. Beide begafften mich, als wäre ich ein exotisches Tier in einem Zoo. Vielleicht stimmte das auch, schließlich saß ich hinter einer unsichtbaren Wand fest, stand unter ständiger Bewachung und wurde von Fremden beäugt. Aus der Zelle nebenan waren die Geräusche einer Verpartnerung nicht zu überhören und Tias Wangen liefen schamrot an, der Duft ihrer Erregung versüßte die Luft, während ich sie beobachtete, ihr gelbes Kleid und die Schwellung ihrer üppigen Brüste betrachtete und darauf hoffte, dass meine Bestie sich beruhigen würde und auch nur ein leichtes Interesse an der Frau bekunden würde.

In der benachbarten Zelle kreischte die frisch verpartnerte Frau ihren Höhepunkt heraus und der Krieger im Bestienmodus knurrte. Als das Knurren nachließ, wusste ich, dass das Fieber des

Kriegers umgehend gelindert wurde. Bald schon würde er aus seiner Zelle heraus spazieren, kuriert und verpartnert. Er würde wieder ein freier Mann sein.

Es war mir egal, dass der Atlane eine willige Frau fickte, ihren vollen Körper unter dem Seinen zu spüren bekam und die heiße, feuchte Hitze ihrer Pussy genoss, aber ich war verdammt neidisch, dass seine Bestie endlich ihren Frieden gefunden hatte. Wie es aussah, war meine Bestie mit nichts zu befriedigen. Zu jeder Tageszeit forderte sie mich heraus, als wäre sie bereits tollwütig, nicht mehr zu retten. Und selbst jetzt, als eine willige Frau vor ihr stand, trieb sie sich ungeduldig in meinem Schädel hin und her und gab sich mit dem, was ihr angeboten wurde nicht zufrieden. Meine rationale Seite wusste, dass ich das Angebot schon dutzende Male hätte annehmen und Tia gegen die Wand schleudern und sie durchficken hätte sollen. Ich hätte ihr erlauben sollen, mir die Handschellen anzulegen und mich so einigermaßen im Zaum zu halten, wenn die Bestie in ihrem Käfig rumorte.

Als ich aber nur mit dem Gedanken spielte, knurrte die Bestie eine Warnung hervor. Sie wollte nicht. Die Bestie würde diese Frau nicht als ihre Partnerin akzeptieren, würde sich von ihr nicht bändigen lassen.

"Dir könnte es genauso gehen," sagte Engel und deutete mit dem Kopf auf die benachbarte Zelle, dann blickte er auf Tia und runzelte dabei mit offensichtlichem Unverständnis die Stirn. Es war eine Frage, die ich nicht beantworten konnte. Nicht ich, sondern die Bestie wählte unsere Partnerin und mit Tia konnte sie nichts anfangen. Sie zu ficken würde daran nichts ändern. Jahrelang hatte ich mich über die absurden Berichte anderer Krieger lustig gemacht, die versucht hatten, mir diesen Umstand zu verdeutlichen. Ich hatte sie ignoriert, was sich zu meinem Nachteil herausstellte. Die Bestie hatte jetzt das

Sagen. Mir blieb nichts anderes übrig, als mich zurückzulehnen und die Götter darum zu bitten, dass ich mich lange genug beherrschen könnte, bis unsere Besucher wieder verschwinden würden.

Tia trat einen Schritt näher an die Gravitationswand heran und ich wurde vom Geruch ihres Badeöls umgeben, als das Luftfiltersystem die kombinierten Düfte aus Gewürzen und Nerderablüten in meine Zelle hineinpumpte.

Meine Bestie knurrte vor Abscheu. Nein. Ich hatte sie mein ganzes Leben lang gekannt und wir beide wussten, dass ich nichts für sie empfand. Ich bewunderte und respektierte sie, aber meine Gefühle für sie ähnelten denen, die ich meiner Schwester entgegenbrachte. Die Bestie weigerte sich, von ihr angetörnt zu werden. In Gegenteil, jedes Mal, wenn Tia mit denselben Worten und Verlockungen hier auftauchte, wurde die Bestie wütender. Engel wollte mich mit seiner Tochter verkuppeln. Meine Bestie würde sie niemals akzeptieren. Wie oft musste ich es ihm noch erklären?

"Wir wollen dir eine zweite Chance geben," führte er aus. "Kommandant, in drei Tagen werden sie hingerichtet. Wir alle würden es sicher vorziehen, wenn es nicht so weit käme."

"Eine zweite Chance?" fragte ich nach, meine Stimme klang rau und tief und vollkommen ungewohnt. Es war eher das zwanzigste Mal, aber ich hielt mich zurück.

"Hast du es vergessen?" fragte Tia, während sie auf meinen nackten Torso starrte. Ihr Interesse und ihre Erregung, als sie meinen Körper zu Gesicht bekam, waren nicht zu übersehen. Tatsächlich konnte ich den feuchten Begrüßungssaft ihrer Pussy riechen, meine Bestie aber tat nichts anderes als herumzuschleichen und sie weigerte sich, der Versuchung zu unterliegen.

Sie war eine hochgewachsene Frau mit statuenhaften Qualitäten. Eine mustergültige Atlanische Braut. Ihr dunkles Haar fiel offen an ihrem Rücken herunter und ihr bodenlanges, gelbes Gewand mit der goldenen Schnürung, die ihre perfekten Brüste umrahmte, brachte sowohl ihren Status als wohlhabendes Mitglied der Oberschicht, wie auch ihre dunkle Haarfarbe perfekt zur Geltung. Sie war extrem gutaussehend, aber meine Bestie wollte partout nichts mit ihr zu tun haben. Es wäre so viel leichter, wenn es so wäre.

Ich hatte Bedenken, dass die Bestie bluffen oder die Zähne fletschen würde, also hütete mich davor, etwas zu sagen und schüttelte nur mit dem Kopf.

"Die Bestie wird jeden Tag stärker, Kommandant. Wir waren auch gestern hier. Tia möchte sich als Partnerin anbieten. Sie kann Sie retten."

"Dann soll sie für sich selbst sprechen." Ich konnte mich nicht zurückhalten, denn Engel hätte sie nicht begleitet, würde er nicht auch seine eigenen Intrigen im Schilde führen. Nur wusste ich nicht, was genau er beabsichtigte. Als Mitglied der Führungsklasse war er seit über einem Jahrzehnt für interplanetare Warensendungen und Lieferungen verantwortlich. Er war ein überaus mächtiger Mann, reich und bestens vernetzt, ein Veteran, der zehn Jahre lang im Krieg gegen den Hive gedient hatte. Engel würde hier nicht auftauchen, um seine Tochter zu verpfänden und um dabei zuzusehen, wie seine Tochter von der Bestie gefickt wurde, nur um sie unter die Haube zu bekommen. Schließlich mangelte es nicht an potenziellen Partnern für sie.

"Warum ich?"

Tias Wangen liefen rot an und mit einer bis zur Perfektion eingeübten Geste biss sie ihre pralle Unterlippe. Ich kannte das schon. Bevor ich der Koalitionsflotte beigetreten war, hatte ich viele Male beobachtet, wie sie mit diesem Ausdruck andere Krieger verführen wollte. "Ich bin bereit, Deek.

Du weißt, dass ich mich um dich gesorgt habe, seit ich ein kleines Mädchen war. Wir kennen uns seit Jahren und ich wünsche mir diese Union. Ich finde dich ... attraktiv. Zwischen uns würde es gut laufen."

Tias Eingeständnis überraschte sowohl mich als auch die Bestie. Während sie sich wohl für mich interessierte, hatte meine Bestie ihr nie einen zweiten Blick zugeworfen. Wenn ich die richtige Partnerin finden würde, dann würde das Verlangen der Bestie aufflackern, das wusste ich, aber soweit war es nie gekommen. Ich hatte mit Frauen gefickt, und zwar nicht nur mit wenigen, aber Tia war nicht nur auf einen ordentlichen Fick mit einem verurteilten Krieger aus. Sie wollte meine Partnerin werden. Sie wollte es für immer und ewig. Sie wollte die Kontrolle über meine Bestie.

"Warum mich, Tia?"

"Du warst mein bester Freund. Seit wir im Kindergarten waren, warst du der

Einzige für mich. Ich bin dir immer hinterhergeschlichen, das weißt du. Immer. Deek, ich möchte nicht zusehen, wie du stirbst. Bitte. Ich möchte den Rest meines Lebens mit dir verbringen, als deine Partnerin."

Meine Bestie heulte auf. "Nein," tobte ich und preschte nach vorne. Meine Haut verhärtete sich und die Hitze der Bestie brauste durch meine Adern. Die Muskeln an meinem Hals und meinen Armen traten hervor und mein Nacken wurde länger, er dehnte sich aus, um das Monster, das endlich frei kommen wollte willkommen zu heißen. Ich drängte die Bestie zurück, fast verlor ich die Kontrolle, als Tia nach Luft schnappte und von der Gravitationswand weg huschte.

"Dann wirst du sterben," sprach Engel, sein Blick verengte sich und war voller Hass, so hasserfüllt, wie ich es bei ihm noch nie gesehen hatte. Ich hatte nicht die Absicht, Tia damit weh zu tun, aber die Bestie hatte jetzt das Sagen und die Bestie hatte es eindeutig satt, dass ihr wieder und wieder dieselbe Frau vorgeworfen wurde, obwohl sie sie mehr als einmal abgelehnt hatte.

Ich atmete schwer und versuchte, meinen Puls zu beruhigen, damit ich ihm antworten konnte. "Ich würde sie hier nehmen, sie gegen die Wand ficken. Ich würde nicht zaghaft vorgehen. Ich würde sie verletzen, Engel; ihre Anwesenheit hilft nicht, meine Wut zu lindern. Willst du das etwa für Tia?" fragte ich ihn mit geballten Fäusten.

Tia legte ihrem Vater eine Hand auf die Schulter. "Vater, lass mich mit ihm reden."

Engel nickte, funkelte mich kurz an und verschwand.

Tia blieb, wo sie war. Sie trat wieder an die Gravitationswand und zog ein kleines, schwarzes Etui aus ihrer Tasche und legte es in den Schlitz, der dazu gedacht war, mir Gegenstände zu überreichen, ohne dabei den Schutzschild der Gravitationswand zu schwächen. Sie drückte einen Knopf und das kleine Tablett glitt durch die Wand, um auf meiner Seite der Sicherheitszelle aufzutauchen.

Ich öffnete den Deckel und erblickte das liebste Besitztum meiner Urgroßmutter, ein Erbstück, das vor drei Generationen an Tias Familie weitergereicht wurde. Ich wusste, was sich in dem verzierten Etui befand, trotzdem konnte ich nicht widerstehen, öffnete das Kästchen und goss die Fülle der Goldglieder in meine Hand.

Ich blickte auf die Kette, dann schaute ich zu ihr. "Warum willst du mir das geben?"

"Du hast Angst, du könntest zu heftig für mich sein, dass die Bestie in dir mir weh tun wird. Das ist ein Geschenk für die Bestie. Vielleicht wird es dein Fieber ein wenig besänftigen, wenn du etwas berührst, das ich vorher getragen habe."

Ich hob die Halskette an. Die kleinen, kunstvollen Gold- und Graphitspiralen waren kühl und glatt.

Wenn dieses Geschenk mich besänftigen sollte, dann funktionierte es nicht. Nichts, das von Tia käme, würde funktionieren, denn sie war nicht meine Partnerin. Mein Leben wäre so viel einfacher, wenn meine Bestie sie akzeptieren würde. Aber die Bestie weigerte sich.

Ich gab die Halskette zurück in das Etui und schickte sie mithilfe des kleinen Tabletts zu Tia zurück. "Behalt sie, Tia. Sobald du den Partner findest, für den du bestimmt bist, werden weder deine Halskette, noch dein Eifer abgelehnt werden."

"Bitte, Deek. Versuch es doch wenigstens ..." Sie legte ihre Hand an ihre Schulter und zog ihr Kleid nach unten, sodass ihre gesamte Schulter, ihr Hals und fast ihre Brust frei lagen.

"Nein." Meine Stimme erstarkte und die Bestie wollte sie sehnlichst zurechtweisen. Sie war nicht meine Partnerin und die Bestie wollte sicherstellen, dass sie diesmal nicht zurückkommen würde. Ich hatte nicht die Absicht, die kurze Zeit, die mir übrig blieb, damit zu verplempern, ihr falsche Hoffnungen zu machen. "Tia, wir waren als Kinder befreundet. Aber ich war lange Zeit fort. Ich bin jetzt eine andere Person. Und so sehr ich es mir auch wünsche, du bist nicht meine Partnerin. Die Bestie kann dein Verlangen nach mir riechen, die nasse Hitze deiner Pussy. Sie hat kein Verlangen nach dir. Sie wird mir nicht gestatten, dich zu berühren. Es tut mir leid."

In ihren Augen flackerte Zorn auf und als sie das Kinn nach oben hob, erkannte ich in ihr für einen Augenblick lang den Teufelsbraten unserer Kindertage, an den mich so gut erinnerte. "Deek, du bist so stur! Sag deiner Bestie, sie soll die Klappe halten und das annehmen, was ihr angeboten wird."

"Das geht nicht. So funktioniert das nicht."

"Warum nicht? Würdest du eher sterben wollen?"

"Das hängt nicht von mir ab. Die Bestie hat jetzt die volle Kontrolle. Wenn meine wahrhaftige Partnerin nicht gefunden wird, wenn sie das Fieber nicht besänftigen kann, wenn sich meine Bestie ihr nicht unterwerfen wird, dann ja, dann werde ich freiwillig in den Tod gehen. Ich kann mit diesem tobenden Fieber in meinem Blut nicht weiterleben."

Auf den Tod war ich vorbereitet, ich erwartete ihn sogar. Tias schockierter Gesichtsausdruck überraschte mich. Warum sollte meine Aufrichtigkeit sie bestürzen? Dachte sie etwa, ich würde meine Meinung ändern und sie aus Verzweiflung doch nehmen? Die Bestie würde das nicht zulassen. Die Bestie würde eher sterben, was auch wahrscheinlich war. Mit einer Sache hatte Kriegsfürst Engel doch Recht gehabt ... mir blieb nicht mehr viel Zeit.

Sie schürzte die Lippen, als wollte sie

noch etwas hinzufügen, tat es aber nicht. Sie nahm ihre Kette zurück und beobachtete mich eine Minute lang, was sich wie eine Ewigkeit anfühlte.

"Mach's gut, Deek. Ich hoffe, du findest, wonach du suchst. Und falls du es dir anders überlegst, ich habe den Wächtern meine Daten gegeben."

"Danke, Tia. Aber ich werde es mir nicht anders überlegen."

Sie nickte. Dann machte sie kehrt, zupfte ihr Kleid zurecht und machte sich davon. Sie würde nicht zurückkehren, das wusste ich.

Das letzte bisschen Logik in mir fragte sich, ob sie wirklich meine letzte Überlebenschance war.

Die Bestie in mir sagte 'nein'. Sie wollte sie nicht, mochte nichts an ihr. Sie hatte nie irgendetwas an ihr gemocht.

Und trotzdem, die Bestie rumorte weiter, verlangte weiterhin nach ihrer Partnerin.

Mit dem Kopf auf die Hände gestützt ließ ich mich auf meine Pritsche fallen.

Wie eine Flutwelle, die aufs Ufer zurollte, hämmerte die Bestie gegen meinen Verstand, um das letzte bisschen Vernunft auszulöschen.

Meine Partnerin würde nicht auftauchen und ich würde sterben.

Tiffani

"Hinrichtung?" Panisch zerrte ich an den Fesseln, die mich an den Stuhl im Abfertigungsraum banden. "Nein. Sie dürfen ihn nicht umbringen."

Die Aufseherin Egara lächelte bedrückt. "Ich fürchte, so läuft es nun mal auf Atlan. Ist ein Mann erstmal dem Paarungsfieber unterlegen, gibt es keine Gnade."

"Aber er hat eine Partnerin! Mich! Ich kann ihn zurückholen, ihn retten. Was auch immer," plädierte ich. Irgendetwas musste schiefgelaufen sein.

Das konnte nicht wahr sein. Ich hatte einen Typen, der mich wollte und er sollte hingerichtet werden? Das glaubte ich nicht. "Senden sie mich zu ihm. Das Protokoll hat uns füreinander bestimmt. Den offiziellen Alien-Gesetzen nach gehört er mir. Nicht wahr? Ich bin bereits seine Partnerin. Habe ich dadurch nicht ein bestimmtes Recht auf ihn? Es ist mein Recht, ihn zu sehen. Ich will ihn sehen."

Ihre Augenbrauen verzogen sich zu ernsten Bögen, während sie lange und angestrengt über meine Worte nachdachte. Sie blickte über ihre Schulter und sprach. "Sarah, kannst du sie hören?" Die Aufseherin nickte und hörte zu. Sie war dabei, sich mit jemanden auf der anderen Seite des Universums zu unterhalten. Wäre ich nicht in einem Abfertigungszentrum, würde ich glauben, sie sei übergeschnappt. Insbesondere, da *ich* kein einziges Wort der Frau verstehen konnte. Ihre Stimme war zu weit weg und alles, was ich hören konnte, war die dröhnende Wut in meinen Ohren. "Und wenn etwas schiefgeht?"

Eine tiefe, grölende Stimme war daraufhin durch das Gerät zu hören, sie war sehr viel lauter und gebieterischer. Sie erinnerte mich an die Stimme aus meinem Traum und ein Schauer der wiedererwachenden Bedürftigkeit fuhr über meine Haut. "Wir können uns keine Fehler erlauben. Wenn sie zu uns kommt, dann muss sie die Sache auch durchziehen. Sollte sie versagen, dann ist er tot," die Stimme dröhnte und ich schreckte auf.

Aufseherin Egara wandte sich mir zu und ich bekräftigte meinen Entschluss. Niemand und damit meinte ich niemand, würde mir das hier zunichtemachen. "Ich werde es nicht vermasseln. Er gehört mir."

Die Aufseherin nickte und wandte sich wieder dem Bildschirm zu, zu dem großen Atlanen, den ich zwar hören, aber nicht sehen konnte. "Ich glaube ihr,

Kriegsfürst. Ich denke, wir sollten ihr eine Chance geben, ihn zu retten."

"Na schön. Ich möchte den Kommandanten auch nicht aufgeben. Schicken sie sie zu uns. Wir werden sie zu ihm bringen."

Die Aufseherin Egara verneigte sich, bevor sie antwortete, als würde sie zu einem königlichen Herrscher oder etwas ähnlichem sprechen. "Wie sie wünschen, Kriegsfürst Dax. Wenn sie mir den Transportcode geben, werde ich ihren Transport sofort in die Wege leiten."

"Der müsste jeden Moment eintreffen."

Noch während er sprach, begannen die hellblauen Lichter hinter mir zu blitzen und mein Stuhl setzte sich in Bewegung. "Was ist hier los?"

"Erhalten. Vielen Dank. Die Partnerin des Kommandanten wird umgehend eintreffen." Die Aufseherin beendete die Verbindung und kam mit einem traurigen Lächeln auf dem

Gesicht auf mich zu gelaufen. "Alles Gute, Tiffani. Ich sende sie zu Kriegsfürst Dax und Sarah, seiner Partnerin. Sie stammt auch von der Erde und wurde vor kurzem verpartnert. Die beiden werden ihnen dabei helfen, zu ihrem Partner einzubrechen."

Das hörte sich gar nicht gut an. Es klang gesetzeswidrig, gefährlich.

"Einbrechen? Warum würde ich zu ihm einbrechen müssen?"

"Liebes, er sitzt im Gefängnis. Im Todestrakt, wie wir es nennen würden. Und sie sind weder Atlanerin, noch ein Familienmitglied."

Das ergab keinen Sinn. Er hatte keine Straftat begangen, außer dass seine genetische Aufmachung jetzt zum Tragen kam. Aber um ihn sehen zu können, musste ich eine Straftat begehen? Ich würde diejenige sein, die sich nicht an die Gesetze hielt?

"Aber ich bin seine Partnerin. Und sie haben gesagt, ich würde von nun an eine Bürgerin des Planeten Atlan sein und keine Erdenbürgerin mehr. Es sollte mir erlaubt sein, ihn zu besuchen. Ich sollte nirgendwo einbrechen müssen."

Sie nickte. "Sicher, aber Vorschrift ist Vorschrift. Und nur Atlanische Frauen dürfen sich in die Haftanstalt begeben. Viel Glück. Ich hoffe, ihr Versuch wird ausreichen, um sie beide zu retten." Noch einmal prüfte sie etwas auf ihrem Tablet und ich erlebte eine Art Déjà-vu, als sie den Kopf hob und sprach: "Sie werden auf Atlan aufwachen. Ihre Abfertigung erfolgt in drei ... zwei ..."

Angespannt wartete ich auf den Countdown und wunderte mich dabei, was zum Teufel ich mir da eingebrockt hatte. Ins Gefängnis einbrechen? Todestrakt? Bestienmodus? Heilige Scheiße.

"Eins."

Das blaue Licht flackerte und ich wurde in das hellblaue Wasserbad hinabgelassen. Ich kam mir vor wie in einem Ei, als die Tür zum Untersuchungsraum zuging und mich einsperrte. Ich schloss die Augen und wartete, ich fürchtete, was als Nächstes kommen würde, aber je länger ich im Wasser verweilte, desto entspannter wurde ich.

Hatten sie mich auf Drogen gesetzt? Die Idee, ins Gefängnis einzubrechen erschien mir gar nicht mehr so schlimm. Und mein Partner, der halb Bestie war alarmierte mich auch nicht. Ich war ... total entspannt.

Als meine Augenlider schwer wurden und ich mich unbeschreiblich müde fühlte, wurde mir unmissverständlich klar, dass sie mich mit irgendeiner Gute-Laune-Droge vollpumpten, entweder übers Wasser oder über die Luft und es war mir vollkommen egal.

3

*T*iffani, Planet Atlan, Burg des Kriegsfürsten Dax

ICH WACHTE IN EINEM ÜBERDIMENSIONIERTEN, weichen Bett auf, das meine Doppelmatratze von zu Hause wie ein Einzelbett erscheinen ließ. Meine Wange ruhte auf einem seidenweichen Stoff und ich strich über das zarte, cremefarbene Material, während ich mich umschaute. Ich war in mitten in einem verdammten Märchenschloss gelandet. Das Zimmer war größer als meine gesamte Ein-Zimmer-Wohnung zuhause und die Wände sahen aus wie hellblauer und grauer Marmor. Plüschteppiche mit eigenartig bunten Vögeln und Bäumen bedeckten den Fußboden und ein riesiger Baldachin überzog das Bett, sodass ich mir in einem exklusiven Clubhaus vorkam.

Die weiße Stuckdecke war mit aufwendigen Mustern aus goldenen und zinngrauen Strudeln verziert, die den Handschellen aus meinem Traum merkwürdig ähnelten. Und alles, von der Couch bis zum Sessel mit den Kissen am anderen Ende des Raumes war größer als ich es je gesehen hatte. Ich fragte mich, wie groß diese Atlanischen Krieger nun sein mussten. Und wie groß waren die Frauen? Ein Menschenkind würde eine kleine Stufenleiter benötigen, um auf diese Couch zu krabbeln.

"Du bist wach." Die Stimme klang freundlich, weiblich und sie sprach

Englisch. Ich drehte mich um und erblickte eine zierliche Brünette, die mich anlächelte. Sie war mit ihrem wallenden, grün-goldenen Kleid wie eine Prinzessin gekleidet, ihr Haar war zu einem aufwendigen Dutt aufgetürmt, wie ich es wohl nie hinbekommen würde. Ihre Augen waren warm und braun und voller Sympathie als sie mich anblickte. "Wie geht's deinem Kopf? Diese NPUs können die ersten paar Tage ziemlich brutal sein."

"NPU?" Ich blinzelte und versuchte, mich aufzusetzen. Als ich mich bewegen wollte, ließ mich ein stechender Schmerz in meiner Schläfe, der sich wie ein Eispickel anfühlte, aufstöhnen.

"Jepp, das habe ich mir gedacht." Sie grinste und beugte sich mit einer Art leuchtend blauem Stab über mich, den sie dann über meinem Gesicht hin und her schwang. "Halt still. Der ReGen-Stab wird deine Kopfschmerzen lindern."

"Danke." Ich hielt still, aber meine Augen folgten der Bewegung des Stabes und ich fragte mich, was zum Teufel sie mit mir machte. Anscheinend aber half es tatsächlich, denn meine Kopfschmerzen verschwanden. Die Übelkeit ließ ebenfalls nach. Und einige Augenblicke später hörte der Raum auf, sich zu drehen. So ein Ding wollte ich auch haben.

"Die NPU ist ein Dolmetscher. Ich spreche offensichtlich Englisch, nicht aber die Atlanen. Du kannst damit alle Sprachen verstehen. Besser?" fragte sie.

Ich nickte und verspürte kein bisschen Schmerz.

Sie zog den ReGen-Stab zurück und schaltete ihn irgendwie aus, dann stellte sie ihn auf eine dekorative, goldbefleckte Nachtkonsole neben dem Bett und reichte mir anschließend die Hand. "Ich bin Sarah."

"Tiffani."

"Schön, dich kennenzulernen." Sie schüttelte mir die Hand, ihr Handgriff war warm aber bestimmt und ich bemerkte die elegant gravierten

Goldarmbänder an ihren Handgelenken.

"Du bist also auch mit einem Atlanen verpartnert?"

Ihr breites Lächeln gab mir Hoffnung. "Jepp. Dax gehört vollkommen mir. Wir hatten zwar einen schwierigen Start, aber ich liebe es hier. Also, wie läuft's auf der Erde?"

Das war eine komische Frage, denn ich war nicht länger auf der Erde. "Ähm, nun, alles beim Alten nehme ich an."

"Wo kommst du her?"

"Wisconsin."

Sarah nickte. "Ich bin mit der Armee groß geworden. Wir sind so oft umgezogen, dass ich mich nirgends richtig zu Hause gefühlt habe. Ich sollte die Erde vermissen, das tue ich aber nicht. Mein Platz ist hier und bald wirst auch du hierhergehören."

Ich rutschte an die Bettkante und blickte an mir herunter. Ich trug ein ähnliches Kleid wie Sarah, aber statt grün und gold war es kräftig burgunderfarben, was den Rotstich in meinen Haaren betonte. Es passte mir wie angegossen und ich musste mich fragen, wo sie das verdammte Ding aufgetrieben hatten. Zu Hause konnte ich nicht einfach Kleider von der Stange anziehen und während ich schlief, war ich sicher nicht auf Atlan eine Runde shoppen gegangen. Im Gegensatz zu Sarah waren meine Handgelenke aber nackt.

Anscheinend konnte sie meine Gedanken lesen. "Oh, ist die Farbe nicht perfekt? Sie hebt deine Augen hervor."

"Ja. Ich ... danke. Aber woher kommt das Kleid?"

Sie stand auf und kam ans Bett gelaufen. Sie schritt auf und ab und machte mich wieder nervös. "Keine Sorge. Wir haben es von Deeks Schwester ausgeliehen. Sie ist etwa so groß wie du, also ziemlich klein für eine Atlanerin, aber bis wir eine Schneiderin für dich auftreiben, wird es ausreichen müssen."

Klein für eine Atlanerin? Aufseherin Egara hatte es also ernst gemeint.

Ich stand von der Bettkante auf und versuchte, mich auf den Beinen zu halten. Das Kleid war ein bisschen zu groß, stand mir aber richtig gut. Es umrahmte meine großen Brüste, eine goldene Schnürung verzierte mein Dekolleté und von unten wurden sie gut gestützt. Ähnliche Gewänder hatte ich in Fernsehsendungen über römische oder griechische Togas gesehen. "Sie kleiden sich wie griechische Götter in der Antike?"

Sarah konnte sich vor Lachen nicht mehr halten, während ich mein Kleid inspizierte. "Nur die Frauen. Warte, bis du die Jungs in ihren Panzeranzügen siehst. Das sind heiße Kerle, Süße." Sie wackelte mit den Augenbrauen. "Du wirst nicht mehr die Finger von deinem Mann lassen können."

Das hörte sich gut an und ich erinnerte mich, warum ich eigentlich hier war. "Was meinen Partner betrifft,

Aufseherin Egara sagte, dass er hingerichtet werden soll."

Das ließ Sarah aufhorchen und sie wandte sich mir zu. "Ja. Dir bleibt nicht viel Zeit, um ihn zu retten. Falls er keine Partnerin nimmt und beweist, dass er die Bestie unter Kontrolle bringen kann, dann wird er in drei Tagen hingerichtet. Dax ist sehr besorgt, denn die beiden sind gut befreundet. Sie haben lange Zeit Seite an Seite gegen den Hive gekämpft. Wahrscheinlich hält er es kaum noch aus. Wir haben ewig darauf gewartet, dass du aufwachst."

"Wie lange war ich weggetreten?"

"Den halben Tag lang. Die Zeit vergeht hier ziemlich ähnlich. Die Tage haben sechsundzwanzig Stunden, aber ich war schon immer eine Nachteule, die längeren Tage stören mich also nicht."

"Okay." Das war im Moment nicht wirklich von Bedeutung, aber ich merkte mir es für später. Ich hatte drei Tage—und großzügigerweise pro Tag zwei Stunden extra—, um meinen

Partner zu retten und seine Bestie zu bändigen. Ich wusste noch nicht genau, wie ich das anstellen sollte, aber ich war zu allem bereit. Der Atlanische Krieger gehörte mir und ich würde nicht zulassen, dass ihm etwas zustieß. "Lass uns gehen. Aufseherin Egara sagte, ihr würdet mir helfen, ihn zu besuchen."

Sarah lief zur Tür und öffnete sie. Ich folgte ihr aus dem luxuriösen Schlafzimmer in einen Flur hinaus, der so aussah, als durfte sich ein royaler Innenausstatter mit unbegrenzten Geldmitteln austoben. Der Gang war mit fremdartigen Artefakten dekoriert, mit Vasen und kunstvoll verschnörkelten Tischen, überall waren Wandgemälde und frische Blumen in allen erdenklichen Farben schmückten den Gang. Ich hatte keine Ahnung, wie diese Gegenstände genannt wurden, aber ich erkannte den offensichtlichen Wohlstand dahinter.

Ich räusperte mich. "Bist du eine Art

Prinzessin oder so? Ich komme mir vor wie Zuhause bei Cinderella."

Daraufhin musste sie lachen. "Ja. Dax ist ein berühmter Kriegsfürst. Wenn die Atlanen aus dem Krieg zurückkehren, behandelt man sie wie Könige. Auf den nördlichen Inseln besitzen wir ein zweites Schloss, ich habe es noch gar nicht gesehen und wir haben mehr Land, Titel und Geld als ich es mir vorstellen kann."

Hätte sie auf der Erde so zu mir gesprochen, dann hätte ich gedacht, sie wollte angeben, aber sie schien nicht der Typ dafür zu sein.

Nach einem Moment machte sich ein Schock in mir breit. Ich kannte viele Veteranen, die mittellos und ohne ein Dach über dem Kopf aus dem Kampf zurückkehrten. "Wie können sie sich das für alle ihre Kriegsveteranen leisten? Das ist verblüffend."

Sarah blickte mich über ihre Schulter an, ihre Augen waren voller Trauer, als sie eine andere Tür öffnete.

"Nicht viele von ihnen kommen zurück. Sie kämpfen an der Front gegen den Hive, auf dem Boden. Ich weiß, was das bedeutet. Ich war selbst dort, habe selbst für die Koalition gekämpft. Sie kämpfen wie wilde Tiere, aber entweder werden sie im Kampf getötet oder sie verlieren die Kontrolle über ihre Bestie. Diejenigen, die nach Hause zurückkehren sind die stärksten Krieger und werden wie Gottheiten behandelt."

Ich grinste. "Du bist also mit einem Gott verpartnert worden?"

Sie lächelte verrucht. "Ja. Genau wie du."

Dann hielt sie mir eine Tür auf und ich trat ein in einen langen Speiseraum mit einem Tisch, an dem mindestens dreißig Personen Platz hatten. Die Stühle hatten hohe Lehnen und waren aus einem schwarzen Holz gefertigt, das mir vollkommen unbekannt war. Am Ende des Tisches saß ein Riese.

Er erhob sich und ich stoppte abrupt. Heilige Scheiße, war er groß. Er war reichlich über zwei Meter zehn groß und seine Schultern waren doppelt so breit wie meine. Er trug einen passgenauen, schwarzen Panzeranzug, der jeden verdammten Muskel umrahmte, von den gerippten Bauchmuskeln zu den steinharten Schenkeln und ich wusste, dass mein Mund offen stand, ich konnte ihn aber anscheinend nicht mehr schließen.

Sarah schloss die Tür hinter uns und lief zu ihrem Partner, dessen offene Arme sie offensichtlich erwarteten. Sie war ungefähr eins siebzig groß und wirkte im Vergleich zu ihm fast wie ein Kind.

"Willkommen in unserem Zuhause, Tiffani. Ich bin Kriegsfürst Dax."

Seine tiefe Stimme dröhnte durch meinen Körper und ich wollte einen Schritt zurück machen, Sarah jedoch schlang die Arme um seine Taille, als wäre er ein großer Teddybär. Obwohl ich davon ausgehen musste, dass er mich mit einem festen Griff seiner

Hand vernichten konnte, musste ich ihm den Vorzug des Zweifels gewähren. Er sprach nicht in Englisch, aber in dem Moment, als es mir auffiel, übersetzte der eigenartige Prozessor den sie mir eingepflanzt hatten seine Worte direkt in meinem Kopf, wie einen Gedanken. Unglaublich. "Ich bin Tiffani Wilson. Schön, sie kennenzulernen."

Er machte mir Zeichen, mich zu setzen, aber ich war viel zu aufgeregt. Ich wollte meinen Partner sehen. Seinetwegen war ich hier und seit Sarah mir mitgeteilt hatte, dass ihm nur noch drei Tage blieben, fühlte es sich so an, als säße ich auf einer tickenden Zeitbombe. Drei Tage waren nicht besonders viel Zeit.

Vor ihm auf dem Tisch lagen vier goldene Armbänder, zwei davon ähnelten den Bändern an Sarahs Armen, die anderen beiden waren sehr viel größer. Ich musterte den Kriegsfürsten und mein Verdacht bestätigte sich. Er trug dieselben Armbänder wie Sarah, nur waren sie größer.

Er bemerkte meinen Blick. "Die Schwester von Kommandant Deek hat diese vorbeigebracht, als sie uns das Kleid gegeben hat. Sie sind mit den Initialen des Hauses Deek versehen."

"Deek ist sein Name?" wollte ich wissen. Es war das erste Mal, dass mir sein Name zu Ohren kam und ich wollte mehr über ihn erfahren.

"Ja, er ist ein Atlanischer Bodenkommandant auf dem *Schlachtschiff Brekk*. Er hat zehn Jahre lang gedient und ich habe mit ihm gedient. Mehr als einmal hat er mir das Leben gerettet und ich möchte nicht zusehen, wie er zugrunde geht."

Beeindruckend. Das faszinierte mich nur noch mehr.

Ich trat an den Tisch heran und hob das nächstgelegene Armband auf. Dunkle, zinnfarbene Spiralen bildeten ein kompliziertes Muster auf dem massiven Goldband. Darunter befand sich ein mit bloßem Auge kaum sichtbarer Computerschaltkreis. Verwirrt schaute ich nach oben und erblickte Sarah und Dax, die mich aufmerksam beobachteten.

"Ich dachte, das hier sei eine Art Hochzeitsring. Aber sie stecken voller Technologie. Was genau machen diese Armbänder?"

Sarah antwortete zuerst. "Sobald ihr beide die Handschellen anlegt, binden sie dich an den Kommandanten. Du wirst dich nicht mehr weit von ihm entfernen können, ohne dabei extreme Schmerzen zu erleiden."

"Was?" Das klang vollkommen hirnrissig. "Wie eine Leine?"

Sarah rollte mit den Augen. "Es gibt keine Schnur oder so, aber glaub mir, du wirst in seiner Nähe bleiben. Solltest du dich zu weit entfernen, dann wird es sich wie ein Elektroschock anfühlen."

Ich wollte protestieren, aber Kriegsfürst Dax schnitt mir das Wort ab.

"Ihm wird es genauso ergehen,

Tiffani. Nur die Nähe zu unserer Partnerin kann die Bestie unter Kontrolle halten. Zu wissen, dass unsere Partnerin immer da ist, beruhigt uns. Sobald ihr vollständig miteinander verpartnert seid und das Paarungsfieber überwunden ist, kannst du dir aussuchen, ob du die Handschellen tragen willst oder nicht. Aber am Anfang sind sie ein notwendiger Schutz. Falls du es schaffst, sie ihm anzulegen, dann stellen sie deine beste Möglichkeit dar, ihm das Leben zu retten."

Ohne einen Moment länger zu überlegen legte ich die kleinere Handschelle an mein Handgelenk und machte den Verschluss zu, ein Gefühl der Endgültigkeit legte sich über meine Schultern, als sich das Armband von selbst versiegelte. Es gab keine sichtbare Fuge, was es mir unmöglich machte, die Fessel wieder abzulegen.

Es war zu spät, um es sich anders zu überlegen. Ich war quer durch das halbe Universum gereist, um meinen Partner zu retten. Ein paar Handschellen würden mich nicht davon abhalten können. Ich legte die zweite Handschelle um mein anderes Handgelenk und hob das größere Paar auf. "Okay. Wie werde ich ihm die hier anlegen?"

Kriegsfürst Dax nahm einen tiefen Atemzug. "Mit äußerster Vorsicht."

Ich nickte. "Okay. Lasst uns gehen. Ich bin soweit."

Sarah verschwand für einen Moment und kehrte mit einem weiten Kapuzenmantel zurück. "Hier, zieh das über."

Ich legte den schweren, burgunderroten Mantel über meine Schultern und zog ihn vorne zusammen. Sie nickte energisch. "Gut. Jetzt zieh die Kapuze über."

Ich zog mir die Kapuze über den Kopf und sie ragte um fünfzehn Zentimeter über mein Gesicht hinaus.

Kriegsfürst Dax berührte meine Schulter. "Ausgezeichnet. Versteck deine Handschellen, bis du drin bist. Und was auch immer du tust, du darfst niemanden ansehen und du darfst nicht den Mantel ablegen, bis wir dir ein Zeichen machen."

"Was für ein Zeichen?"

Sarah hüpfte vor lauter Aufregung praktisch auf und ab. "Dax hat drinnen einen Kumpel. Er hat ebenfalls unter dem Kommandanten gedient. Er wird das Überwachungssystem in Deeks Zelle abschalten, damit ihr beide allein sein könnt."

"Wir werden in der Haftzelle bleiben?" Das war mir nie in den Sinn gekommen. Als die Aufseherin Egara etwas von 'einbrechen' erwähnte, war ich davon ausgegangen, dass mein Partner danach auch wieder ausbrechen würde.

Sarah nickte.

"Komm. Es wird Zeit." Kriegsfürst Dax eilte aus dem Raum, während ich Mühe hatte, die großen Handschellen so zu verstauen, damit sie niemand zu Gesicht bekam.

Sarah trat an mich heran, nahm mir

die Handschellen ab und zeigte mir, wo sich die Taschen befanden. Die Handschellen verschwanden umgehend in den tiefen Seitentaschen des Mantels. "Hör zu, Dax ist es unangenehm, mit dir darüber zu reden, aber wenn du Deek retten willst, dann musst du bereit sein, alles dafür zu geben."

Genau deswegen war ich hierhergekommen. "Ich bin quer durchs Universum gereist, um einen zum Tode Verurteilten für mich zu beanspruchen. Ich denke, das beweist, dass ich zu allem bereit bin."

Sarahs Hand landete auf meiner Schulter und sie spähte unter der Kapuze meines Umhangs zu mir hinauf. "Gut. Du musst es nämlich schaffen, ihm diese Handschellen anzulegen, damit er mit dir eine Verbindung eingehen kann, damit seine Bestie dich spüren und sich langsam wieder einkriegen kann. Und das ist nur möglich, wenn du dich wirklich nahe an ihn heranwagst."

Ich biss meine Lippe. "Wird er mir weh tun?"

Sarah schüttelte den Kopf. "Das weiß ich nicht. Nicht unter normalen Umständen. Kein Atlanischer Krieger würde je einer Frau etwas antun. Aber wenn das Paarungsfieber wütet, dann weiß ich nicht, wie er sich verhalten wird."

"Also ist es meine Aufgabe, ihn zu beruhigen?"

Ihr Grinsen war ansteckend und ich hätte es erwidert, wäre ich nicht zu Tode erschreckt gewesen. "Fick ihn um den Verstand. Biete dich ihm an und lass dich von seiner Bestie durchficken, bis sie zufrieden ist. Dann, wenn er es nicht erwartet, schnallst du ihm die Handschellen um. Keine Sorge, die Bestie wird dich mit oder ohne Handschellen als seine Partnerin erkennen."

Ihre bildhafte und sinnliche Beschreibung ließ mich die Stirn runzeln, aber Dax rief uns zu, dass wir uns beeilen sollten. Sarah packte meine Hand und zog mich davon.

"Mach die keine Sorgen, Tiffani. Sie werden zwar so groß wie Hulk, aber sie werden auch wieder ganz normal ... danach."

Na toll. Ich hatte seit fünf Jahren mit keinem Mann mehr geschlafen und wie es aussah, würde ich in einer Gefängniszelle wieder auf den buchstäblichen Zug aufspringen. Im Weltraum. Mit einem gigantischen Alien im Bestienmodus. Warum ließ der Gedanke meine Nippel steif werden?

4

*T*iffani, Bundar-Sicherheitsverwahrung, Block 4, Zelle 11

Ich zog mir meine Kapuze tiefer übers Gesicht und achtete darauf, die Handschellen, die sich wie ein tonnenschweres Gewicht an meinen Handgelenken anfühlten, nicht zu offenbaren. Tatsächlich waren sie gar nicht so schwer, aber ich konnte nicht aufhören an sie zu denken oder an das, was sie bedeuteten. Wir befanden uns irgendwo im Block 4. Ich hatte keine Ahnung, wie viele Gefangenenblöcke das Gefängnis hatte; die meisten Zellen, an denen wir vorbeiliefen, waren leer.

Aber nicht diese hier.

Nackige Riesen lungerten in den Zellen herum und mit jeder weiteren Gefängniszelle steigerte sich meine Wut. Ich kam mir vor wie im Zoo. Die Atlanischen Krieger waren allesamt riesig, ihre Schultern waren genauso breit wie die des Kriegsfürsten Dax, als ich ihm durch die sterilen, cremefarbenen Korridore folgte. Einige waren so groß wie Dax, andere aber mussten im Bestienmodus einsitzen. Sie waren etwa zwanzig Zentimeter größer und ihre Muskeln standen derartig prominent hervor, dass sie unwirklich erschienen. Ihre Körper waren prachtvoll, ihre gekräuselten Muskeln waren dermaßen gut definiert, ich konnte den Umriss jeder einzelnen Sehne und Verbindungsfaser mit bloßem Auge erkennen. Sie sahen wahrhaftig göttlich aus, aber ihre Gesichter? Sie hatten grimmige, raubtierhafte Augen, lange spitze Zähne und als ich an ihnen vorbeilief, stierten sie mich dermaßen intensiv an, dass ich aufschreckte und fast zu Boden fiel, sobald einer von ihnen knurrend an die Vorderseite seiner Zelle preschte.

Kriegsfürst Dax war zum Glück da, er verhinderte, dass ich stürzte und hob mich jedes Mal wieder auf die Beine. Alles was mich von den Wilden in ihren Zellen trennte, war eine Art leuchtendes Energiefeld. Es blitzte grell und blau, wenn eines der Biester mich anspringen wollte. Die Kraft der Barriere schleuderte den Angreifer vor Schmerzen schreiend in den hinteren Teil der Zelle zurück, wo er sich gleich einem Tier zusammenkauerte und mir hinterherblickte.

Ich war sicher, geschützt von einer unsichtbaren Wand. Die Technik war besser als die Gitterstäbe einer

Gefängniszelle auf der Erde, zuverlässiger.

Himmel, das also war es, was mir bevorstand? Von mir wurde erwartet, dass ich mich *so einem* Atlanen als Partnerin zur Verfügung stellte? Ich sollte darauf vertrauen, dass er mich nicht verletzten würde? Oh Scheiße.

"Ist er das?" flüsterte ich.

Dax ließ mich los und fast wünschte ich, er hätte es nicht getan, denn die sanfte Wärme seiner riesigen Hände verhinderte, dass ich panisch wurde. "Nein."

Sarah schüttelte den Kopf und fasste zügig nach meiner Hand. Ich war erleichtert, dass sie mitgekommen waren. Worauf hatte ich mich nur eingelassen? Wieso hatte ich mir gedacht, ich könnte meinen Partner mal einfach so aus dem Bestienmodus herausficken? Offensichtlich hatte ich eine falsche Vorstellung davon, was es mit dem *Bestienmodus* überhaupt auf sich hatte. "Pssst," entgegnete Sarah.

"Denk dran, er ist in Zelle Nummer elf."

Ja, jetzt erinnerte ich mich. Dax lief weiter und ich fiel hinter ihm zurück, Sarahs Arm war in einer Geste der moralischen Unterstützung mit dem meinen verhakt, sie bot mir die Unterstützung, die ich so dringen brauchte. Vielleicht hielt sie mich auch fest, damit ich es mir nicht anders überlegte und davonrannte. Mein Partner war schließlich auch ihr Freund und sie wollten seine Hinrichtung verhindern. Wenn nur ich ihn retten konnte, würden sie mich, wenn nötig, höchstwahrscheinlich auch an den Haaren diesen Korridor entlang schleifen.

"Er wird nicht so sein. Unmöglich. Versprochen," gelobte Sarah.

Ein Schauer lief mir über den Rücken und ich kaute auf meiner Unterlippe herum. Wenn sich die Atlanen so aufführten, nachdem sie die Kontrolle über ihre Bestie verloren hatten, einem wilden ... *Ungetüm* in ihrem Inneren, dann ergab die Sache mit der Hinrichtung plötzlich viel mehr Sinn. "Woher willst du das wissen? Wann hast du ihn das letzte Mal gesehen?"

Sie drückte meinen Arm, als Dax um eine Ecke herum zur letzten Zelle lief. "Vor zwei Tagen. Damals redete er noch und sah fast ganz normal aus." Sie ließ meinen Arm los, umarmte mich kurz und seufzte. "Ich drücke dir die Daumen, Tiffani. Gib nicht auf. Deek ist nicht nur ein großartiger Kommandant, sondern auch ein hervorragender Kriegsfürst. Ein feiner Atlane. Du wirst das schaffen."

Darauf entgegnete ich nichts, denn ich folgte Dax und erblickte zum allerersten Mal meinen Partner.

Er kauerte inmitten seiner Zelle, erwartete uns, als hätte er uns kommen hören. Weder knurrte noch fauchte er, aber seine dunklen Augen inspizierten uns mit raubtierhafter Aufmerksamkeit und ich spürte, wie meine Hände zu zittern anfingen. Heilige Scheiße.

Er war gutaussehend und sogar noch größer als Dax, zumindest jetzt. Während die anderen Bestien mich Momente zuvor mit ihrem Zähnefletschen zu Tode erschreckt hatten, schien Deeks Bestie irgendwie ruhiger zu sein und er schien seinen Körper unter Kontrolle zu haben. Ich konnte mir mühelos vorstellen, wie er auf dem Schlachtfeld seine Feinde mit bloßen Händen in Stücke riss. Mit einem Kilt und einem Breitschwert über den Rücken geworfen, würde jede Frau auf der Erde bei seinem Anblick vor Lust keuchen, trotz der abschreckenden Zähne, die ich in seinem Mund erblickte, als er den Blick auf mich wandte um mich zu inspizieren.

Ich wusste, dass er nicht viel von mir erkennen konnte, nicht mit dem gigantischen Umhang, der mich fast gänzlich verhüllte, aber selbst als Dax an das Energiefeld herantrat, wandte er seinen Blick nicht mehr von mir ab. Er blickte hinauf in die nächste Ecke der Zelle, wo eine Überwachungskamera angebracht war. Sie war winzig, nicht größer als eine Zehncentmünze zu Hause, aber Sarah hatte mir gesagt, dass die Kamera alles, was in der Zelle vor sich ging, sehen und hören konnte.

"Ich grüße sie, Herr Kommandant."

"Dax." Daraufhin rührte sich die Bestie, sie erhob sich aus ihrer Hockstellung und richtete sich zu ihrer ganzen Größe auf. Sie schritt vorwärts, immer näher, bis die beiden Krieger sich mit dem Energiefeld in ihrer Mitte gegenüberstanden. Eine Mischung aus Staunen und Nervosität ließ mich einen Schritt zurückweichen. Er war beinahe einen Kopf größer als Dax, aufgerichtet war er um die zwei Meter vierzig groß. Auch er war nackt und beim Anblick seiner massiven Brust und strammen Schenkel musste ich praktisch geifern. Sein riesiger Schwanz war zur Schau gestellt, er war vollständig aufgerichtet und einsatzbereit.

Oh Gott! Er war bereit für mich. Ich war schließlich seine Partnerin und *dieses Teil* war für mich bestimmt! Die Vorstellung bewirkte, dass sich meine Pussy zusammenzog und die Bestie erstarrte, sie schnaubte, als könne sie meine Erregung riechen. Konnte sie das etwa?

Dax atmete tief ein, als wolle er etwas sagen, aber mein Partner schnitt ihm das Wort ab und wandte sich mir zu. Ich fühlte mich nackt und transparent, trotz meines schweren Mantels.

"Wer?" Er schien Mühe zu haben, dieses eine Wort zu formulieren, aber er machte in seiner Zelle einen Schritt zur Seite und trat näher an mich heran. Je mehr er sich annäherte, desto rasanter pochte mein Herz. Wie ein Reh im Scheinwerferlicht erstarrte ich, meine Pussy war von einem einzigen Wort bereits klatschnass. Der Klang seiner Stimme ließ meine Nervenenden kribbeln und meine Brüste wurden schwer. Gott, er war scharf. Gewaltig. Furchteinflößend. So stark, er konnte mich mühelos zerrupfen. Und das erregte mich. Ich wollte ihn stärker, als irgendjemand anderes zuvor. Mein Verlangen für ihn war unmittelbar und übereilt.

Ich sollte mich ihm, einem völlig Fremden, anbieten. Jetzt sofort. Und ich sollte ihm die Handschellen überstülpen, wenn er nicht hinsehen würde. Ich kam mir vor wie ein sechs Wochen altes Kätzchen, das es mit einem ausgewachsenen Tiger aufnehmen würde. Gegen ihn konnte ich unmöglich gewinnen.

Sarah legte erneut ihre Hand auf meine Schulter und sie beugte sich vorwärts. Ich erschrak und atmete tief durch, denn wenn ich das durchziehen wollte, musste ich mich zuerst beruhigen.

"Vertrau mir. Er interessiert sich

bereits für dich. Siehst du, wie er dich anschaut? Er ist dein Partner. Er gehört dir. Und du gehörst ihm. Seine Bestie wird dich erkennen, vielleicht weiß sie es bereits, auch wenn er es noch nicht versteht. Du schaffst das."

Ich schaffe das. Ich schaffe das. Ich schaffe das. Im Stillen wiederholte ich diese Worte, ich warf alle anderen Gedanken über Bord und zwang mich, ruhig zu bleiben. Ich achtete nicht weiter auf seine Größe, sondern betrachtete nur seinen prachtvollen Körper. Sein Schwanz war lang und dick —größer als alles, was ich zuvor gesehen hatte—, er war dunkelviolett, mit einer breiten, ausgestellten Spitze. Eine dicke Vene wölbte sich an seinem Schaft entlang. Ich stellte mir vor, wie er mir näherkommen wollte, mich füllen wollte. Ich stellte mir vor, wie dieser kolossale Körper mich wie ein Spielzeug anhob und gegen die Wand presste, mich bis zur Besinnungslosigkeit fickte, mich kommen ließ. Diese Kreatur gehörte mir. Laut irdischem Recht, laut Atlanischem Recht und laut jener abgefahrenen, futuristischen Wissenschaft, die das Bräute-Zentrum anwandte, um sicher zu stellen, dass wir miteinander kompatibel waren. Er gehörte mir und ich würde nicht zulassen, dass sie ihn abschlachteten, nur weil ich mich zu sehr fürchtete, mich von ihm ficken zu lassen.

Ich schaffe das.

Deek kam einen weiteren Schritt näher, ich hob meinen Kopf und schaute ihn an. Sein Blick hatte sich von dem eines Jägers, der kurz davor stand, tödlich zuzuschlagen, zu etwas sehr viel Interessanterem gewandelt, wenn auch bei weitem nicht weniger Intensivem.

Ich hob meine Hände und blickte zum Kriegsfürsten Dax, damit der mir grünes Licht gab. Er schaute auf die Überwachungskamera, die jetzt merkwürdig gelb blinkte, dann nickte er mir zu. "Nur zu, Tiffani. Die Kamera ist aus."

"Tiffani." Deeks Stimme war rau und tief, sie erinnerte mich an den verzerrten Klang einer Stimme aus einem Basslautsprecher.

Ich nahm meine Kapuze ab und wandte mich meinem Partner zu. "Hallo Deek."

Er antwortete nicht verbal, sondern ein tiefes, dröhnendes Knurren erfüllte den Raum, das Geräusch war so laut, es hallte in meiner Brust wieder, wie das Wummern der Bässe in einem Nachtklub. Er starrte mich an und ich konnte meinen Blick nicht mehr abwenden, egal, wie sehr ich es auch wollte. Ich war wie hypnotisiert.

Als wir uns einfach nur in die Augen starrten, war mein Herz kurz davor, aus meiner Brust zu springen und Dax schritt schließlich ein. "Sollen wir sie reinlassen, Herr Kommandant? Sie haben alle anderen abgelehnt."

Mein Partner beantwortete die Frage, indem er sich von dem Energiefeld entfernte und mein Herz sank.

Verdammt. Er war groß und furchteinflößend, aber er wollte mich nicht. Selbst dem Fieber erlegen und mit seinem Hinrichtungstermin vor Augen weigerte er sich.

Ganz hinten in seiner Zelle angekommen, neben einem großen Bett, drehte er sich um, dann legte er die Hände über den Kopf und flach gegen die Wand. Ich wandte mich Dax zu. "Was macht er da?"

Dax lächelte unverfälscht und ich entspannte mich. "Er muss sich mit erhobenen Händen an die hintere Zellenwand stellen, bevor ich das Energiefeld deaktivieren kann. So verlangt es das Protokoll zum Schutz der Wachen und Besucher." Daxs Lächeln verschwand, als er zu Deeks muskelbepackter Statur und wieder zu mir blickte. "Vorsicht, Tiffani. Er ist kein Mensch. Er wird dir nicht weh tun wollen, das weiß ich, aber sei lieb zu ihm."

"Lieb?" Sollte das ein Scherz sein?

Ich? Lieb sein?

Sarah hüpfte aufgeregt umher. "Schnell, lass sie rein!"

Ich schaute zu Sarah und die Frage, die Dax einen Moment früher an Deek gerichtet hatte, drang schließlich in meinen vor Lust und Angst wie vernebelten Verstand vor. "Welche anderen hat er abgelehnt?"

Sie verdrehte die Augen. "Haufenweise Frauen waren hier, haben sich ihm angeboten. Wenn ein Atlane zur Bestie wird, werden ihm willige Frauen wie bei einer Modenschau auf den Laufsteg vorgeführt. Sollte er auf eine davon reagieren, werden die Frauen in seine Zelle gelassen, damit sie ihn als Partner beanspruchen können."

Ich drehte mich wieder um und beobachtete Deek, seine Hände waren zu Fäusten geballt gegen die Wand gepresst, als würde er darum ringen, die Beherrschung nicht zu verlieren. "Und das funktioniert?"

"Hin und wieder. Aber nicht im Falle

des Kommandanten. Er hat mindestens zwanzig Frauen verschmäht, einschließlich seiner Verlobten."

"Seiner was?" Hatte ich richtig gehört? Er hatte eine Verlobte? Wut und Eifersucht kamen in mir auf, als ich ihn weiter musterte. Er gehörte mir und nicht irgendeiner Verlobten. Diese ganze bestialische Geilheit gehörte verflucht nochmal mir.

Sarah fuchtelte mit einer versöhnlichen Geste mit den Händen herum. "Das ist unwichtig."

"Unwichtig?" hakte ich mit aufgerissenen Augen nach. "Er hat eine Verlobte, aber das soll nicht wichtig sein?"

Sarah wischte mit der Hand durch die Luft. "Tiffani, die Männer hier halten sich eine Verlobte warm. Sollte ein Atlane seine wahre Partnerin nicht finden können, dann kann er jemand anderes heiraten und hoffen, dass die Bestie sie akzeptieren wird, was normalerweise auch der Fall ist, so lange er nicht gerade dem Paarungsfieber erlegen ist. Tia ist seine 'Frau für alle Fälle'. So sehe ich das jedenfalls. Aber Deek wird keinen Plan B brauchen, denn du bist seine Partnerin. Er gehört dir."

"Tiffani, das Energiefeld wird drei Sekunden lang deaktiviert. Wenn ich es dir sage, musst du sofort in die Zelle eintreten," informierte mich Dax. Dann ging der Kriegsfürst zur anderen Seite der Zellenwand und legte seine Hand auf einen kleinen Scanner im Korridor.

Ich nickte wie betäubt. Das passierte wirklich. Ich stand davor, mit einer Bestie, die kaum sprechen konnte in einer Gefängniszelle eingesperrt zu werden. Es war die blöde Verlobte mit ihrer Eifersucht, die mich dazu brachte, meinen Partner für mich zu beanspruchen. Niemand würde mir Deek wegnehmen. Keine bescheuerte Atlanerin würde das hier für mich vermasseln. Keine *Verlobte*.

Ein eigenartiges Summen ertönte,

dann verschwand es wieder und alles wurde ganz still.

"Jetzt!" Kriegsfürst Dax kläffte seinen Befehl hervor und mein Körper schwang sich wie von selbst nach vorne, meine Beine trugen mich über die dünne Bodenmarkierung direkt in Deeks Zelle hinein. Das Summen ertönte erneut und ich blickte über meine Schulter zu Sarah hinüber, ihre dunklen Augen waren voller Hoffnung und Sympathie. "Viel Glück, Tiff. Die Überwachungskamera wird bis zum Schichtwechsel der Wachen ausgeschaltet bleiben."

"Wann soll das sein?" fragte ich. Ich wusste zwar, dass ich mit einem völlig Fremden, der nicht einmal ansatzweise einem Menschen ähnelte, Sex haben würde, aber ich war mir verdammt sicher, dass ich dabei keine Zuschauer haben wollte.

Kriegsfürst Dax legte seinen Arm um Sarahs Taille. "Du hast fünf Stunden Zeit, Tiffani Wilson von der Erde. Hilf ihm bitte, wenn du kannst."

Damit meinte er wohl eher: *Bitte ficke diesen Krieger, bis du eine Woche lang nicht mehr gerade gehen kannst und stell bitte sicher, dass seine Bestie beruhigt wird. Oh, und falls der Kommandant durchdreht, dann könnte er dich aus Versehen umbringen. Nichts für ungut!*

Ich befeuchtete meine trockenen Lippen. "Das werde ich."

Meine einzigen Verbündeten auf diesem eigenartigen, fremden Planeten entfernten sich von mir. Mein Herz wanderte aufwärts und in meine Kehle, ich konnte kaum noch schlucken. Ich blickte ihnen nach, bis sie außer Sichtweite waren, meine Augen brannten mit unterdrückten Tränen, als sich hinter meinen Augen ein Tornado aus Adrenalin, Furcht, gespannter Erwartung, Verlangen, Hoffnung und Grauen zusammenbraute.

Und dann hörte ich ihn. Meinen Partner. Hinter mir.

Angespannt wandte ich mich um und sah, wie er sich gleich einer

Raubkatze langsam und kontrolliert an mich heranpirschte, damit ich nicht davonstürzte. Mit einem Seufzen beschloss ich, dass ich entweder Todesängste ausstehen oder einfach der Aufseherin Egara Glauben schenken könnte. Wenn er mir gehörte, dann würde er mich erkennen. Er würde auf mich hören. Er würde mir nicht weh tun. Diese gigantischen Hände würden nicht nach meinem Genick greifen und es wie einen Ast umknicken. Auf keinen Fall.

Ich griff in meine Manteltaschen und zog seine Partnerschaftshandschellen hervor. Die schweren Goldarmbänder in meiner Hand beruhigten mich ein bisschen und ich öffnete die Schnalle an meinem Hals und ließ den schweren Umhang zu Boden fallen.

Deek erstarrte, als ich von dem Mantel auf dem Boden wegtrat; mein Atlanisches Gewand band meine Brüste in eine enge, goldene Schnürung, welche die großzügigen Rundungen perfekt in Szene setzte. Der V-Ausschnitt zeigte viel Haut und seine Atmung schnappte, während er mich inspizierte, sein hungriger Blick wanderte über jeden Zentimeter meines Körpers, von meinen Fußlatschen bis zu meinem Scheitel. Als sein Blick aber auf die Metallbänder an meinen Handgelenken und das passende Paar in meiner Hand fiel, kam er brüllend auf mich zugestürmt.

Ehe ich einmal blinzeln konnte, wurde ich gegen die Wand gepresst, sein riesiger Körper hielt mich regungslos an Ort und Stelle. "Handschellen. Partner."

Ein Gefühl der Heiterkeit durchfuhr mich, als er die Handschellen erkannte, ihre Bedeutung verstand. Er beugte sich vor, um mit der Zunge an meinem Hals, meinem Schlüsselbein und an meinem Dekolleté entlang zu gleiten, als wäre mein Körper ein Festmahl. Ich seufzte erleichtert und fühlte mich zunehmend erregter. Aus der Nähe war er sogar noch größer, als ich gedacht hatte. Ich war keine kleingewachsene Frau und niemals wurde ich als *zierlich* angesehen. Neben ihm aber fühlte ich mich zwergenhaft, feminin. Selbst sein Schwanz war riesig. Himmel, seine harte Latte war wie ein Schmiedeeisen, dass die Haut an meinem Bauch brandmarkte.

Er hob meine Hände über meinen Kopf und hielt meine Handgelenke mit einer Hand fest zusammen, sein sehr viel größeres Paar Handschellen baumelte in meiner Hand, aber ich ließ sie nicht los. Ich musste ihm die Handschellen anlegen, sie irgendwie um seine Handgelenke bekommen.

Die Metallringe klapperten und das Klirren von Metall an Metall erfüllte die warme Luft im Raum. Mit meinen Armen über dem Kopf und seinem massiven Körper an mir saß ich in der Falle, war ich ihm komplett ausgeliefert. Himmel, ich hoffte nur zutiefst, dass ich nicht gerade den größten Fehler meines Lebens begangen hatte.

"Partner." Er hielt meine Arme mit

einer Hand fest, nahm mir die Handschellen mit der anderen ab und hielt sie zwischen uns hoch.

Mein Kopf war gegen die harte Wand gepresst, ich nickte und konnte nur hauchen. "Ja."

Mit den Armen über den Kopf gestreckt war ich entblößt, meine vollen Brüste schoben sich nach vorne und pressten gegen seinen enormen Brustkorb. Ich konnte nicht antworten, jedenfalls nicht, ohne dass sich meine Stimme vor Schmerz überschlug. Er war so verdammt schön, so groß und leidenschaftlich und perfekt proportioniert. Vom ersten Moment an wollte ich ihn.

Er hob den Kopf, nur sein ruppiger Atem war in der sterilen Zelle hörbar. Ich öffnete die Augen und hob mein Kinn, die Bestie beäugte mich eindringlich.

"Muss," knurrte er. "Dich Ficken."

Schockiert wurde mir klar, dass er um Erlaubnis bat. Diese Bestie von einem Mann war tatsächlich dabei, um Erlaubnis zu fragen. Selbst in seinem fiebrigen, zügellosen Zustand war er um mein Einverständnis bedacht. Meine Hände waren gefesselt, aber ich wusste, dass er mich loslassen, dass er mich gehen lassen würde, sollte ich es mir anders überlegen. Und das machte mich sogar noch geiler und noch feuchter für ihn. Seit dem verrückten Traum im Abfertigungszentrum war ich scharf auf ihn. Ich befeuchtete meine Lippen, mein Atem stockte. Aber er wollte mich nicht zur Partnerin nehmen, sondern nur mit mir ficken. Nun, zumindest würde ich den Ritt meines Lebens abbekommen.

Sein Schwanz war heiß und fest, er presste zwischen uns und auf einmal wollte ich sehnlichst meine Beine um ihn schlingen und ihn reiten. Er war mein Partner und ich würde nicht lockerlassen, egal, wie sehr er es auch bestreiten würde. Ich könnte jetzt mit ihm ficken, dabei hoffentlich die Bestie milde stimmen und ihn anschließend, bei klarem Verstand wieder zur Vernunft bringen.

"Ja," hauchte ich hervor. "Ich möchte dich in mir spüren."

Das tat ich. Ich brauchte es so dringend.

Er knurrte und drehte mich mit dem Gesicht zur Wand, genau wie in meinem Traum. Er ließ meine Hände los, als ich mich aber rühren wollte, konnte ich meine Arme nicht senken, denn die goldenen Handschellen waren an einer Art Metallschloss an der Wand festgemacht, das mir vorher nicht aufgefallen war. Ich zog und zerrte, vergebens. Jetzt war ich die Gefangene.

Selbst als er die Handschellen in den Händen hielt, zog er mir mühelos das Kleid vom Körper, bis es um meine Füße herum auf dem Boden lag. Die kühle Zellenluft ließ die Hitze, die von seinem Körper ausstrahlte, nur noch intensiver erscheinen. Ich spürte seine Wärme an meinem Rücken.

Ich wartete darauf, dass er seinen

Schwanz an meine Mitte legte und in mich eindrang. Stattdessen aber wanderten Deeks Hände über meinen Körper, sie umfassten und neckten meine schweren Brüste, massierten meine Schenkel und meinen Arsch. Mit festen Berührungen erkundete er jeden Zentimeter an mir, von der Spitze meiner kleinen Zehe bis zur Wölbung meines Unterbauchs und dem Bogen meiner Augenbraue. Hin und wieder ertönte ein dumpfes Dröhnen aus den Tiefen seiner Brust, das Geräusch erregte mich so sehr, dass mein glitschiger Willkommenssaft mir an den Schenkeln hinunterlief. Meine Pussy war so heiß, sie pochte mit jedem Schlag meines Herzens, das hämmernde Verlangen bewirkte, dass ich mich verzweifelt danach sehnte, gefüllt zu werden, verzweifelt kommen wollte.

"Jetzt mach schon," wies ich ihn ungeduldig an. Ich war quer durchs Universum gereist, um diesen Mann zu retten und jetzt wollte er an mir herumspielen, während ich vor unerfüllter Sehnsucht fast weinen musste. Nie hatte ich mich so aufgeführt, nie brauchte oder wollte ich es so verzweifelt. "Gütiger Gott, bitte. Fick mich einfach."

Klatsch!
Klatsch!
Klatsch!

Feuer schoss mir durchs Blut, als seine feste Hand auf meinem nackten Arsch aufsetzte, das Knallen seiner schnellen, heftigen Hiebe ließ mich erschaudern, zuerst vor Schreck, dann vor Bedürftigkeit. "Deek!" kreischte ich. "Was tust du da?"

Ich blickte über die Schulter und sah zu, wie er die Hand erhob und mir wieder und wieder den Arsch versohlte.

Klatsch!
Klatsch!
Klatsch!

"Keine Befehle." Er schlug meine andere Arschbacke und ich erschlaffte wie eine Orchidee auf heißem Asphalt.

Keine Befehle. Dax zufolge war er ein Kommandant, der sein eigenes Kriegsbataillon anführte. Es hatte gern das Sagen und anscheinend galt das auch für mich. Seine Führung ließ mich dahinschmelzen, etwas in mir wollte meinem Verstand die Kontrolle über meinen Körper entreißen und sich ihm unterwerfen. Ich saß in der Falle, war ihm vollständig ausgeliefert und diese Gewissheit bewirkte, dass mein Körper sich seinem Willen vollständig und bedingungslos unterwarf.

Ich winselte, meine Beine kollabierten und ich baumelte an den Handschellen festgeschnallt. Augenblicklich hob er mich hoch, fing er mein Gewicht ab. Mit einer Stärke, die ich mir nie vorzustellen gewagt hätte, drehte er mich um, damit ich ihn anblickte.

"Mir."

Er starrte mir in die Augen, während er mich nach oben hob. Ich war nackt und er positionierte sich so, dass die breite Spitze seines Schwanzes gegen meinen Eingang presste. Ohne zu zögern füllte er mich, dehnte er mich weit, um dann tief in mich hineinzustoßen.

5

Kommandant Deek

ALS MEIN SCHWANZ in ihren weichen Körper hinein sank, klärte sich mein Verstand, es war, als lichtete sich ein dichter Nebelschleier. Waren ihre flutschigen Säfte das Gegenmittel für mein Fieber, so wie es immer behauptet wurde? War es das heiße, enge Gefühl ihrer Pussy, das meine Bestie besänftigte, ihre Bedürftigkeit linderte? Später würde ich der Ursache auf den Grund gehen. Jetzt, jetzt lag sie perfekt in meinen Armen, ihre Zärtlichkeit war wie ein Balsam für den Zorn der Bestie. Überall war sie zart, von den großen Brüsten bis zur Fülle ihres Arsches und ihrer Schenkel. So zart, dass es mir vorkam, als würde ich in ihr zerlaufen und sie hieß mich auf eine Art willkommen, wie keine andere mich je akzeptiert hatte.

Ich starrte in ihre leidenschaftlichen grünen Augen hinab und wusste, dass sie nicht von meinem Planeten kam. Sie war ein Mensch, genau wie Daxs kleine Partnerin.

Partnerin.

Dieses Wort gefiel der Bestie, sie mochte ihren Geruch, die Zartheit ihrer Haut, ihren Geschmack, die Enge ihrer Pussy. Ich wollte jeden Zentimeter ihres perfekten Körpers auskosten, aber die Bestie würde mir nicht die Kontrolle überlassen.

Sie war verärgert, weil sie aufgeladen und eingesperrt war, sie weigerte sich, die Zügel aus der Hand zu geben, bis sie diese Frau gefickt und mit ihrem Samen gefüllt haben würde.

Tiffani.

Ich wusste nicht, wie sie hierhergekommen war oder welcher Irrsinn sie dazu gebracht hatte, hier zu mir in die Gefängniszelle zu kommen.

Die Bestie machte sich darum keine Gedanken. Sie wollte ficken. Und dem glasigen Blick in ihren Augen zufolge wollte sie dasselbe. Götter, ich wollte es auch. Sie gehörte mir. Die Handschellen an ihren Armen waren der Beweis. Das Familienmuster auf dem Metall hätte ich überall wiedererkannt. Ich würde sie später fragen, wie sie zu den Handschellen kam. So viele offene Fragen.

Im Moment trug sie meine Handschellen und das bedeutete, dass sie es freiwillig tat. Sie hatte sich dazu entschieden, mir zu gehören. Sie hatte sich für meinen Samen entschieden und für unsere Verbindung.

Mir.

Ich umfasste die Metallarmbänder, die sich unter meinem Griff erwärmt hatten. Ihre Gegenwart ließ mich Hoffnung schöpfen, sie beruhigten mich. Während die Bestie sie mit Samen füllen und markieren wollte, so musste ich sie nebenbei für mich beanspruchen. Ich musste sie wissen lassen, dass ich sie im Gegenzug für mich wählte. Während mein Schwanz tief in ihr steckte, ein Zeichen, dass die Bestie sie wollte, öffnete ich eine Handschelle und legte sie um mein Handgelenk und das Siegel schloss automatisch. Ich konnte spüren, wie das Armband enger wurde und sich nahtlos anschmiegte, während ich das zweite Band anlegte.

Bewusstsein durchströmte mich. Es war keine mentale Verbindung, wie sie die Prillonen mit ihren Frauen eingingen. Es war elementar. Zu wissen, dass diese Erdenfrau und ich dieselben Handschellen trugen, dass wir uns nicht ohne Pein voneinander entfernen konnten, dass wir miteinander ficken und uns aneinander binden mussten, war berauschend. Essenziell. Es ging um Leben und Tod.

Irgendwie ahnte ich es tief in meinem Inneren. Ich musste nicht erst die Bestie spüren, wie sie in mir rumorte und umherschlich, wie sie meinen Körper in sie hineindrückte, ihren Hals hätschelte und an ihr schnupperte. Wie sie ihre Haut leckte und sie kostete. Wie sie sie fickte und ausfüllte.

Sie gehörte mir, mir und meiner Bestie. Ihre Augen flackerten wissend auf, in ihrem Blick sah ich Akzeptanz und sie quetschte meinen Schwanz, ihre Pussy tropfte fast vor ausschweifender Erregung.

Meine Augen wanderten von ihren rosafarbenen Lippen, ihrem lieblichen Gesicht, nach weiter unten, wo ihre vollen Brüste auf meinen hungrigen

Blick warteten. Sie war kleiner als eine Atlanerin, allerdings war sie üppig, ihre großen Brüste ragten über meine Hände hinaus, als ich sie umfasste und mit ihren rosa Nippeln spielte. Ihr Körper war füllig, rundlich und so weich, überall war sie unbeschreiblich weich, ihre Haut war geschmeidiger als die zartesten Blütenblätter im Garten meiner Schwester.

Auf die Zähne der Bestie achtend senkte ich den Kopf, ich eroberte ihren Mund, während ich in ihrer Pussy steckte. Der Kuss war unbeschreiblich. Ihre Zunge verband sich mit der meinen, ihr Geschmack war würzig und heiß. Ich wollte sie überall kosten, wollte auf die Knie fallen und ihre feuchte Hitze lecken, sie mit meiner Zungenspitze schmecken.

Und das tat ich auch. Sie winselte, als mein Schwanz aus ihr herausglitt und ich vor ihr auf die Knie ging. Meine Bestie knurrte, sie sehnte sich nach der engen Hitze ihrer Pussy. Aber die Bestie hatte nicht länger das Sagen. Ich hatte jetzt die Kontrolle. Es gelang mir, die wilde Bestie zurückzudrängen, das rasende Fieber zu bändigen und meine Geisteskräfte zurückzuerobern. Ich war immer noch im Bestienmodus, mein Körper war immer noch ein gigantischer Krieger, denn nur so konnte ich sie rechtmäßig für mich beanspruchen.

"Mir." Das Wort war kaum mehr als ein Knurren, als ich meine Hände auf ihre Oberschenkel legte und ihre Beine auseinander spreizte. Ich ließ sie auf ihren angespannten Muskeln ruhen, während ich ihren Frauenduft einsog. Ich beugte mich vor und ließ meine Zunge über ihre Spalte gleiten und ihr Wimmern trieb mein Paarungsfieber zu neuen Höhen.

Diesmal konnte sich das rasende Fieber in meinen Adern abreagieren. Meine Partnerin war bei mir. Ich hatte die Bestie unter Kontrolle. Dieses Mal würde ich den Körper meiner Partnerin wieder und wieder zu Höhepunkt bringen.

Meine Bestie knurrte, als ihr Geschmack auf meiner Zunge explodierte. Ich war nicht länger wütend, sondern wollte einfach nur mehr. Also bearbeitete ich sie mit meiner Zunge, meinen Lippen, ich leckte und saugte, überschüttete ihren Kitzler mit Aufmerksamkeit und lernte, wie sie es mochte, wann sie die Hüften nach vorne schob und wie ich sie quiekend zum Keuchen brachte.

Mit einem Finger glitt ich in ihre honigsüßen Tiefen, ich fand die kleine, schwammige Stelle, die sie um den Verstand brachte und ließ sie vor Lust schreien, während sie sich krümmte und meinen Finger ritt. Meine Hand auf ihrem Schenkel hielt sie weiter fest, während ich ihren Kitzler leckte und schnippte, bis sie sich wieder von ihrem Höhenflug erholte.

Erst dann küsste ich mich an ihrem Körper entlang bis nach oben, ich nuckelte an einem Nippel, dann am anderen und nahm anschließend wieder ihren Mund in Besitz. Dieses Mal war sie äußerst zart und ergeben, ihr Kuss glich eher einer matten Erwiderung als verzweifelter Begierde. Ich hatte das bewerkstelligt. Ich hatte ihr den ersehnten Orgasmus geschenkt. Und ich würde es wieder tun.

Ich packte die Rückseite ihrer Schenkel und hob sie hoch, sodass sie ihre Beine um meine Taille schlingen konnte. Mein Schwanz glitt zwischen ihren Falten hindurch geradewegs in sie hinein. Nichts konnte mich mehr stoppen. Die Bestie und ich waren einer Meinung. Es war Zeit, sie zu ficken, sie zu nehmen, aber der Art nach zu urteilen, wie sie mit jedem Hüftstoß *ja, ja,* und *ja* schrie, war sie nicht nur dabei, sich für mich aufzuopfern. Sie fand ihr eigenes Vergnügen mit meinem Schwanz.

Als sie erneut kam, presste sich ihre Pussy wie eine Faust um meinen

Schwanz zusammen, sie molk mich und zog mich tiefer in sich hinein.

Mit gefesselten und zu Fäusten geballten Händen kannte sie kein Halten mehr. Ihre Augen waren geschlossen, ihre Wangen glühten. Ihre Brüste hüpften und schwangen, als ich sie füllte. Ich konnte spüren, wie sich in der Gegend meines Steißbeines mein Orgasmus aufbaute, meine Eier verhärteten sich, mein Samen war bereit, herauszuschießen.

Ich beugte mich nach unten und küsste ihren Hals, ich leckte ihre salzige, verschwitzte Haut. Atmete sie ein, als sie pausenlos kam.

Die Zuckungen ihrer Pussy gaben mir den Rest, sie drängten die Bestie, ein letztes Mal tief in sie hineinzustoßen und zu kommen. Mein Schwanz pulsierte unaufhörlich und ich füllte sie mit meinem Samen. Ich knurrte vor Lust und schloss die Augen. Mein Hals war voller Striemen, jeder Muskel meines Körpers war angespannt. Das exquisite

Vergnügen, das mich erfüllte, das ich in meine Partnerin hineinpumpte brachte mich um den Verstand.

Sie gehörte mir. Gefickt und markiert. Festgenagelt. Erobert.

Zum ersten Mal seit Tagen fühlte ich mich erleichtert. Besänftigt. Das Fieber verschwand wieder und ich war wieder ein normaler Atlane mit einer zufriedenen, folgsamen Bestie. Die Unbändigkeit in meinen Adern stürmte nicht länger zähnefletschend umher, das Drängen und die Wut hatten ein Ende. Sie war satt und zufrieden, sie war froh darüber, vom Geruch und der Erregung dieser Frau umgeben zu sein. Sie war glücklich, unsere Partnerin in den Armen zu halten und sich in ihren zarten Gliedern an ihren weichen Körper zu schmiegen. Denn selbst als ich ein letztes Mal in sie hineinstieß, um den festen Druck ihrer Pussy um meinen Schwanz herum zu spüren, streichelte sie mich mit ihren Beinen, ihre delikaten kleinen Füße rieben an meinem Hintern und an meinen Schenkeln hoch und runter, als müsste sie mich berühren, mich ebenfalls erkunden.

Ich machte die Fesseln an ihren Handgelenken los und ließ ihre Arme nach unten fallen, hielt sie aber weiterhin sicher in meinen Armen gegen die Wand gepresst. Ihre Hände wanderten sofort an meinen Kopf und sie vergrub ihre Finger in meinem Schopf, sie streichelte mich, liebkoste mich und verdeutlichte mir, dass alles in Ordnung war, während sie mich ihrerseits beanspruchte. Die Gewissheit, dass meine Handschellen felsenfest an ihren Handgelenken lagen, dass niemand sie mir wegnehmen konnte, beruhigte meine Bestie auf einzigartige Art und Weise.

Zum ersten Mal in einer Woche wurde ich wieder zum Kommandanten Deek. In der Koalitionsflotte hatte ich zwar die Befehlsmacht über tausende Krieger inne, deren Gehorsam war jedoch kein Vergleich zum Gefühl, das die bedingungslose Unterwerfung dieser einen Frau in mir auslöste. Ich hatte gekämpft und wäre für diese Krieger gestorben.

Aber für diese Frau, diese Unbekannte, meine wunderschöne Partnerin, würde ich alles tun.

Die Handschellen an meinen Handgelenken verkündeten es dem gesamten Planeten Atlan.

Sowohl Mann als auch Bestie gehörten jetzt ihr.

Tiffani

OH GOTT. Nie war ich … also ich war schon das eine oder andere Mal gekommen, aber nicht so. Heilige Scheiße. Ich versuchte, wieder zu Atem zu kommen, zu verstehen, was er gerade mit mir angestellt hatte. Mit mir. Meinem Körper.

Ich verkrampfte mich um Deeks Länge herum und spürte, wie sein Samen seinen Schwanz umspülte und an meinen Innenschenkeln herunterlief. Ich spürte, wie seine Hüften gegen meine stießen, den festen Griff seiner Hände an meinem Arsch, da, wo er mich versohlt hatte—

Er hatte mir den Arsch versohlt!

Und ich liebte es. Alles. Er war ein wahrhaftiger Atlanischer Krieger, denn mit nur wenigen Worten hatte er mich vollkommen beherrscht. Ich hatte mich seiner Übermacht hingegeben, ihm die Vorherrschaft über meinen Körper überlassen. Er war nicht unvernünftig vorgegangen, tatsächlich hatte er sich ziemlich wohlüberlegt angestellt. Als sein Schwanz das erste Mal in mir drinsteckte, veränderte sich sein Ausdruck. Aus einem düsteren, vor bestialischer Triebhaftigkeit strotzendem Stieren, dem Blick der Bestie, die den Kontakt zu Realität anscheinend komplett verloren hatte, wandelte sich sein Antlitz zu einem Ausdruck hellen Bewusstseins. Es war, als ob mein Körper ihn von was auch immer ihn plagte, erlöst hatte.

Wieder und wieder hatte man mir erklärt, dass ich die Einzige war, die seine Bestie bändigen konnte. Sarah hatte mir eingeschärft, dass ich ihn verführen musste, ihn zu seinem wahren Selbst zurückficken musste. Aber ich hegte Zweifel. Tief in meinem Herzen glaubte ich immer noch, dass ein paar liebe Worte, ein sanftes über-die Wange-streichen oder vielleicht meine Finger in seinem dunklen Haar ihn wirklich beruhigen konnten. Ich hatte es wohl einfach nicht geschnallt. Dax hatte versucht, mich zu warnen.

"Er ist kein Mensch."

Nein. Mein Partner war einfach kein Mensch. Und er konnte nur von einer besonderen Art der Liebkosung gebändigt werden, nämlich wenn sein Schwanz tief in meiner Pussy steckte.

Meine Ergebenheit war die Medizin, der er so dringend brauchte.

Himmel, hatte meine Pussy etwa Superkräfte? Super-Pussy! Ich brauchte einen Umhang oder so etwas in der Art, um meinem neuen Superhelden-Dasein gerecht zu werden. Bei der absurden Vorstellung konnte ich mir das Grinsen nicht verkneifen, während ich mich an seine breite Brust schmiegte.

Behutsam glitt er aus mir heraus, dann ließ er meine Beine wieder zu Boden. Ich fühlte mich etwas wund und konnte mir das Zischen nicht verkneifen. Mein Körper war das Ficken nicht mehr gewohnt—es war schon eine ganze Weile her. Außerdem war ich nie von einem derartig großen Schwanz genommen worden und nie wurde er so gekonnt angewandt wie dieser hier. Ich hatte keinen Grund, mich zu beschweren. Das leichte Unbehagen bewirkte, dass ich mich femininer und mächtiger denn je fühlte.

Ohne ein Wort zu sagen und als ob

ich schwerelos wäre hob Deek mich in seine Arme und trug mich zu seinem großen Bett. Dort legten wir uns eng umschlungen nieder, in den Armen der riesigen Bestie fühlte ich mich sicher und beschützt. Nichts würde mir zustoßen, solange ich bei ihm war. Nichts könnte mir weh tun. Er gehörte mir.

Und ich gehörte jetzt ihm.

Er liebkoste meinen Hals und zog meinen Rücken an seine Brust, sein Körper war um mich gewunden, sein Rücken schirmte mich vor dem Energiefeld und der Kamera an der Vorderseite seiner Zelle ab. Als seine Hitze in meinen Körper eindrang, wurde mir klar, wie erschöpft ich tatsächlich war. Nach dem Flug zum Abfertigungszentrum, meiner Ankunft in Daxs und Sarahs Schloss und der Beunruhigung darüber, wie dieses Treffen mit meinem Partner wohl verlaufen würde, war ich dermaßen müde, dass ich kaum noch die Augen offenhalten konnte.

"Schlafen."

Und genau wie mein Körper seinen Berührungen Folge leistete, schloss ich die Augen und schlief umgehend ein.

Tiffani

Langsam erwachte ich, im Bett war es kuschelig warm und bequem und ich wollte mich nicht rühren. Ein harter Schwanz presste gegen meinen Arsch, gemächlich und heiß glitt er über meine Pussylippen. Deek nahm mein Bein und legte es über seine Hüfte und ich ließ ihn gewähren. Auch als sein harter Schwanz mich von hinten füllte, leistete ich keinen Widerstand. Sein riesiger Schwanz dehnte mich weit auseinander, seine Hand umfasste gleich einem eisernen Band meinen Oberschenkel und hielt mich für seinen Körper geöffnet.

Dann glitt die Hand an meinem Schenkel weiter nach unten, sie knetete die sanfte Rundung an meinem Bauch und ich vernahm ein leises Brummen, woraufhin meine Pussy vor frischem Verlangen feucht wurde.

Ich hörte ein Knurren in Deeks Brust und ein stumpfer Finger wanderte tiefer, er glitt durch meine feuchten Schamlippen hindurch und rubbelte meinen Kitzler, während er mich langsam fickte. Gemächlich stieß er in mich hinein, als hätte er stundenlang Zeit mich anzuheizen, mich zu ficken und mich betteln zu lassen.

Ich konnte unseren kombinierten Geruch riechen, die Feuchte meines Körpers und sein Samen vermischten sich auf meinen Innenschenkeln. Er rieb meine Haut mit seiner Feuchte ein, als würde er mich mit seinem Geruch markieren. Als er mit dem Ergebnis zufrieden war, widmete er sich meinen

Brüsten. Er umfasste eine Keule mit seiner riesigen Hand und strich mit dem Daumen über meinen Nippel, der sich zusehends verhärtete. Die sinnliche Berührung ließ seinen Schwanz in mir noch dicker werden und ich keuchte.

"Wer bist du, Tiffani?" fragte Deek. Seine Stimme klang rau und tief, aber es war die Stimme eines Mannes.

Ich blickte über meine Schulter zu ihm hinauf—weit hinauf, denn er war sehr viel größer—und bemerkte, dass er jetzt kleiner war, seine Schultern waren nicht ganz so mächtig, sein Gesicht, seine grauenhaften Zähne sahen jetzt beinahe ... normal aus. Er war immer noch groß, größer als jeder Mann, den ich je gesehen hatte, aber nicht mehr ganz so furchteinflößend. Seine dunkelgrünen, goldberingten Augen schienen von seinen eigenen Handlungen wie verzaubert zu sein, als er die hitzige Reaktion meines Körpers wahrnahm.

"Mein Name ist Tiffani Wilson. Ich

bin siebenundzwanzig. Ich komme von der Erde." Ich wusste nicht genau, was er von mir hören wollte und begann herumzufaseln. "Mein Vater war bei den Bullen."

"Was ist das, Bullen?"

"Ähm, die Polizei. Hüter des Gesetzes?"

Deek nickte und pumpte langsam in mich hinein, so langsam, ein und aus, als ob ficken und sich gleichzeitig dabei zu unterhalten vollkommen normal wären. "Er war ein Krieger. Ein Beschützer? Deswegen bist du so mutig."

"Deek, ich bin nicht mutig. Aber, ja, ich schätze, ich habe viel von ihm gelernt. Ich respektiere das Gesetz. Meine Mutter—"

Er verlagerte die Hüften und zwirbelte meine Brustwarzen mit den Fingern. Keuchend brachte ich meinen Satz zu Ende. "Meine Mutter hatte seltsame Jobs, meistens aber hat sie sich zu Hause um mich gekümmert, als ich noch klein war. Zumindest bis zu ihrem Tod."

Rein. Raus. Er hob mein Bein ein wenig höher und stieß dreimal heftig in mich hinein. Als ich die Augen schloss, hielt er inne.

"Tiffani."

"Hmm?"

"Erzähl mir mehr. Ich möchte dich kennenlernen."

"Ich kann mich nicht konzentrieren, wenn du …"

"Das hier machst?" Wieder begann er damit, mich langsam zu ficken.

"Ja."

Er schmunzelte in mein Ohr und knabberte an meinem Kiefer. "Gut. Du kannst trotzdem weiterreden. Nimm es als eine Herausforderung."

Ich lächelte und dieser Fremde bewirkte, dass mein Herz leicht dahinschmolz. Wenigstens schien er Sinn für Humor zu haben. Nie zuvor hatte jemand im Bett solche Spielchen mit mir gespielt. Die wenigen Liebhaber, die ich gehabt hatte, waren sehr viel mehr daran interessiert, ihn reinzustecken, abzuspritzen und wieder herauszuziehen. Das hier war eine vollkommen neue Erfahrung für mich. Und es war ... Spaß.

Himmel, nie hatte ich geglaubt, dass Sex tatsächlich Spaß machen konnte.

Seine tiefe Stimme dröhnte durch mich hindurch und er umfasste meinen Busen, seine riesige Hand durchknetete die weiche Masse. "Nimmst du meine Herausforderung an oder soll ich aufhören?"

"Wie, aufhören?"

"Dich zu ficken."

Auf keinen Fall! "Hör nicht auf."

"Dann erzähl mir bitte mehr über dich."

"Als ich vierzehn war, hatte mein Vater einen Herzinfarkt. Meine Mutter fing an zu trinken und kaum als ich mit der Schule fertig war, schmiss sie mich raus."

"Das ist unehrenhaft."

Ich seufzte. "Sie war am Boden zerstört. Es waren harte Jahre, aber wir haben es überstanden. Sie ist ebenfalls tot."

"Du warst alleine auf der Erde?"

"Ja." 'Allein' war kein Ausdruck für die langen, einsamen Nächte nach einem harten Arbeitstag. Die hinterhältigen, dürren Bohnenstangen im Restaurant zerrissen sich meinetwegen die Mäuler, obwohl ich auf der Arbeit einen großen Bogen um sie machte. Meine Schulfreunde gingen zur Uni, dann heirateten sie und bekamen Kinder. Da waren die gemeinen Kommentare über meine Größe, die ich mir beim Einkaufen anhören musste oder wenn ich einfach nur auf der Straße lief. Allein? Isoliert? Einsam? Klar, so könnte man es sagen.

Seine Berührungen wurden sanfter und er streichelte meinen Bauch, er liebkoste mich, als wolle er damit meinen Kummer lindern. Und es funktionierte total, das musste ich zugeben, denn ich schmolz nur so dahin, schmiegte mich vollkommen entspannt gegen seinen Körper. Träge ließ ich mich von ihm nehmen, er füllte mich und schenkte mir das Gefühl, dass ich wichtig sei, dass ich hübsch sei. Dass ich geliebt wurde.

Eine heiße, nasse Träne glitt über meine Wange aufs Laken und ich ignorierte sie, ich biss meine Lippe, um die kommende Tränenflut zu stoppen. Ich hatte keine Ahnung, dass geliebt zu werden so schmerzhaft sein würde.

Er beendete mein Schweigen. "Was hast du gerne gemacht, auf der Erde?"

"Ich war Kellnerin." Ich wusste nicht, ob er mit dem Begriff etwas anzufangen wusste, also erläuterte ich ihn. "Ich habe Leuten das Essen serviert."

"Im Dienste der Anderen. Das überrascht mich nicht. Hast du diese Arbeit gerne gemacht?"

Ich erstickte fast vor Lachen. "Nein. Nicht wirklich."

"Dann wirst du diese Arbeit hier nicht machen."

Anscheinend konnte er all meine Probleme mit bloßem Willen lösen. Im Moment war mir nichts von alledem wichtig. Mein Körper kreiste höher und höher. Meine Mitte war so empfindlich, so stark geschwollen, dass jeder Stoß seines Schwanzes wie ein Elektroschock durch mich hindurch fuhr. Er musste sich auf meine Pussy konzentrieren. Genug mit dem Geschwätz. Ich spannte meine inneren Muskeln an und spürte an meiner Rückseite, wie seine massiven Brustmuskeln kurz erschauderten. Also wiederholte ich das Ganze.

"Ich ... ich bin deine ausgewählte Partnerin, Deek. Du gehörst mir."

"Mir." Sein tiefes Knurren klang eher nach Bestie als nach Mann.

Ja! Seine Finger wanderten zu meiner anderen Brustwarze und ich beobachtete, wie er den Kopf senkte, dann sanft meine Schulter ableckte, seine Nase in meinem Haar vergrub und mich einatmete, während seine Hand zurück zu meinem Kitzler rutschte und mich behutsam neckend erforschte, sodass ich keine Chance hatte, ihm zu widerstehen.

Er streichelte meinen Kitzler, zupfte an meinen Nippeln und rieb ohne Unterlass meinen gesamten Körper. Er erkundete jeden Zentimeter meiner Haut und markierte mich, während sein Schwanz erst rasant und dann gemächlich immer wieder in mich eindrang. Und die ganze Zeit über beobachtete er mich wie gebannt.

Der Orgasmus überrollte mich wie aus dem Nichts, einen Moment lang ruhte mein matter Körper friedlich in seinen Armen, im nächsten Augenblick konsumierte mich die Hitze des Höhepunkts. Und immer noch beobachtete er mich, seine Finger waren jetzt ohne Gnade, mit festen, tiefen Stößen verlangte er meinem bereits gesättigtem Körper einen weiteren Orgasmus ab, mit fieberhaften Stößen trieb er mich über die Schwelle, während er zur selben Zeit tief in mir kam und sein Samen meine Pussy mit seiner Inanspruchnahme auskleidete.

Mit seinen starken Armen hielt er mich wie gefangen und wir beide rangen nach Luft. Sein Schwanz verweilte weiterhin in mir und im Schutze seiner massiven Statur fühlte ich mich sicher, feminin und erwünscht.

Und doch, eine Frage brannte sich durch den sinnlichen Dunstschleier, der mein Gehirn vernebelte. Eine überaus wichtige Frage. "Sind wir jetzt miteinander verpartnert? Bist du ... ist deine Bestie ... bist du in Ordnung?"

Das Metall an seinem Unterarm reflektierte das grelle Zellenlicht und ich griff nach seiner Handschelle. Er hob den Kopf von meiner Schulter und unsere Blicke trafen sich. "Ja, wir sind jetzt verpartnert. Die Bestie hat dich mit meinem Samen gefüllt. Wir tragen die Handschellen meiner Familie. Daran besteht kein Zweifel. Aber wie bist du überhaupt hierhergekommen?"

"Diese Frage kann ich gerne beantworten."

Aufgeschreckt drehte Deek sich um, zu rasant, als dass ich ihm folgen konnte, zog er seinen Schwanz aus meinem Körper, er bedeckte meinen entblößten Körper vor den Blicken jenes Mannes, der seine Frage beantwortet hatte.

"Dax," rief Deek.

Ich hielt den Atem an und mir wurde bewusst, dass der andere Atlanische Krieger vor der unsichtbaren Wand stehen musste und er mich sehen konnte. Er *hatte* mich gesehen. Er hatte mich sehen *können*, aber nicht mehr länger. Deek schirmte mich vollständig mit seinem Körper ab.

"Dreh dich um, Dax. Ich möchte meine Partnerin zudecken."

"Selbstverständlich."

Ich konnte nichts sehen, aber Dax musste sich wohl umgedreht haben. Deek langte nach unten, um meinen

Umhang vom Boden aufzuheben. Er breitete das Gewand aus und zog es mir über.

Er blickte zu mir hinunter und seine Augen versprühten einmal mehr die wachsame Aufmerksamkeit eines Kriegers. "Niemand wird dich sehen. Dein Körper gehört mir."

Seine Worte machten mich schon wieder heiß. Ich sollte nicht danach streben, von jemanden als sein Eigentum betrachtet zu werden, von jemanden beansprucht zu werden, denn das ging gegen alle meine teuren, feministischen Grundsätze. Aber als Deek diese Worte sprach, klangen sie beschützend und ... Himmel, einfach perfekt. Ich *wollte* ihm gehören, denn es stand außer Frage, dass er mir gehörte. Eine Verpartnerung war schließlich etwas Anderes, als zu Hause in einer Bar einen heißen Typen aufzugabeln. Ich spürte unsere Verbindung, ich spürte sie in meiner Pussy und an meinen Innenschenkeln.

Als ich den Mantel schloss, wandte er sich um. Wieder bedeckte mich der Umhang von Kopf bis Fuß, aber diesmal war ich nackt darunter, meine Kleider lagen immer noch zu einem kleinen Haufen getürmt auf dem Boden.

"Kriegsfürst, erklären sie sich," befahl Deek mit zurückgezogenen Schultern, sein Gebaren glich dem eines wahren Anführers. Selbst nackt war er prächtig und fordernd. Während ich schamhaft an meinem Mantel festhielt, schien Deek keine Scham zu kennen.

"Vor dem Transport, auf dem *Schlachtschiff Brekk*, habe ich dich ins Testprotokoll für Koalitionsbräute eingeschleust. Genau, wie du es für mich getan hast. Mit der Hinrichtung vor Augen war mir klar, dass nur eine einzige Frau im Universum dein Paarungsfieber lindern könnte."

Deek zog mich vorwärts an seine Seite, sein Arm ruhte beschützend auf meiner Taille.

Dax und Sarah standen auf der

anderen Seite des Energiefelds, genau dort, wo ich sie das letzte Mal gesehen hatte. Wie lange waren sie fort gewesen? Sie wirkten deutlich entspannter, aber ihre Blicke ließen viele offene Fragen vermuten.

"Tiffani," schlussfolgerte Deek. "Meine ausgewählte Partnerin." Die Art, wie er meinen Namen sagte, gefiel mir.

Dax nickte. "Sie ist eine aufgestellte junge Frau. Sie hat das Bräute-Zentrum praktisch gezwungen, sie hierher zu transportieren; überzeugt davon, dass sie dich retten könnte—und würde."

Mit einem Anflug von Ehrfurcht und Respekt blickte er zufrieden auf mich herab.

"Was sie getan hat."

Dax atmete laut aus und ich wandte mich ihm zu. Sarah nahm seine Hand und lächelte. Er lächelte ebenfalls. Sie wussten noch nicht, dass die Paarung erfolgreich war und die Bestie besänftigt wurde, dass das Paarungsfieber vorüber war. Sie wussten nur, dass ich die letzte Überlebenschance für ihren Kumpel war.

"Du hast deine Handschellen an."

Deek streckte den Arm hoch, betrachtete die Handschelle und grinste. "Meine Bestie wurde beruhigt. Ich bin —" ehrfürchtig blickte er zu mir hinab, "—vergeben."

"Wachen!" brüllte Dax und seine Stimme dröhnte durch den Korridor. "Wachen," wiederholte er, bis er ihre schweren Schritte näher kommen hörte.

"Hab keine Angst," flüsterte Deek mir zu. "Du hast so viel Mut bewiesen. Jetzt bin ich an der Reihe, mich um dich zu kümmern."

Nie zuvor hatte ich derartige Worte aus dem Munde eines Mannes gehört. Sie wirkten wie ein Balsam auf meine Seele. Mir war nicht bewusst, wie allein ich mich gefühlt hatte, wie viel ich ohne jede Unterstützung hatte ertragen müssen, ohne die Hilfe von ... irgendwem. Ein Kloß formte sich in meiner Kehle und ich musste einige Tränen weg blinzeln.

Die Wachen trafen ein und Deek wandte sich ihnen zu.

"Kommandant Deeks Paarungsfieber ist vorüber. Lassen sie ihn umgehend frei," befahl Dax.

Vor uns standen vier Wachmänner in eng anliegenden Panzerungen, wie ich sie nie zuvor gesehen hatte. Das eigenartige Material wirkte undurchdringbar, aber jeder Muskel und jede Vertiefung ihrer Körper zeichnete sich bis ins kleinste Detail ab. Das schwarzbraune Wirbelmuster, welches eine Art Camouflage sein musste, ließ sie kolossal und unverwundbar erscheinen. Ich stellte mir vor, wie Deeks massiver Körper in einer solchen Panzerung aussehen musste und stöhnte fast vor Begierde. Himmel, er würde verdammt geil darin aussehen.

Zwei der Wächter näherten sich, aber derjenige, dessen Brust und

Schulter die meisten Streifen verzeichnete trat hervor. Er blickte zu Dax, der den Befehl erlassen hatte und dann zu Deek. Als er schließlich mich auf der anderen Seite des Energiefelds erblickte, machte er große Augen.

"Kommandant," sprach der Mann.

Deek hielt seinen Arm hoch, um ihm seine Handschelle zu zeigen. "Es stimmt. Meine Partnerin ist hier und wir haben die Verpartnerung bereits vollzogen. Holen sie den Doktor, damit er das Ende des Fiebers bestätigen kann."

Der Wächter musterte einen Moment lang Deek, dann blickte er zu mir. Ich starrte ihn nur an, sollte er es wagen, mich herauszubefördern. Ich würde diese Zelle nicht ohne meinen Partner verlassen.

Ein paar Sekunden lang starrte er mich an, dann nickte er. "Jawohl, Kommandant."

Schnell traf der Doktor ein und das Energiefeld wurde deaktiviert, um ihm einen Zugang in die Zelle zu verschaffen. Deek wurde mithilfe von einigen leuchtenden Objekten untersucht und schließlich als kuriert eingestuft.

"Sie haben Glück, Kommandant," sagte der Doktor. Er war nicht annähernd so groß wie Deek und er trug eine dunkelgrüne Uniform, die mich an Pinien und Moos erinnerte. Der Schnitt ähnelte dem der bewaffneten Gefängniswächter, aber das Material schien nicht fest zu sein, es war nicht für den Kampf bestimmt. Es bewegte sich und umspielte seinen Körper mit Leichtigkeit. Sein hellbraunes Haar war an den Schläfen ergraut und seine dunkelgrauen Augen waren überaus konzentriert und professionell, als er Deek untersuchte. Ich bezweifelte nicht, dass dieser Mann früher ebenfalls ein Krieger gewesen sein musste.

Deek gesellte sich wieder an meine Seite und legte seinen Arm um meine Schulter, um mich näher an sich heranzuziehen. Als er mich ansah, lächelte er. Seine eindrucksvolle Erscheinung wandelte sich und ich erkannte den sensiblen Mann hinter der herrischen Fassade. "Ja, das habe ich."

Daraufhin küsste er mich, und zwar direkt vor dem Doktor, den Wächtern, Dax uns Sarah, vor den Augen aller, als wäre stolz darauf sich mit mir zu zeigen, als wolle er die Welt wissen lassen, dass ich zu ihm gehörte und nur ihm allein.

Der Schock überraschte mich einige Sekunden lang, dann antwortete ich. Als es soweit war, warf ich alles über den Haufen, schlang meine Arme um Deeks Taille und zog ihn an mich heran. Er knurrte und Dax musste schmunzeln, Deek jedoch vergrub einfach seine gewaltigen Hände in meinem Haar und hielt mich fest, um mich durchgehend zu mustern.

Der Doktor räusperte sich. "Ich werde die notwendigen Papiere unterzeichnen, damit die Hinrichtung aufgehoben wird. Sie können gehen."

Deek ließ mich schließlich los und

wankend sah ich zu, wie der Doktor dem Wächter vor Deeks Gefängniszelle ein Zeichen machte.

"Lassen sie ihn umgehend frei."

Vor lauter Aufregung und Erleichterung hüpfte mein Herz beinahe aus meiner Brust. Ich hatte es geschafft! Heilige Scheiße. Ich war zu einer anderen Welt gereist, hatte einen Alien verführt und ihm das Leben gerettet.

Er gehörte mir. Mir allein. Der Gedanke stimmte mich zugleich überglücklich und ängstlich. Ich hatte keine Ahnung, wer er war, was in seinem Kopf vorging, wie er sich mit der Sache fühlte. Die Aufseherin im Bräute-Zentrum hatte mir versprochen, dass er perfekt zu mir passen würde und ich hoffte zutiefst und von ganzem Herzen, dass das der Wahrheit entsprach.

Was, wenn ich ihm nicht gefiel? Was, wenn er meinen Humor bescheuert finden würde? Ich liebte grelle Farben und zog mich gerne total bunt an. Was, wenn ich nur rot oder schwarz tragen sollte und jeden Tag Salat essen musste? Was wäre, sollte er Musik nicht ausstehen können? Was wäre, wenn er jetzt, als das Paarungsfieber vorüber war, plötzlich beschloss, dass er mich nicht mehr wollte?

Zum allerersten Mal wurde mir wahrhaftig klar, dass ich mit einem völlig Fremden nach Hause gehen würde.

6

eek

Ich folgte meiner kleinen Partnerin, die gerade ihr neues Zuhause erkundete. Ich selbst hatte kaum Zeit hier verbracht, denn zehn lange Jahre lang war ich auf dem *Schlachtschiff Brekk* stationiert. Nur im Urlaub kam ich zurück. Bis jetzt war das große Haus für mich nur ein Übernachtungsquartier gewesen. Aber jetzt, mit meiner

Partnerin hier, fühlte es sich plötzlich wie Zuhause an.

Mir.

Dieses eine Wort ging mir immer wieder durch den Kopf. Jedes Mal, wenn ich Tiffani ansah, einen Hauch ihres süßen Geruchs wahrnahm oder mich an die enge Hitze ihrer Pussy erinnerte, kam mir das Wort wie ein Mantra in den Sinn. *Mir.*

Die Bestie mochte sich beruhigt haben und ich war jetzt in der Lage, diesen Teil meines Wesens zu kontrollieren, aber sie lebte weiterhin in mir fort. Wann immer Tiffani mir näher kam, erwachte sie in den Tiefen meiner Seele und wollte sich ihr annähern, sie anfassen, sie ficken und mit ihrem Geruch und ihrem Samen markieren.

Andere Krieger hatten mir zwar von der unerbittlichen Ergebenheit ihrer Bestien berichtet, aber ich hatte diesen überwältigenden, primitiven Drang, sie zu beschützen, sie zu ficken, nie wirklich verstanden. Ich wollte mich ihr zu

Füßen legen und meine geschundene Seele ganz ihrer Fürsorge überlassen.

Kopfschüttelnd hatte ich beobachtet, wie Dax sich gewandelt hatte, nachdem er mit Sarah verpartnert wurde. Ihre Verbindung war rührend und die Art, wie der mächtige Kriegsfürst seine Partnerin anhimmelte, war ... herzerweichend. Und doch war ich nie davon ausgegangen, dass auch mir das passieren könnte. Und hier stand ich nun, meinerseits mit einer Frau von der Erde verpartnert und mir wurde bewusst, dass ich alles, *wirklich alles* für sie tun würde.

Ihren außerordentlichen Mut hatte sie bereits unter Beweis gestellt. Sie hatte sich über die Transportsperre hinweggesetzt und war quer durch die Galaxie gereist. Sie war in meine Zelle eingebrochen und hatte dabei ihre eigene Festnahme riskiert. All das hatte sie unternommen, um mich zu retten, mich, einen angeschlagenen Krieger, den sie noch nicht einmal kennengelernt hatte.

Nie zuvor hatte ich jemanden mit derartigem Mitgefühl, derartiger Unerschrockenheit getroffen. Ich war mir ziemlich sicher, dass ich eine solche Frau nicht verdient hatte und trotzdem würde ich töten, um sie an meiner Seite zu behalten. Sie gehörte mir und ich würde sie niemals aufgeben.

Aber ich war immer noch Kommandant. Ich hatte die Verantwortung. Das Retten erledigte normalerweise ich.

Aber diese Frau hatte mich bereits auf so vielfältige Weise Bescheidenheit gelehrt, genau wie die Bestie.

Die Bestie hatte viele Schlachten erlebt. Hunderte Hive-Soldaten hatte ich getötet, ihnen die Glieder ausgerissen und dabei zugesehen, wie sie sich wandten, bluteten und vor Qual schrien. Die Bestie hatte dabei nichts gespürt. Nichts als Befriedigung, während sie zerstückelt zu meinen Füßen verendeten.

Jetzt ... jetzt aber spürte das kaltblütige Monster in mir *alles*. Ihretwegen. Aufgrund einer mir kaum bekannten Frau, einer Alien-Braut von einer entfernten Welt. Einer Fremden.

"Gefällt die dein neues Zuhause, Tiffani?"

"Es ist schön." Sie lächelte schüchtern und glitt mit der Hand über die Lehne einer großen Couch in meinem Schlafgemach und mir wurde bewusst, dass es eine Sache war, sie besinnungslos zu ficken und der Bestie freien Lauf über ihren Körper zu lassen. Aber an ihrer Seite zu stehen war etwas vollkommen anderes. Ich lernte, was es bedeutete, ihr Partner zu sein und versuchte sie aufzumuntern, ich wollte mehr über ihr Zuhause und ihre Herkunft erfahren, ihre Vergangenheit und wie sie schließlich zu meiner Partnerin wurde.

Der Bestie war das alles egal, ihr

urzeitliches Herz war zu solcher Raffinesse nicht imstande. Sie sah. Sie wollte. Sie fickte. Aber dieses primitive Wesen würde sie auch beschützen, denn die Bestie würde für Tiffani ihr Leben lassen, ohne zu zögern würde sie ihretwegen töten.

Genau wie ich.

Ich ging zum Fenster, daneben stand ein kleiner Tisch. Eine Flasche des vorzüglichsten Weins stand geöffnet und bereit—ein Diener hatte sie für unsere Ankunft vorbereitet—, ich schenkte zwei Gläser mit der dunkelvioletten Flüssigkeit ein und bot eines davon meiner Partnerin an.

Unsere Finger berührten sich leicht, als sie es von mir nahm und die Bestie jauchzte vor Glück über die zaghafte Berührung.

Diese Frau hatte mich bereits in die Knie gezwungen. Ich gehörte ihr, voll und ganz ihr. Ich brauchte keine Handschellen, um mich davon zu überzeugen. Auch wenn sie die

Tragweite ihrer Bedeutung oder meine vollständige und unerbittliche Ergebenheit noch nicht ganz zu begreifen schien.

"Was immer du wünschst, Liebes. Du musst nur darum bitten."

"Wie sieht es mit unserem Superhelden-Umhang aus?" Ihre grünen Augen funkelten vergnügt und ich wünschte, dass ich sie besser kennen würde, nachvollziehen könnte, warum sie lachte.

Mir war nicht klar, was sie meinte, aber ich würde alles tun, um sie zufrieden zu stellen. "Ich werden einen Schneider einbestellen. Ich weiß nicht genau, was du meinst, aber wenn du eine Zeichnung anfertigen oder es ihm erklären kannst, dann wird er es für dich nähen."

Sie lachte und ihre Freude löste einen engen Knoten in meiner Brust. "Ist schon in Ordnung. Ich hätte sowieso keine Gelegenheit es zu tragen." Sie nahm einen Schluck Wein und blickte über den Glasrand hinweg zu mir auf.

"Sarah möchte unserer Verpartnerung zu Ehren eine Feier organisieren."

"Du wirst ganz rot im Gesicht," sprach ich, denn ihre Befangenheit war nicht zu übersehen.

"Das ... ist mir peinlich."

"Wegen einer Party?" fragte ich.

Sie schüttelte den Kopf. "Weil alle wissen werden, was ich getan habe. Was *wir* getan haben."

Daraufhin runzelte ich die Stirn. "Niemand wird sich über unsere Verbindung lustig machen. Sie werden dich als tapfer und mutig ansehen, genau wie ich."

Sie errötete sogar noch deutlicher, aber dann lächelte sie.

"Normalerweise bin ich gar nicht so tapfer," gestand sie. "Normalerweise lasse ich die Dinge einfach, wie sie sind. Ich lasse die Leute machen, was sie wollen." Sie biss ihre Lippe und starrte in ihr Weinglas; die Trauer in ihrem Blick ließ mein Herz schmerzen. "Männer insbesondere."

"Was meinst du damit? Haben die Männer in deiner Welt dich verletzt?" fragte ich mit zusammengekniffenen Augen und die Bestie war zunehmend verärgert darüber, dass man ihr weh getan hatte. Die Bestie würde alles und jeden, der es wagen sollte, sie zu verletzen umbringen. Jeden. Was dumm, irrational und vollkommen unvernünftig war, insbesondere, da diese Männer auf der anderen Seite des Universums auf einem anderen Planeten waren.

Sie schüttelte den Kopf. "Es ist nicht so, wie du denkst. Aber ich bin keine Jungfrau mehr. Ich wollte immer, dass den Männern Sex etwas bedeutete. Aber die Männer, die ich wählte, hatten andere Vorstellungen. Ich war nie das, was sie wollten." Sie blickte zu mir herauf, in ihren dunkelgrünen Augen spiegelte sich der Schmerz der Zurückweisung. Diese Idioten.

Die Vorstellung, dass man sie benutzt hatte, ließ meine Bestie aufheulen. Ich umfasste ihre Handschelle, hob ihre Hand an meinen Mund und küsste sie. "Das wird nie mehr geschehen. Ich will dich, Tiffani. Du gehörst mir. An meinen Gefühlen für dich darfst du niemals zweifeln."

Die Vehemenz meiner Worte ließ sie den Kopf schütteln. "Deswegen bin ich zum Abfertigungszentrum für Bräute gegangen. Ich wollte *den* Richtigen finden. Ich wollte die Gewissheit, dass die Partie ... perfekt sein würde. Sie hat mir versprochen, dass du mich wirklich haben wollen würdest, dass du dich nicht stören würdest an—"

"Was? Beende deinen Gedanken." Die Bestie in mir knurrte.

"Meiner Größe."

Ich nahm ihr das Weinglas aus der Hand und stellte beide Gläser auf den Tisch. Dann zog ich sie an mich heran und legte die Arme um sie, ich versank in ihrer Weichheit und legte meine Stirn an ihren Kopf. "Du bist perfekt. Mach dir keine Sorgen darum, dass du kleiner als die Frauen auf Atlan bist. Ich liebe deinen Körper."

"Ich bin nicht mal annähernd klein." Ihre Wangen liefen dunkelrot an, aber sie blickte mir in die Augen. "Und du bist der Erste, der das sagt."

Ich senkte meinen Kopf an ihren Hals, strich mit den Lippen an ihrem Kiefer entlang und genoss die behutsame Erkundung, ihren Geschmack, den Geruch ihrer Haut. "Du bist so zart ... überall." Durch das Kleid hindurch küsste ich ihr Dekolleté und legte meine Hände auf die süßen, weichen Hügel ihres Hinterns. "Ich liebe die Art, wie dein Körper sich an mich schmiegt, wie ich in dir versinke, mich mit dir vereine." Ich küsste ihre Wange, ihre Stirn, ihre geschlossenen Lider. "Ich liebe deinen Körper. Tiffani, du bist wunderschön. Du bist wunderschön und du hast Mut. Du verkörperst alles, wovon ich je in einer Partnerin geträumt habe und ich möchte den Rest meines Lebens damit verbringen, alles über dich zu erfahren."

Sie seufzte und gab sich meiner Umarmung hin, genau, wie es sein sollte. Ihre Hingabe besänftigte meine Bestie, wie sonst nichts seit wir die Gefängniszelle verlassen hatten. Etwas aber störte mich an ihren Worten, etwas, was ich an solch einer starken, schönen Frau vollkommen unakzeptabel fand.

Ein Knurren rumorte durch meinen Leib, als der Gedanke sich herauskristallisierte. "Du musst es der Bestie in mir nachsehen, denn sie ist ziemlich besitzergreifend und beschützerisch. Und ich empfinde dasselbe für dich."

"Das ist ... schön zu hören."

Ich küsste sie behutsam und flink. "Aber du darfst nie wieder schlecht über deinen Körper reden. Mein Verlangen für dich oder deine Schönheit wirst du nicht mehr infrage stellen. Solltest du noch einmal so etwas sagen, dann werde ich dich übers Knie legen und dir den Arsch versohlen, Liebes."

Sie erschauderte in meinen Armen und ich küsste sie noch einmal, diesmal kostete ich sie ausführlich. Ich ließ mir Zeit, ich wollte sie nicht ins Bett bekommen, sondern genoss es einfach, wenn sie in meinen Armen lag. "Jetzt erzähl mir von diesen Männern, die dich verletzt haben."

"Oh, nein. Ich hatte nicht wirklich ein Problem mit miesen Liebhabern. Deek, so lief es nun mal. Was ich damit meinte, waren miese Chefs, miese Jobs, miese Vermieter ... ich hatte einfach viele schlechte Erfahrungen. Ich musste mich entscheiden. Wollte ich weiter im Hamsterrad stecken bleiben oder an meinem Job etwas ändern. Und hier bin ich."

"Einige der Ausdrücke von der Erde werden von der NPU nicht übersetzt. Ich weiß nicht, was ein Hamsterrad oder ein

Vermieter sein soll. Dax ist ein Kriegsfürst, aber ich bezweifle, dass das etwas Ähnliches ist. Wie auch immer, ich verstehe was du mir damit sagen willst und ich finde immer noch, dass du unglaublich tapfer bist." Ich küsste sie auf die Nasenspitze. "Und sehr, sehr hübsch."

Daraufhin lächelte sie exquisit und strahlend und meine Bestie beruhigte sich umgehend.

"Benötigst du irgendetwas, Liebes? Du hast mir das Leben gerettet. Was kann ich im Gegenzug für dich tun?"

Sie runzelte die Stirn. "Als ich in deine Zelle gegangen bin und mit dir geschlafen habe, erwartete ich dafür keine Bezahlung oder einen Ausgleich."

Ich hatte sie beleidigt und meine Bestie begann, launisch zu werden. Ich hatte es schon wieder verbockt und senkte meinen Blick. Mit den schlimmsten Kriegern der Hive konnte ich es zwar aufnehmen, aber mit dieser Erdenfrau kam ich einfach nicht zurecht.

"Entschuldige, Tiffani. Ich wollte dich nicht beleidigen. Ich weiß einfach nicht, wie ich dich glücklich machen kann. Ich bin noch am Lernen."

"Ein Bad wäre jetzt schön," entgegnete sie. "Ihr habt doch Badewannen hier auf Atlan, oder?"

Bei der Vorstellung, wie ihr üppiger, runder Körper in einem warmen Bad versank, ließ meinen Schwanz augenblicklich steif werden. Ich wollte den Dunst von ihren Brüsten lecken und meine seifenverschmierten Hände über jede volle Kurve ihres Körpers gleiten lassen.

Mein Blick musste vor lauter Lust vernebelt gewesen sein, denn ihre Atmung beschleunigte sich als Antwort auf mein Verlangen und ihr Blick war sowohl vor Hitze als auch Bedenken wie vernebelt.

"Ein Bad. Ja. Wir haben Bäder."

Anscheinend wusste die Bestie nur allzu gut, wie sie ihre Partnerin umgarnen musste, während ich keinen verdammten Schimmer hatte, was ich sagen oder anstellen sollte und mich wie ein einfältiger Jüngling verhaspelte. Ich besaß keinerlei Finesse, kein Geschick für einfache Unterhaltungen.

Ich ergriff meinen Wein und leerte das gesamte Glas, während ich über den dicken Teppich zum Badezimmer lief. Ich hielt die Tür offen und wandte mich ihr zu. "Hier. Du kannst ... ein Bad nehmen ..." Als sie mit ihrem sanften, akzeptierenden Gesichtsausdruck auf mich zukam, vergaß ich, was ich als Nächstes sagen wollte.

"Toll. Danke dir." Sie erschauderte leicht. "Ich bin ein bisschen ... verklebt."

Ich nickte und brachte kein weiteres Wort hervor. Mein Schwanz verhärtete sich zu einer Eisenstange in meiner Hose und ich wusste, dass das klebrige Gefühl an ihrer Haut von meinem Samen herrührte. Er befand sich in ihrer Pussy, bedeckte sie, markierte sie. Ich fühlte mich viril und mächtig und trotzdem wurde ich von ihrem sanften Lächeln total überwältigt.

Furcht. Ich fürchtete mich, hatte entsetzliche Angst, dass diese Frau wieder zu Besinnung kommen und das Weite suchen würde. Ich war kein zärtlicher Liebhaber, kein unschuldiger, junger Soldat. Mein Körper war mit Narben übersät, genau wie meine Seele. Und Tiffani? Sie war eine zarte Lichtgestalt, sie verkörperte das Lachen und die Hoffnung, die ich so verzweifelt benötigte.

Ich bezweifelte, dass sie mich auch nur im Geringsten brauchte.

Ich könnte mich hervorragend um sie kümmern, meinen Wohlstand mit ihr genießen. Der Bestienmodus hatte mich nicht nur mit unglaublicher Wucht übernommen, sondern das Paarungsfieber war auch der Grund für mein sofortiges Ausscheiden aus dem aktiven Dienst für die Flotte. Ich war offiziell meiner Befehlsmacht enthoben worden.

Sie hatten meine Hinrichtung erwartet, zum Glück aber war ich jetzt ein verpartnerter Krieger und genoss all die Vorzüge, die mit meinem gehobenen Dienstgrad und den Jahren der Pflicht einhergingen. Der gesamte fünfte Flügel der familiären Festung gehörte jetzt mir sowie zwei Häuser in der südlichen Region. Die Atlanische Ratsversammlung hatte mir in der Hoffnung, mich vor dem Einsetzen des Paarungsfiebers nach Hause zu locken vor Jahren schon Ländereien und einen Titel zugesprochen, Schlösser und Reichtum. Bei einigen anderen Kriegsfürsten hatte diese Taktik auch funktioniert, sie waren des Kämpfens überdrüssig und kehrten heim, um sich vor dem Aufflackern des Paarungsfiebers eine Partnerin zu nehmen.

Die meisten aber wollten, wie auch ich, unsere Brüder auf dem Schlachtfeld nicht zurücklassen. Erst jetzt hatte ich gezwungenermaßen meine Befehlsmacht abgetreten, um mich auf

Atlan niederzulassen. Weit weg von der Front würde ich jetzt eine Seniorrolle im Kriegsrat erhalten, um unsere Kriegsfürsten darin zu beraten, unsere neuen Krieger vor der Entsendung in die Koalitionsflotte bestmöglich auf die Kämpfe im Weltall vorzubereiten und auszubilden. Die Rekruten würden unsere und alle anderen Welten gegen die tödliche Bedrohung des Hives verteidigen.

Ich hatte bereits lange genug gedient. Zehn Jahre waren eine lange Zeit. Ich war einer der wenigen Krieger, die das Glück hatten, lebend wieder herauszukommen und nach Hause zurückzukehren, wo eine Partnerin mir Trost spendete, die in diesem Augenblick gerade ihren burgunderroten Umhang von ihrem üppigen Körper ablegte und sich von mir abwandte, um ins Badezimmer einzutreten.

Ich folgte ihr—als ob eine Leine um meinen Hals gebunden wäre und sie mich hinterher schleifen würde—und zeigte ihr, wie die Bedienung funktionierte, wie sie heißes Wasser und ätherische Öle für ihr seidiges Fleisch hervorzauberte. An der Wand bemerkte ich eine neue Konsole voller Sextoys, große und kleine, sie waren so arrangiert, dass sie wie ein Baum mit Ästen aussahen. Ohne Zweifel war das eine Aufmerksamkeit meiner treuen Bediensteten, als diese gehört hatten, dass ich eine Partnerin genommen hatte.

Sie beachtete sie fast überhaupt nicht und ich zwang meinen Blick zurück auf den weniger verführerischen Fußboden, die Marmorwanne, die dunklen, in den Wänden eingelassenen Elfenbeinleuchten, ich betrachtete alles außer ihren Körper oder die Spielzeuge, mit denen ich sie verwöhnen würde.

Als ich beinahe die Beherrschung verlor, drehte ich mich abrupt um, ich ließ sie zurück und schloss die Tür so sanft wie möglich. Die Bestie wollte mich anbrüllen, mich auffordern, meine

Kleider abzulegen und zu ihr in die riesengroße Badewanne zu steigen, sie erneut zu nehmen.

Ich brachte das Ungetüm in meinem Inneren wieder unter Kontrolle, konnte aber den Geräuschen im Badezimmer nicht widerstehen. Ich hörte ein sanftes Rascheln, als ihr Umhang zu Boden fiel. Ihr zartes Seufzen bewirkte, dass mein Schwanz förmlich pulsierte und ich stellte mir vor, wie sie ihren nackten Körper nach und nach ins warme Badewasser absenkte.

Wasser plätscherte und ihre liebliche, sanfte Stimme summte eine eindringliche Melodie, die wohl von der Erde stammen musste, denn ich erkannte die Notenfolge nicht.

Meine Knöchel waren weiß, ich klammerte mich an die Armlehnen eines Stuhls vor der Tür. Trotzdem hielt ich mich zurück, ich weigerte mich, sie zu irgendetwas zu drängen. Sie hatte mir bereits das Leben gerettet, ihr Mut war etwas, dass ich mir erst noch begreiflich machen musste. Sie hatte alles riskiert, sie hatte sich zu einem unbekannten Mann durch die halbe Galaxie transportieren lassen, einem Gefängnisinsassen, der hingerichtet werden sollte. Ich schuldete ihr mein Leben und meinen Verstand und ich würde es ihr niemals zurückzahlen können.

Voller Stolz auf meine Selbstbeherrschung saß ich da, ich starrte auf die Tür, die von dem was ich am meisten begehrte trennte. Bis sie nach mir rief.

"Deek? Bist du da?"

Ich sprang auf und legte meine Hand an die Tür. Die Bestie schritt ungeduldig hin und her und meine Stimme wurde harsch und tief. "Ja. Ich würde dich nie ungeschützt lassen." Die raue Bekundung klang eher nach Bestie als nach Mann, aber diesbezüglich waren wir vollkommen einer Meinung. Meine Handschellen signalisierten allen auf Atlan und selbst auf den

Schlachtschiffen der Koalitionsflotte, dass sie mir gehörte. Niemand wagte es, die Partnerin eines Atlanen anzurühren. Dennoch, sie war für mich das Teuerste überhaupt und ich würde unerbittlich über sie wachen.

Die Immobilien, die noblen Besitztümer hatten mir vor ihrer Ankunft nichts bedeutet. Und auch jetzt waren es nur Dinge. Tiffani bedeutete mir alles.

Ich hörte Wasser tröpfeln, ein zartes Plätschern. "Ich kann geradezu spüren, wie du da draußen herumschleichst. Warum kommst du nicht rein? Du möchtest es doch. Hast du etwa Angst?"

Ihre Stimme verriet mir zwar, dass sie mich neckte, ihre Worte aber nahm ich ernst. Hatte ich denn Angst? Ja. Ohne Scheiß.

Meine Partnerin rief, sie forderte mich auf, sie zu erobern, meinen harten Schwanz in den Tiefen ihres weichen Körpers zu vergraben, ihr die Wassertropfen von der Haut zu lecken.

Die Tür war nicht verschlossen und ich öffnete sie behutsam, um sie nicht zu erschrecken. Meine Partnerin hatte ihre Haare gewaschen, die prachtvolle Masse war jetzt fast schwarz und zurückgesteckt und offenbarte ihr hinreißend rundes Gesicht. Ihre Lippen wirkten voller, ihre Augen größer und ihr Blick folgte mir, während ich das kleine Badezimmer betrat. Während ich auf der Hut war, fühlte sie sich pudelwohl.

Sie war von weißem Marmor umgeben, der Boden und die Wanne waren cremig weiß und mit grauen und silbernen Schlieren durchzogen. Der Marmor stammte aus den edelsten Atlanischen Minen. Die Badewanne war ausreichend groß, um uns beide mühelos aufzunehmen und sie schwamm zum hinteren Wannenrand und breitete die Arme auf der Kante aus, um sich vom Wasser tragen zu lassen. Ihre Handschellen zwinkerten mir zu, sie waren nass und ich war zutiefst befriedigt, dieses Zeichen meines Anspruchs an ihrem Körper zu erblicken. Ihre prallen Brüste schwebten verheißungsvoll und einladend an der Wasseroberfläche und ihre rosa Nippel hatten sich aufgrund der Temperatur dunkelrot verfärbt.

Ich entledigte mich des Panzeranzuges, den Dax mir im Gefängnis überreicht hatte und war froh, den Gestank der Gefängniszelle loszuwerden. Ich hatte es bis jetzt ausgehalten, weil auch ihr Geruch an meinem Körper klebte.

Der Geruch meiner Partnerin.

Sie folgte jeder meiner Bewegungen, als ich meine Hosen herunterließ und meine Stiefel auszog. Vollkommen nackt und nur mit den Paarungshandschellen bekleidet stand ich jetzt vor ihr, ich trug nichts als das Symbol ihres Anspruchs auf mich und gestattete ihr, meine Länge zu mustern. Mein Schwanz war aufgerichtet, er krümmte sich gegen meinen Bauch und ihr Blick verweilte schließlich genau dort.

Sie schwieg so lange, dass ich mir nicht mehr sicher war, ob ich willkommen war, schließlich aber atmete sie tief ein. "Gütiger Gott, du bist heiß."

"Ich bin nicht heiß, Liebes. Die Raumtemperatur ist genau auf unsere Bedürfnisse abgestimmt."

Sie kicherte. "Heiß, verdammt sexy. Auf der Erde ist das ein Ausdruck für extrem fickbar."

Meine Partnerin fand mich also begehrenswert. "Du bist diejenige, die gut zu ficken ist, Liebes. Jedes Mal, wenn ich dich anblicke, wird mein Schwanz steinhart." Daraufhin nahm ich ihn in die Hand und drückte meine Schwanzwurzel. Ich wollte das Verlangen, sie aus dem Wasser zu heben und an Ort und Stelle auf dem Marmorfußboden zu nehmen, hinauszögern.

"Viele Worte und wenige Taten." Sie

verdrehte die Augen lockte mich mit einem Fingerschnippen näher heran. "Wenn du mich ficken willst, dann komm hier rein und unternimm etwas."

Meine Bestie knurrte. Vielleicht tickten wir doch nicht so unterschiedlich, wie ich es gedacht hatte.

"Es hat dir gefallen, als ich dir den Arsch versohlt habe, oder?"

Der Gedanke war mir zuvor bereits durch den Kopf gegangen, als meine Bestie unsere Paarung übernommen und ihr für ihre Kühnheit den Arsch versohlt hatte, für die Risiken, die sie auf sich genommen hatte, um mich zu retten. Vielleicht hätte ich sie küssen sollen, anstatt ihr den Arsch zu versohlen, aber ich war von Anfang an besitzergreifend und extrem um ihre Sicherheit besorgt. Außerdem hatte in diesem Moment die Bestie das Sagen und ich hatte keinerlei Kontrolle. Seit dem ersten Fieberschub hatte ich keine Kontrolle mehr gehabt. Aus diesem Grunde verlief unsere Verpartnerung alles andere als zaghaft. Die Bestie war überaus fordernd und erwartete von ihr die totale Unterwerfung. Jetzt, mit einem klaren Kopf und einer gebändigten Bestie musste ich sicherstellen, dass ich sie nicht erschreckt hatte, dass ihr unsere Zusammenkunft gefallen hatte, dass sie mich genauso heftig und wild mochte, wie meine Bestie.

Ihre Pupillen weiteten sich und sie leckte sich die Lippen. "Ja," flüsterte sie.

"Und als dich gefesselt habe?" Ich stieg in das warme Wasser hinab. "Ist deine Pussy feucht geworden, als ich die Kontrolle übernahm?"

Sie erschauderte. "Ja."

"Ich kenne die Wahrheit, aber du musst sie laut aussprechen. Wir mögen uns zwar fremd sein, aber wir sind ausgewählte Partner. Irgendwann werden wir alles übereinander wissen. Du wirst wissen, was mir gefällt und ich werde wissen, was dir gefällt." Sie hob leicht ihr Kinn an und blickte mir in die

Augen. In ihrem Blick erkannte ich Sehnsucht, Akzeptanz, Ergebenheit.

"Willst du gefickt werden, Liebes?"

"Ja," wiederholte sie, als hätte sie nur diese eine Silbe auf Lager.

Ihre Bekräftigung ließ mich die Beherrschung verlieren und ich tauchte in die Wanne ein, presste meinen harten Schwanz gegen ihren Bauch und beanspruchte ihren Mund. Ich schlang meine Arme um sie, legte einen Arm hinter ihren Rücken, um sie von der scharfen Kante des Pools abzuschirmen und legte den anderen Arm an ihre feuchte Pussy.

Zwei Finger. Tief. Fest. Schnell.

Sie stöhnte in meinen Mund und das Geräusch tat meinem Schwanz weh. Sie war feucht, so verdammt feucht, dass ich sie kosten musste.

Ich hob sie in meine Arme, drehte sie um und setzte sie auf die Kante des Pools, ihr Rücken ruhte gegen die Wand hinter ihr. Wir blickten uns in die Augen und ich hob langsam ihren Fuß an und setzte ihn auf den Wannenrand. Dann nahm ich den anderen, bis ihre rosa Pussy zu sehen war, ihre glitzernde Erregung war ein Festmahl für meine Augen.

Das sprudelnde Badewasser hatte meinen Duft, meinen Samen weggewaschen und die Bestie erwachte mit einem Zähnefletschen und wollte sie erneut markieren. Dass wir einfach weggewaschen wurden, gefiel ihr nicht, unser Duft bedeckte sie nicht länger und würde sie nicht mehr vor liebestollen Kriegern schützen, die nur einen Blick auf ihre großen, runden Brüste, ihren weichen Körper, ihre üppigen Schenkel werfen mussten—und sie umgehend ficken, sie nehmen, sie erobern wollen würden. Wieder. Und wieder.

"Warum siehst du mich so an? Gefällt dir etwas an mir nicht—" Tiffanis Stimme zitterte und sie hob ihre Beine an und wollte sie wieder schließen, sich verstecken. "Tut mir leid. Ich dachte—ich kann nicht—egal."

"Nein!" Ich fauchte das Wort hervor und packte mit beiden Händen ihre Knie, um ihre Beine weiter auseinanderzuspreizen. "Nein. Versteck dich nicht vor mir."

"Aber—"

Ich hielt sie geöffnet und ging zwischen ihre Beine, meine Brust presste gegen ihre feuchte Hitze, ihr weiches Abdomen und ihre sanften Schenkel waren wie ein Polster für meine Schultern. "Was aber, Tiffani?"

"Aber ich bin ... ich meine, es tut mir leid. Egal. Ich meine, nix." Sie wandte den Blick von mir ab, ihre Augen verdunkelten sich ... vor Scham. Der Anblick verärgerte mich.

"Ich habe dich gewarnt, Liebes."

"Mich gewarnt?"

Ich hob sie vom Wannenrand, zog sie ins Wasser und drehte sie auf den Bauch. Sie hob ihre Hände an den Beckenrand und klammerte sich fest, ihr Arsch ragte aus dem Wasser, bot sich mir an. "Was habe ich dir gesagt, würde passieren, wenn du an meinem Verlangen für dich zweifeln solltest, an deiner Schönheit zweifeln solltest?"

Sie schüttelte den Kopf. "Ich weiß nicht."

Klatsch!

Ich versohlte ihren vollen, runden Arsch und sie quietschte überrascht.

"Das bekommst du fürs Lügen, Liebes. Jetzt sag mir, was passiert, wenn du schlecht über dich redest."

"Du willst mir den Arsch versohlen. Das kann nicht dein Ernst sein."

Ich massierte ihren Hintern, ihren Rücken und verdeutlichte ihr mit meiner Berührung, wie prächtig ihr Körper war, wie makellos. "Ich werde deine Vollkommenheit niemals leugnen. Noch werde ich zulassen, dass irgendjemand dich kritisiert." Ich zog an ihren Haaren, damit sie sich umdrehte und mich anblickte. Als wir uns in die Augen sahen, sprach ich weiter. "Und ich werde auch nicht zulassen, dass du schlecht über dich sprichst."

Tränen sammelten sich in ihren Augen und ich ließ von ihr ab, damit sie sich umdrehen konnte, bevor ich mich in ihrem Blick verlieren, bevor ich einknicken und sie ficken würde, ohne ihr vorher die notwendige Sicherheit zu geben. Ich wollte ihr Trost spenden, sie bekräftigen und ihr die absolute Gewissheit vermitteln, dass ich die Zügel in der Hand hielt, dass ich sie verehren, sie verteidigen würde und sie vor allem beschützen würde, sogar vor sich selbst.

Klatsch!
Klatsch!
Klatsch!

Mit jedem knackigen Hieb meiner Handfläche auf ihrem nackten Fleisch krümmte sie sich, ihr Hinterteil wurde herrlich rosa. Ich versohlte sie nicht allzu heftig, aber der Widerhall erklang ziemlich laut in dem gefliesten Badezimmer.

Sie drehte den Kopf zur Seite und ihre kleinen Zähne sanken leicht in das weiche Fleisch ihres Armes.

Ich prüfte ihre mentale Verfassung, die Reaktion ihres Körpers und fasste nach unten, um ihre nassen Falten zu erkunden und stellte fest, dass sie nass und glitschig war, und zwar nicht vom Badewasser. Aber die Runde Hintern versohlen reichte meiner Bestie noch nicht. Sie wollte die totale Beherrschung, wollte ihren Körper vollständig in Besitz nehmen. Sie forderte die totale Unterwerfung. Tiffani musste verstehen, zu wem sie von jetzt an gehörte. Ihr Körper gehörte mir. Ihre Lust gehörte mir. Ihre Pussy, ihre Brüste, ihr runder Arsch, ihre zarte Haut und ihr enges Poloch gehörten mir. Die Bestie bäumte sich auf und meine Augenfarbe veränderte sich, wurde schwarz wie die Nacht, als mein Blick über ihren rosafarbenen Arsch und ihre üppigen Kurven wanderte.

Mir. Da stimmte ich zu.

Ich griff zur Wand hoch und nahm das kleinste, gewölbte Sextoy von seinem Haken. Zügig beschmierte ich sowohl ihre enge Rosette als auch das dünnere Ende des Spielzeugs mit duftendem Öl, dann spreizte ich ihre Pussy und führte langsam das dicke Ende des gekrümmten Sextoys in sie ein.

"Deek!" Sie riss die Augen auf, dann schloss sie ihre Augen in wonnevoller Hingabe. "Gütiger Himmel, was machst du da?"

"Ich stelle sicher, dass du weißt, zu wem du gehörst."

"Ich dachte, du würdest mir den Arsch verhauen."

"Das tue ich, Liebes. Ich bin noch lange nicht fertig mit dir."

Sie antwortete mit einem sanften Stöhnen, als ich langsam und vorsichtig zwei Finger in sie hineinarbeitete und ihr enges kleines Loch befeuchtete. Mit dem dicken Ende des Spielzeugs glitt ich aus ihrer feuchten Hitze ein und aus, immer wieder rotierte ich den knolligen Kopf über den fühlbaren Widerstand in ihrem Inneren, den Muskel in ihrer

Mitte, der ihr, so wie ich wusste, Vergnügen bereiten würde.

Als sie ausreichend aufgeheizt war, zog ich meine Finger aus ihr heraus und führte das andere Ende des Sextoys in ihren straffen Arsch ein.

"Oh Gott."

"Soll ich aufhören?"

"Nein."

Meine Bestie fauchte und meine nächste Anweisung war eher ein Knurren als eine verbale Äußerung. "Wenn es weh tut, sagst du es mir."

Sie schluchzte meinen Namen, während ich das Gerät herauszog und wieder in sie hineinschob und sie in beide Öffnungen fickte.

Ich machte weiter, bis sie sich krümmte und darum bettelte, kommen zu dürfen.

Und dann hielt ich inne, während das Toy tief in ihr drin steckte.

Klatsch!

Klatsch!

Klatsch!

"Du gehörst wem?"
"Dir."
Klatsch!
Klatsch!
Klatsch!
"Tiffani, sprich meinen Namen. Ich will aus deinem Munde hören, wie du meinen Namen sagst. Du sollst wissen, wer dich fickt, wer diesen harten Stiel in deinen Arsch hineinpumpt, wer dir den Arsch versohlt, dich anbetet."

"Deek. Deek. Deek."

Sie sang förmlich meinen Namen und ich machte weiter, ich fickte und versohlte sie, bis sie nicht mehr konnte und vor Verzweiflung zitterte. Sie war mir komplett ausgeliefert. Ich konnte mit ihr anstellen, was ich wollte. Sie war mir komplett ergeben.

Der Anblick beruhigte sowohl Mann als auch Bestie und auf einmal konnte ich es nicht mehr erwarten, ihr genau das zu geben, was sie wollte, sie für ihr Vertrauen in mich zu belohnen und ihr zu geben, was sie brauchte.

"Willst du kommen?"

"Bitte."

Ich entfernte das Spielzeug aus ihrem Körper und machte sie so frei für mich. Meinen Mund. Meine Finger. Meinen harten Schwanz.

Ich drehte sie auf den Rücken, hob sie hoch und platzierte sie noch einmal auf dem Wannenrand. Wie zuvor breitete ich ihre Füße zu beiden Seiten aus und spreizte sie für mich auseinander. Mein Blick wanderte über jeden Zentimeter ihrer Haut, jeden Leberfleck und jede Kurve, über die lieblichen rosa Falten ihrer Mitte, den tiefen, dunklen Schlund der mich erwartete, begierig und leer wartete er auf meine Zunge und meinen Schwanz. In diesem Moment fiel es mir überaus schwer zu entscheiden, womit ich sie zuerst verwöhnen sollte.

Sie rührte sich nicht, sondern sie beobachtete mich und wartete, unterwürfig, wehrlos, vertrauensvoll.

Mein Schwanz zuckte unter Wasser

und mein Herz schmerzte in meiner Brust. Nie hätte ich mir erträumt, diesen Ausdruck der totalen Ergebenheit auf dem Gesicht einer Frau zu erblicken.

Meine Partnerin. Götter, sie war wirklich perfekt.

"Also, wo waren wir nochmal?"

Ihre Augen waren geschlossen und ihr Hinterkopf ruhte gegen die Wand gelehnt, sie nahm hin, was immer ich mit ihrem Körper anstellen würde. Sie leckte sich die Lippen und sprach. "Du wolltest mich nehmen und mich alles außer dir vergessen lassen."

Ich konnte mir mein vereinnahmendes Grinsen nicht verkneifen. "Richtig." Ich senkte meinen Mund an ihre Pussy und stieß mit der Zunge tief in sie hinein, ich eroberte sie auf die ursprünglichste Weise, die ich mir ausmalen konnte. Ihr lustvolles Keuchen, die Feuchte auf meiner Zunge waren die Bestätigung, die ich brauchte, als ich mich an ihrer femininen Mitte ergötzte. Ich bediente mich meiner

Finger und Zunge, meiner Lippen und Zähne, ich zerrte und saugte bis ich herausfand, was sie zum Keuchen brachte, wann sie den Atem anhielt und wodurch sie erzitterte.

Mit zwei Fingern glitt ich in ihre Pussy, fickte sie und saugte dabei ihren Kitzler, ich wollte sie zum Höhepunkt bringen, sie überschnappen lassen. Die enge Rosette ihres Hinterns lockte und zügig führte ich dort einen dritten Finger ein, entschlossen, sie vollständig und überall zu nehmen.

"Mir," als sie sich der neuartigen Körpersensation entwinden wollte, flüstere ich ihr zu.

"Deek!"

"Mir."

Sie beruhigte sich und ich widmete mich wieder ihrem Kitzler, mit den Händen fickte ich sie immer fester und schneller und verstärkte dabei den Druck und den Rhythmus meiner Zunge. Ich bearbeitete ihren Körper, bis sie kreischte und ihre Pussywände in hilflosen Zuckungen um meine Finger herum nur so flatterten.

Bevor es vorbei war, entstieg ich dem Wasser und brachte meinen Schwanz an ihrer eifrigen Pussy in Position, dann stieß ich tief hinein und vergrub meine Länge in ihrer immer noch pulsierenden Hitze.

Der Bestie ließ ich jetzt freien Lauf, damit auch sie ihr Vergnügen fand. Tief und fest stieß sie in sie hinein, wie eine Furie fickte sie Tiffani gegen die Wand, während diese an mir zerrte, mich an den Haaren zog und darauf bestand, heftiger gefickt zu werden.

Schneller.

Tiefer.

Ich liebte ihr versautes Bettgeflüster, liebte es, wie ihre Creme meinen Schwanz bedeckte, wie ihr weicher Körper mit jedem festen Stoß meiner Hüften wackelte.

Als sie erneut kommen musste und sich ihre Pussy wie eine Faust um mich herum verkrampfte, ließ ich mich schließlich gehen und kleidete sie mit meinem Duft, meinem Samen aus.

Der Mann in mir bestand darauf, sie anschließend zu baden, aber die Bestie war anderer Meinung.

Als ich mit ihr fertig war, trug die Bestie sie aufs Bett und hielt sie fest, sie ergötzte sich an dem Gedanken, dass unser Kind bereits in ihrer Gebärmutter Wurzeln geschlagen haben könnte, dass unser Samen in ihren Tiefen ruhte, unser Duft ihre Lippen, ihre Pussy und ihre Schenkel bedeckte.

T*IFFANI, eine Woche später*

"S*IND* Partys wie diese auf Atlan überhaupt üblich?" fragte ich Sarah.

Eine Woche war vergangen, seit dem Deeks Paarungsfieber abgeklungen war. Die Tage verbrachte ich alleine im Haus oder beim Ficken. Seine feurigen und bereitwilligen Aufmerksamkeiten hatten bewirkt, dass mein Körper an allen richtigen Stellen wund war. Anscheinend war er genauso unersättlich wie ich.

Der einzige Grund, warum ich mich anziehen durfte war der, dass Sarah an die Eingangstür geklopft hatte und mit uns die Feier planen wollte.

"Es ist keine Verlobungsparty, schließlich bist du bereits verpartnert. Es ist auch kein Hochzeitsempfang, denn hier wird nicht geheiratet," entgegnete sie. "Aber sie veranstalten Verpartnerungsfeiern. Ich habe extra nachgefragt."

Wir standen in Deeks Küche—meiner Küche, aber an den Gedanken musste ich mich erst noch gewöhnen—und Sarah zeigte mir, wie man mit den eigenartigen Geräten Essen zubereitete. Es gab keinen Kühlschrank oder Mixer oder Toaster. Alles war anders hier und ich war dankbar, dass sie meine Konfusion nachvollziehen konnte. Erst vor kurzem war sie selber von der Erde nach Atlan gekommen.

Natürlich, uns standen Rund um die Uhr Bedienstete zur Verfügung. Wenn ich aber mitten in der Nacht Hunger bekommen würde, dann wäre es mir wirklich peinlich, extra jemanden aufwecken zu müssen, um mir einen Snack zuzubereiten. Und ich war es nicht gewohnt, den ganzen Tag nur herumzusitzen. Jahrelang hatte ich fünfzig Stunden die Woche gearbeitet und so sehr ich es auch liebte, mit Deek im Bett zu liegen, musste ich mir eine Beschäftigung suchen. Und Partys organisieren? Das war nicht wirklich mein Ding.

"Eine Verpartnerungsfeier? Alle werden einfach nur feiern, dass wir ... miteinander geschlafen haben. Das ist alles. Wie merkwürdig. Das ist übertrieben." Ich griff nach meiner Kaffeetasse, um meine Verlegenheit zu kaschieren. Das Gebräu war im Grunde kein Kaffee, sondern das, was auf Atlan dem Getränk am nächsten kam und wurde aus dunklen Bohnen hergestellt, deren Namen ich vergessen hatte. Sarah hatte mir gezeigt, wie man es herstellte und wie man es süßen musste, damit es nicht allzu bitter war. "Und ich kenne hier überhaupt niemanden."

"Du *bist* verpartnert, Tiff und jeder weiß, wie das zustande kommt." Sarah verdrehte die Augen und lachte. "Im Ernst, es nichts anderes als ein Hochzeitsempfang auf der Erde. Wie viele Bräute sind heutzutage noch Jungfrau? Die ganze Sache mit dem unbefleckten, weißen Kleid ist doch ein Witz. Mit einem Atlanen *heißt* ficken soviel wie Hochzeit. Und jetzt bekommst du deine Party."

"Ja, aber wir sind nicht verheiratet. Wir hatten nur Sex. Deswegen eine Party zu schmeißen erscheint mir irgendwie komisch."

"Eine Verpartnerung hat hier mehr Bedeutung als eine Hochzeit, Tiffani. So etwas wie sich scheiden lassen oder es sich anders überlegen gibt es hier nicht. Die Leute verpartnern sich für den Rest ihres Lebens."

Der Gedanke behagte mir nicht, genau wie vor ein paar Tagen schon, als Deek und ich darüber gesprochen hatten. Er schien keine Bedenken zu hegen und sagte, dass er mich gerne vorführte, um die anderen Kriegsfürsten vor Neid erblassen zu lassen. Selbstverständlich zeigte er keinerlei Bescheidenheit. Im Gegenteil, er war stolz darauf, dass ich in seine Zelle eingestiegen war und ihm das Hirn rausgevögelt hatte.

Ich war ebenfalls stolz auf meine Leistung, aber ich war nicht stolz darauf, wie ich es erreicht hatte. Ich war zu einem vollkommen Fremden in die Zelle gegangen und hatte Sex mit ihm.

Für Deek waren meine Taten schlichtweg eine Art Auszeichnung. Ich hatte ihn beansprucht und dann hatte er mich festgebunden und mich seinerseits beansprucht. Oh und seit dem hatte er mich jeden Tag für sich beansprucht! Da er wusste, wie gerne ich gefesselt wurde, hatte er mehr als einmal die Schärpe meines Gewandes benutzt, um mir damit die Hände hinterm Rücken zu binden, während er mich nahm oder um mich damit am Kopfende des Betts festzumachen.

Deek war einfallsreich und überaus sorgfältig. Beim bloßen Gedanken wurden meine Nippel steif.

"Ich kenne dieses Gesicht," sagte Sarah mit einem Grinsen. Sie nahm einen dampfenden Teller aus einem Wandregal voller Speisen. Es roch vorzüglich, aber ich hatte keinen Schimmer, um was es sich dabei handelte und ich starrte auf die Zubereitung, die sie mir vorsetzte. Deek hatte mir zwar Essen serviert, aber ich hatte nicht darauf geachtet, denn er war jedes Mal nackt dabei gewesen. Aber als Sarah mir das Essen reichte—

"Gojuwurzel. Wird dir gefallen," sagte sie und wandte sich der Maschine zu, um sich selber einen Teller voll zu nehmen.

Ich schürzte die Lippen und starrte auf das lilafarbene Gemüse. Erst nachdem sie sich hingesetzt und einen Happen heruntergeschluckt hatte, probierte ich es.

Es schmeckte vorzüglich und ich machte große Augen. "Das schmeckt wie Kartoffeln ... mit Butter!"

Sarah deutete mit der Gabel auf mich. "Stimmt!" Sie verspeiste ihre Portion. "Morgen Abend findet die Party statt. Dax möchte nicht, dass sie bei uns stattfindet, aber nur, weil er nie zuvor in unserem Haus gefeiert hat. Ich habe ihn beruhigt und ihm gesagt, dass alles in Ordnung gehen wird." Sie beugte sich nach vorne und flüsterte, als ob ihr Partner uns hören könnte. "Atlanische Kriegsfürsten sind keine großen Partytiere."

"Willst du wissen, wie ich ihn überzeugt habe?" Ich wackelte mit den Augenbrauen.

Jetzt war Sarah diejenige, die errötete.

"Du wirst andere Atlanen kennenlernen und neue Freunde finden. Die Frauen der anderen Krieger werden da sein und natürlich auch Tia. Ich glaube, sie ist Deeks Cousine zweiten Grades oder so."

Ich nahm einen weiteren Bissen Gojuwurzel. "Deek erwähnte, dass sie und ein paar andere da sein werden. Ihr Vater kommt auch. Er heißt Angel oder so."

"Engel Steen. Dax sagt, der ist ein hohes Tier, er kümmert sich um alle Waren, die den Planeten verlassen. Er ist reich, hat zehn Jahre lang gegen den Hive gekämpft, bevor er zurück nach Hause gekommen ist. Tia ist seine Tochter. Anscheined wurden Tia und Deek einander versprochen, als sie noch Kinder waren, aber dann ist Deek jahrelang in den Krieg gezogen und die Dienstleiter hinaufgeklettert. Und als er schließlich zurückkehrte, war er im

Paarungsfieber. Engel wollte Tia mit Deek verpartnern, aber Deek hat sich geweigert und Tia muss klar geworden sein, dass sie nicht seine Partnerin war —, falls sie es nicht schon vorher gemerkt hat. Dann bist du aufgetaucht."

"Und habe seine Pläne zunichtegemacht?" Ich legte meine Gabel nieder und nahm einen Schluck Wein. Der Wein auf Atlan war großartig. Er milderte Momente wie diese, als ich meine Gabel in die Hand nehmen und sie Tia ins Auge stechen wollte. Ich kannte sie nicht einmal, war aber unglaublich eifersüchtig auf sie, weil sie auch nur das geringste Interesse für Deek gezeigt hatte. Vielleicht ruhte auch in mir eine Art Bestie.

Sarah schnaubte. "Ich glaube nicht, dass es eine gute Idee ist, einen Atlanischen Kriegsfürsten, einen gewählten Feldkommandanten immerhin, zu irgendetwas zwingen zu wollen."

"Was soll das heißen, gewählt?

Steigen sie nicht einfach im Rang auf, wie normale Soldaten?"

Sarah schüttelte den Kopf. "Von wegen! Atlanen sind knallharte Brutalos. Würde ein mickriger Mensch oder Trion-Kommandant versuchen, ihnen auf dem Schlachtfeld Befehle zu erteilen, würde ihnen wahrscheinlich der Kopf abgerissen werden. Ich habe zugesehen, wie Dax gegen den Hive gekämpft hat. Wenn sie kämpfen, dann wird es verdammt gruselig."

"Sie wählen also ihre Kommandanten?"

"Genau. Und Deek hat tausende Krieger angeführt. Deswegen ist er jetzt eine Berühmtheit und megareich dazu."

Dem Haus nach zu urteilen musste das stimmen, aber Deek schien nicht der Typ zu sein, um damit herumzuprotzen. Allerdings hatte ich noch nicht einmal das Haus mit ihm zusammen verlassen. Und, nach dem Tod meiner Eltern war ich immer knapp bei Kasse gewesen, hatte mich von Monat zu Monat durchgehangelt. Es war beruhigend zu wissen, dass ich mich nicht länger in einem miesen Job mit einem Arschloch von einem Chef zu Tode rackern musste.

"Und jede Frau auf Atlan wird mich deswegen nicht ausstehen können," brummte ich, während ich in meinem Kartoffelersatz herumstocherte.

"Na und? Er wollte dich." Sie nahm einen weiteren Bissen und musterte meine verdrossene Miene, während sie ihr Essen kaute und herunterschluckte. "Im Gefängnis haben sie eine Menge Frauen antanzen lassen, Tiffani. Jede einzelne davon hat er abgelehnt. Dax hat erzählt, Tia war mehrere Male bei ihm. Er wollte sie einfach nicht. Er wollte dich."

"Ich kann sie trotzdem nicht leiden," entgegnete ich.

Sarah lachte. "Mir tut sie leid. Eigentlich ist sie recht nett ... und harmlos." Sarahs Lächeln verflog und ich hörte aufmerksam zu, als sie weiter redete. "Ich glaube auch nicht, dass sie ihn wirklich wollte. Sie wollte nur nicht, dass er stirbt."

"Wie ... nett." Das war es auch, als ich aber daran dachte, wie knapp Deek der Hinrichtung entgangen war, packte mich eine schleierhafte Angst und sie wurde mir sympathischer und gleichzeitig konnte ich sie sogar noch weniger leiden. "Tja, also ich habe ihn gerettet und er wird nicht mehr sterben."

"Verdammt Recht hast du." Sarah umfasste ihr Weinglas und stieß mit dem meinen an.

"Lass uns noch etwas Passendes für dich zum Anziehen heraussuchen und dann mache ich mich auf den Weg. Deek ist bestimmt schon ungeduldig."

"Und Dax?" fragte ich nach und konnte mir das Lachen dabei nicht verkneifen, als ich an unsere zwei gigantischen, furchteinflößenden Männer dachte, die sich in dem kleinen Büro nebenan zusammendrängten und uns etwas Zeit unter Freundinnen verschaffen wollten, aber nicht imstande waren, sich weiter von uns zu entfernen. Sie gaben vor, dass die Handschellen und die damit verbundenen Schmerzen der Grund dafür waren, dass sie nicht woanders auf uns warteten, wahrscheinlich aber wollten sie einfach in unserer Nähe bleiben.

"Du kennst ihre Bestien."

"Ach ja?"

"Verdammt, und wie. Sie sind unersättlich. Dax kann mir nur ein kleines bisschen Zeit mit dir einräumen, bevor er einknickt und nach mir sucht."

Ich musste grinsen. "Und dann?"

Sie nahm erneut ihr Glas in die Hand. "Und dann lassen sie uns kommen, bis wir uns wieder daran erinnern, warum wir immer an ihrer Seite bleiben wollten."

Wir stießen an und schlürften unseren Wein. Oh ja, mein Partner war ziemlich besitzergreifend, er beanspruchte nicht nur mich, sondern auch meine gesamte Zeit. Zum Glück verstand er, wie wichtig es für mich war,

Zeit mit Sarah zu verbringen, meiner einzigen Verbindung zur Erde. Aber sie hatte Recht: Deek hatte, genau wie Dax, nur ein gewisses Maß an Geduld was mich betraf und sobald wir wieder unter uns sein würden, würde er mich sicher wieder ausziehen und zum Betteln bringen wollen.

Bei der Vorstellung zog sich meine Pussy bereits zusammen. Himmel, ja, wie ich es liebte mit einem Atlanen verpartnert zu sein.

7

Der Traum war unglaublich. Eine Frau saß auf mir drauf, ihr Federgewicht presste mich aufs Bett. Ihre Haut war weich und geschmeidig und ihr Duft ließ meinen Schwanz hart werden. Sie küsste meine Brust, ihr heißer Mund saugte erst an einer Brustwarze, dann schnippte sie weiter unten über meinen Nabel. Sie wanderte weiter nach unten, bis ihre behänden Finger meine Hose öffneten. Ich hob meine Hüften und half ihr, meine Hosen herunterzuziehen, erpicht, ihren Mund auf meinem Schwanz zu spüren. Er war schmerzhaft erigiert, wütend und der Lusttropfen triefte von der Spitze.

Sie hatte meine Bestie zum Leben erweckt, aber anstatt zähnefletschend in mir hin und her zu schreiten, putzte sie sich heraus und war zusammen mit meinem Verstand der Meinung, dass wir beide *das hier* wollten.

Einmal ordentlich Schwanzlutschen.

Ihre Zunge umkreiste meine Eichel, leckte Tropfen für Tropfen von meiner Essenz. Meine Finger vergruben sich in ihrem Haar, ich hielt mich an ihren seidigen Strähnen fest, als ich sie an meiner harten Länge entlang lotste und sie ermunterte, den Kopf zu senken. Tief zu schlucken. Mich gänzlich in ihren heißen, feuchten Mund zu nehmen.

Als sie saugte, Himmel, als sie saugte und ich die Hitze ihrer kreisenden Zunge spürte, wurde es mir zu viel. Ich hob meine Hüften und presste noch tiefer in sie hinein. Es war dermaßen gut, in der Gegend meines Steißbeins baute sich mein Orgasmus auf. Das Sperma kochte nur so in meinen Eiern, ließ sie fest werden, bereit zum Abspritzen. Fett und heiß würde ich auf ihre Zunge und in ihre Kehle spritzen.

Ja. Götter, *ja.*

Ich riss die Augen auf und spürte die Verbindung mit dieser Frau. Ich hob den Kopf, um sie sehen zu können, als mein Schwanz ihre prallen Lippen dehnte.

Tiffani. Meine wunderschöne, perfekte Partnerin. Und mein Schwanz steckte in ihrem Mund.

Mit einem hörbaren Plopp ließ sie mich frei. "Hallo, Süßer."

Ihre Stimme klang rauchig aber beruhigend, ihr Lächeln mühelos und nur für mich bestimmt. Ich war eingeschlafen, während ich auf sie wartete. Sarah war an unsere Tür gekommen und hatte uns unterbrochen —sie hatte mich unterbrochen, als ich meine Partnerin fickte—aber ich erkannte Tiffanis Freude darüber, sich mit jemanden aus ihrer Welt auszutauschen. Ich konnte ihr nichts versagen, auch nicht das Treffen mit einer neuen Freundin. Und so war ich zu Dax in mein Büro gegangen, wo das Gelächter der beiden Erdenfrauen aus der Küche zu uns durchdrang. Es erfreute mich, sie glücklich zu wissen, aber sofort als unsere Freunde wieder weg waren, hatte ich sie ins Schlafzimmer gebracht. Sie hatte mich wahrhaftig ausgelaugt, jede Runde des Liebemachens war anstrengender gewesen als der Kampf gegen die Hive. Nachdem ich sie erneut genommen hatte und mein Samen tief in ihr ruhte, war ich lächelnd und mit zufriedener Bestie eingeschlafen, nur um beim Erwachen den Mund meiner Partnerin auf meinem Schwanz wieder zu finden.

Ich atmete schwer, der Drang zu kommen pochte und drückte in meinen Eiern. Ich betrachtete die Handschellen an meinen Unterarmen, sie stachen heraus, als meine Finger sich in ihrem Haar vergruben. Ich erblickte die passenden Handschellen an ihren Handgelenken, als ihre Hände auf meinen Schenkeln ruhten. Die Handschellen markierten sie als meine Frau. Sie gehörte nur mir. Ihr langes, braunes Haar lag auf meinen Oberschenkel, als sie mich wieder in den Mund nahm. Mit der Faust knetete sie den Ansatz meines Schwanzes, sie fuhr hart und schnell über meine Eichel, fast musste ich an Ort und Stelle kommen. Ich wollte mich erleichtern, hielt aber zurück. Ich wollte meinen Schwanz in ihre Pussy stecken, meinen Samen in ihrer Gebärmutter abliefern. Ich wollte mein Kind in ihr heranwachsen sehen. Ich musste mich vergewissern, dass sie auf nur jede erdenkliche Art mir gehörte.

"Tiffani. Hör auf."

Sie hob den Kopf und legte ihre Arme um mich, sie umschlang mich wie ein gnadenloses kleines Luder, als ich in ihren engen Griff hineinstieß.

"Du bist eingeschlafen," murmelte sie. "Und ich war noch nicht fertig mit dir."

"Hmm," entgegnete ich. "Meine Partnerin hat mich fertig gemacht, meinen Körper benutzt und so lange um Orgasmen gebettelt, bis ich zu erschöpft war, um weiter wach zu bleiben."

Sie lächelte und sah aus wie eine Frau, die genau wusste, welche Macht sie über mich hatte. Ich mochte der dominantere sein, aber letztlich hatte sie die ganze Kontrolle. Als ihr Atem meinen steinharten Schwanz befächelte, war ich bereit, alles für sie zu tun.

Sie lockerte ihre Umarmung und setzte sich auf. Heilige Scheiße, sie war nackt und rund, überall war sie so verflucht weich, so perfekt. Ich stöhnte und konnte meinen Orgasmus nicht länger hinauszögern, mein heißer Samen ergoss sich über meinen Bauch. Mit großen Augen sah sie mir beim

Kommen zu, Pulsschlag für Pulsschlag. Ich konnte mich nicht länger kontrollieren, konnte die Lust nicht zurückhalten, denn mit ihrem heißen Mund hatte sie mich an die Schwelle gebracht und mich über den Abgrund befördert, als sie sich aufgesetzt hatte und mir ihren nackten Körper präsentiert hatte. Üppige, volle Brüste, stramme Nippel. Blasse, cremige Haut, deren Rundungen wie für meine Hände gemacht waren. Wie ein wuschiger Bursche war ich gekommen.

Sie war viel zu hinreißend. Ich brauchte sie nur anzublicken und schon war es um mich geschehen.

"Das sollte eigentlich in mich reingehen," tadelte sie. Sie biss ihre Lippe und musterte mich, als ich wieder zu Atem kam. Die Lust und Erfüllung des Orgasmus verlangsamten mein Denkvermögen.

Und trotzdem starrte sie weiter auf meinen Schwanz, ihre Hände umspielten meine Länge, umzeichneten den Umriss, die Wülste mit ihren feingliedrigen Fingern.

"Sollte er nicht schlaff werden, nachdem du gekommen bist?" fragte sie und starrte auf meinen immer noch harten Schwanz. Er wurde aber nicht 'schlaff', so wie sie es ausgedrückt hatte, sondern versteifte sich erneut.

Ich griff nach dem Bettlaken und wischte meine Wichse ab. "Keine Sorge, ich habe tonnenweise mehr davon. Siehst du, was du mit mir anstellst, Liebes?"

"Ist deine Bestie denn niemals zufrieden?" fragte sie.

Ich nahm mir einen Moment Zeit, um in die Bestie hineinzuhorchen. Sie war teilweise gebändigt, aber nach einem Orgasmus war das immer so. In den letzten paar Tagen aber, als Tiffani und ich uns Zeit nahmen, einander kennen zu lernen—wir redeten und fickten—, wollte die Bestie sie ständig. Nie wurde ich nach nur einem Orgasmus wieder weich, nie schien ich das brodelnde Verlangen unter der Oberfläche durchbrechen zu können.

Ich musste an die anderen Kriegsfürsten denken mit den ich mich über die Jahre ausgetauscht hatte, die Prillon-Krieger auf den Schlachtschiffen, die eine Partnerin genommen hatten. Sie alle hatten berichtet, dass das Verlangen nach ihrer Partnerin nicht so etwas wie ein Feuer war, das einfach erlosch. Nein, die Lust und das Verlangen waren eher wie ein langsam vor sich hin glühender Stern. Es flackerte auf, schoss wie ein Sturm durch die Dunkelheit unserer geschundenen Seelen und ebbte ab, nur um darauf zu warten, erneut auszubrechen.

Tiffani war jetzt mein Ein und Alles und ich wollte, dass sie das auch verstand. Sie musste die Tiefe meiner Hingabe einsehen. Langsam schüttelte ich den Kopf und hob meine Hand, um damit die Wölbung ihrer Wange nachzuzeichnen.

Sie presste ihr Gesicht gegen meine

Handfläche und ich spürte dieselbe Zufriedenheit, als wenn sie meinen Namen kreischte und ihre Pussy vor Wonne um meinen Schwanz herum zuckte. "Niemals, Tiffani. Weder Bestie noch Mann, keiner von uns wird je genug von dir bekommen."

Sie errötete, die liebliche rosa Färbung befleckte ihre Wangen. Das war zu erwarten. Aber ich hatte ebenfalls erwartet, dass sie wegschauen würde, der Intensität meines Blickes entkommen wollen würde als ich versuchte, ihre Essenz mit meinen Augen in mich aufzunehmen.

Aber dem war nicht so. Ihre dunkelgrünen Augen blickten mich fest an und die Emotion, die ich darin erkannte brachte mich außer Atem, sie schlug wie ein Blitzschlag in meinem Schwanz ein und ließ mich unverzüglich hart wie Eisen werden.

"Es ist mein Job, dich zu trösten," sagte sie, ihre Hand umpackte fester meine Schwanzwurzel und streichelte sie fachkundig. "Lass mich meinen Job machen."

Ihr unverblümtes Vorgehen ließ mich aufknurren. Allerdings. Ich würde hier liegen bleiben und sie machen lassen. Ich war es nicht gewohnt, jemand anderes die Kontrolle über mich zu überlassen, Tiffani aber würde ich mich beugen. Für den Moment jedenfalls. Ihr sexuelle Aggression, ihr Verlangen für mich wirkte überaus erregend. Ja, wenn sie die Führung übernehmen wollte, dann würde ich ihr meinen Körper überlassen. Und die Bestie ebenfalls.

Sie bearbeitete mich mit Händen und Mund und beförderte mich an die Schwelle des Höhepunkts, nur um kurz davor von mir abzulassen, damit ich tief in ihrer Kehle kommen konnte. Danach neckte sie mich mit ihren Händen, ihre prallen Lippen erkundeten knabbernd und leckend meinen Körper und brachten mich an meine Grenzen. Unaufhörlich heizte sie mich an, nur um sich dann wieder und wieder zurückzuhalten und mir wurde klar, dass sie mich testete, dass sie meine Beherrschung testete.

Sie vertraute darauf, dass ich sie nicht verlieren würde.

Meiner Bestie aber würde man nichts verweigern können. Ich konnte mich nicht länger zurückhalten, konnte ihr nicht mehr widerstehen. Wieder streichelte sie mich und meine Lenden buckelten nach oben und wollten mehr. Sie hielt mich weiterhin fest und hob das eine Knie an, um im Grätschsitz meine Hüften zu nehmen. Sie öffnete ihre Schenkel für mich und mein Schwanz schmiegte sich an ihre Pussy.

"Dein Job?" sprach ich und biss meine Lippe, um den Orgasmus hinauszuzögern. Schon wieder. "Mit meiner Partnerin zu ficken ist kein Job." Ich setzte mich auf und begann, ihre Schulter zu küssen. Sie winselte.

"Meine Partnerin küssen ist kein Job." Mein Mund traf auf ihren und was folgte, war kein züchtiger Kuss.

Unmöglich. Sie hatte mich viel zu weit getrieben. Es war explosiv, meine Zunge fand ihre, stieß aus ihrem Mund ein und aus, wie mein Schwanz es schon bald tun würde. Ich beendete den Kuss und wir beide atmeten schwer. Ich senkte den Kopf, nahm einen Nippel in meinen Mund, saugte und wusch ihn mit der Zunge und knabberte behutsam mit den Zähnen.

"Deine Nippel hart zu machen ist kein Job."

Ich wechselte zum anderen Nippel und ihre Finger fuhren in mein Haar. Ich wollte ihre Leidenschaft wecken, sie an den Rand des Orgasmus bringen, bevor ich sie nehmen würde. Ich wollte sie genauso durchdrehen lassen wie sie mich, sie so wild wie meine Bestie machen.

Meine Finger glitten zwischen ihre gespreizten Schenkel und nahmen ihre Feuchte auf, dann nahm ich sie in den Mund und lutschte sie ab.

"Deine Pussy zu kosten, dich kommen zu lassen ist kein Job."

Ihre schweren Augenlider flackerten auf vor lauter Hitze, dann schloss sie die Augen und lauschte meinen sinnlichen Worten und ich setzte ihr Hinterteil auf meinen Schwanz. Wie ein Handschuh glitt sie herab, nahm sie mich in ihren Schlund. Wir beide stöhnten vor Lust. Sie war so heiß, so feucht und eng. Ich war gut bestückt, aber sie nahm mich vollständig in sich auf. Es passte perfekt. *Sie* war perfekt.

Dann fing sie an mich zu reiten, mit den Händen hielt sie sich an meinen Schultern fest, sie zwang die Bestie, ihre üppigen Hüften zu packen und dabei ihr Gesicht zu betrachten, das Gleißen ihrer Haut, die Art, wie ihr Mund sich öffnete und ächzte, als ich meine Hüften hob und tiefer als je zuvor in sie eindrang. Sie warf den Kopf in den Nacken und hielt die Augen geschlossen. Mit geöffnetem Mund rang sie keuchend nach Luft. Ihre Brüste hüpften und wackelten, während sie mich für ihr Vergnügen benutzte und ich konnte meinen Blick nicht mehr von ihr abwenden, wollte sie nicht unterbrechen.

Es war kein zärtliches Liebesspiel. Es war wild und leiblich. Intensiv und bedeutsam. Ich half ihr bis zur Schwelle und dann drängte ich sie über den Abgrund, als ich mit einem Finger über ihren glitschigen Kitzler ging und sie behutsam den Rand entlang rieb, dann über die Spitze, wo das Häubchen sich zurückgezogen hatte.

Ihre Fingernägel gruben sich in meine Schultern und sie schrie. Ihre inneren Wände verkrampften sich um meinen Schwanz herum, wollten ihn tiefer zu sich hineinziehen. Ihre Willkommenssäfte bedeckten mich vollständig und ich bediente mich ihrer Feuchte, um schneller ein und aus zu gleiten, ihren Orgasmus in die Länge zu ziehen und sie erneut zum Höhepunkt zu bringen. Ihr Duft provozierte die

Bestie und ich wusste, dass die Bestie bald darauf bestehen würde, sie erneut zu kosten. Von ihrem Geschmack auf meiner Zunge würde ich nie genug bekommen, sie schmeckte honigsüß und trotzdem wild und düster und ihr Aroma besänftigte die Bestie.

Die Bestie knurrte, zügellos lauerte sie unter der Oberfläche und ich übernahm die Führung, ich hielt sie fest und fickte sie immer heftiger.

"Verdammt," murmelte ich. Sie war eng, so eng, dass sie mich gleich einer Schraubzwinge zerquetschte. Ich war dabei, sie besinnungslos zu beanspruchen. Sie zu ficken. Wie ein brünstiges wildes Tier.

Sie wimmerte und einen Augenblick lang erstarrte ich, ich fürchtete, dass ich ihr weh getan hatte. Ihr geschmeidiger Körper lag so perfekt in meinen Armen, dass ich die Beherrschung verloren hatte, sie genommen hatte, wie ich es wollte. Ich hatte sie heftig gefickt und ihren Körper gezwungen, sich zu dehnen, meinen dicken Schwanz in sich aufzunehmen.

"Mach weiter!" Sie zog an meinem Haar, ihre Hüften wackelten vor Einspruch.

"Ich werde nie mehr aufhören," knurrte ich. Sie öffnete die Augen, obwohl ich immer wieder in sie hineinstieß. "Du gehörst mir. Verdammt schön, wie du bist."

Ihre smaragdgrünen Augen trafen die Meinen. Ich sah ihre Leidenschaft, ihr Verlangen und das Bedürfnis, erneut zu kommen türmte sich wie Gewitterwolken vor dem Blitzschlag in ihr auf.

"Mir. Mir. *Mir*," grollte ich mit jedem penetrierenden Stoß. Sie war meine Partnerin. Ich wusste es. Meine Bestie wusste es. Ihr Duft, ihre Haut, ihr Geschmack. Selbst die Geräusche, die sie von sich gab. Das alles besänftigte die Bestie und ließ sie vor Freude aufheulen.

Was mich, den Mann anbelangte, so musste ich kommen. Nur Minuten zuvor hatten sich meine Eier auf meinem Bauch entleert und ich hatte noch mehr Samen für sie parat. Es würde immer mehr für sie da sein. Also knabberte ich an ihrem Nacken, an ihrer Schulter und ließ meine Hände auf ihr Hinterteil gleiten, um ihre Pussy weiter zu öffnen. Ich stieß zu und zog sie mit den Händen auf ihrem Arsch weiter nach vorne und unten, auf meinen Schwanz.

"Komm nochmal, Liebes. Komm auf meinem Schwanz," ich flüsterte ihr ins Ohr, meine Stimme war absichtlich sanft, denn mein Schwanz war es nicht.

Vielleicht waren es meine Worte. Vielleicht war es die Tatsache, dass ich sie als meine Partnerin akzeptierte. Vielleicht war es, weil ich ihren Arsch in meinen Händen hielt, dass ich sie festhielt und sie zwang, mir zu gehorchen.

Was auch immer der Grund war, ihre Pussywände kräuselten sich und zogen mich tiefer in sie hinein. Ihr Orgasmus schüttelte ihren Körper, aber diesmal kreischte sie nicht. Sie gab keinen Mucks von sich, als ich tief in ihr kam, sie mit meinem Samen füllte. Ich markierte sie, bedeckte sie mit meiner Essenz.

Unsere Orgasmen waren aufeinander abgestimmt, vereinten uns, verbanden uns so, wie die Handschellen es taten.

Sie gehörte mir. Ich gehörte ihr. Und die Bestie wurde ein weiteres Mal zufrieden gestellt.

8

eek

"Wie lange bleiben wir?" ich beugte mich vor und flüsterte in Tiffanis Ohr. Die Bestie spürte selbstverständlich ihren fraulichen Duft auf und ich konnte mich nicht bremsen und musste ihren Hals küssen. "Ich werde mich nicht lange zurückhalten können, wenn du dieses Kleid anhast."

"Wir sind erst seit einer halben Stunde hier," entgegnete sie und als sie sich umdrehte und mich direkt anblickte, sah ich nichts als Freude auf ihrem Gesicht. Mein Kompliment musste ihr geschmeichelt haben.

Ich sollte ihr öfters Komplimente machen.

Ihre grünen Augen waren mit etwas Farbe betont, die sie auf ihrem Gesicht aufgetragen hatte. Die Farbe ihres Kleids war perfekt auf ihre Augenfarbe abgestimmt. Als sie mit dem Fummel aus unserem Schlafzimmer herausgetreten war, wäre ich fast mit hochgezogener Hose gekommen. Meine Bestie wollte auf sie drauf springen und sie auf der Türschwelle ficken.

Wir würden jetzt nackt und zufrieden im Bett liegen, hätte sie nicht die Hand erhoben und mir mit dem Tode gedroht, sollte ich ihre Hochsteckfrisur vermasseln. Ich hatte keine Ahnung, was sie meinte, bis sie auf das raffinierte Design ihres dicken braunes Haares deutete. Es war kunstvoll auf ihrem Haupt aufgetürmt und sie und Sarah hatten über eine Stunde benötigt, um diese Frisur hinzubekommen. Ich hatte nichts einzuwenden, denn es umrahmte perfekt ihre sinnlich-runde Gesichtsform und ließ ihre Augen viel größer wirken.

Sie sah aus wie eine Märchengestalt. Keine derartig umwerfende Frau konnte echt sein.

Aber sie war echt. Und sie gehörte verdammt nochmal mir. Für immer. Ich war der glücklichste Bastard im ganzen Universum.

Sie lächelte und nahm meine Hand. Die unauffällige Geste bewirkte, dass sich eine Verspannung in meiner Brust löste. Den Göttern sei Dank hegte keiner von uns beiden Schamgefühle, was unsere Verbindung betraf. Diese behutsame Bewegung, ihre Finger, die die Meinen umwanden war eine öffentliche Inanspruchnahme, genau wie die Handschellen. Aber *sie* beanspruchte *mich*. In einem Raum voller Fremder stand sie an meiner Seite und verkündete, dass ich ihr gehörte.

Ich war ein Kriegsfürst *und* Kommandant. An so vielen Kämpfen hatte ich teilgenommen, dass sie mir davon schwindelig wurde, die endlosen Auseinandersetzungen sich wie ein Strom aus Höllenqualen, Wut, Terror und Tod vor meinen Sinnen abspielten. Das war mein Leben. Bis sie auftauchte.

Ich kam wieder zur Besinnung, blinzelte und entdeckte, dass sie mich liebevoll lächelnd anblickte. In ihrem Blick erkannte ich Akzeptanz. Verlangen. Vielleicht ... Hoffnung, wie ich zu glauben wagte? Liebe? Wie auch immer, ihr Blick war eine offene Einladung und ich musste meinen Schwanz in der Hose zurechtrücken und die Minuten zählen, bis wir die Party verlassen konnten und ich sie ausziehen und erneut in ihr versinken konnte.

Ein Atlanisches Paar näherte sich uns. Carvax war ihr Name, wenn ich mich recht erinnerte. Ich reichte dem

Krieger die Hand und stellte ihm Tiffani vor, die wiederum seiner Partnerin vorgestellt wurde. Es dauerte nur zwei Minuten, aber als die beiden sich wieder von uns abwandten, verließ mich auch mein aufgesetztes Lächeln.

"Ich hasse dieses Getue. Deswegen bin ich zum Militär gegangen und nicht in die Politik."

"Aber ich dachte, du wolltest mich ... vorführen." Mit einem verschmitzten Lächeln wollte ich ihr den Arsch versohlen. "Genau das waren deine Worte."

"Ich habe es mir anders überlegt. Ich will dich ganz für mich alleine haben."

Ihr amüsiertes Gelächter stimmte mich zufrieden, genau wie die Art, mit der sie meine Hand drückte. "Du bist ein echter Höhlenmensch."

Ich wusste nicht, was ein Höhlenmensch sein sollte, aber sie lächelte, also musste es etwas Gutes sein. "Das Kleid übernimmt das Vorführen ganz von selbst."

Sie blickte auf ihr großzügig von ihrem Kleid zur Schau gestelltes Dekolleté hinab. "Doppel-F in einem Gewand für dünne Frauen."

"Was soll das heißen? Ich verstehe dich nicht. Und ich will keine dünne Partnerin. Du gefällst mir so, wie du bist." Ich konnte ihr nicht länger widerstehen, drehte sie um und zog sie in meine Arme. Ich legte meinen Mund an ihr Ohr und begann zu flüstern, damit keiner der anderen Gäste uns hören konnte. "Du gefällst mir weich und rund. Ich mag es, in deinem Körper zu versinken, wenn ich meinen Schwanz in deine Pussy stecke. Ich mag es, wie deine Brüste schaukeln, wenn ich dich ficke. Ich mag es, wie dein Arsch wackelt, wenn ich dich mit einer Hand verhaue und mit der anderen Hand ficke."

Ihre Atmung beschleunigte sich und ich konnte die Reaktion ihres Körpers riechen, ihre Pussy wurde mit feuchter

Hitze überspült, als sie meinen Worten lauschte.

"Deek, benimm dich." Ihre Stimme klang vergnügt.

"Ich hab's dir gesagt, diese verfluchte Party wird viel zu lange dauern. Ich will dich nackig sehen." Ich legte meine Hände auf ihre Hüften und zog sie näher an mich heran, damit ihr die warme Vorfreude meiner Erektion nicht länger entgehen konnte.

"Sarahs Kleid ist noch aufreizender als dieses hier," entgegnete sie.

"Sarahs Dekolleté ist Daxs Problem," murrte ich. "Dir zu widerstehen ist meins."

"Ich möchte nicht, dass du mir widerstehst."

Ihre offenkundig verführerischen Worte ließen meine Bestie aufknurren. Meine Partnerin war die Versuchung schlechthin. Wann würde diese blöde Party endlich vorbei sein?

"Kommandant Deek." Ein Mann

räusperte sich und widerwillig ließ ich von meiner Partnerin ab, damit wir beide uns umdrehen und unseren nächsten Gratulanten begrüßen konnten.

Ich verkrampfte, als ich Engel Steen und Tia vor uns stehen sah. Sie war ähnlich wie Tiffani gekleidet, mit einem dunkelroten Kleid, das ihre großen Brüste zur Schau stellte. Und trotzdem, die Bestie hätte genauso gut einen Hive-Soldaten ansehen können, denn sie interessierte sich nicht im geringsten für diese Frau.

Ich reichte dem älteren Kriegsfürsten die Hand. Er trug eine lose, schwarz-goldene Tunika und weite Hosen, passend für einen Mann seines Status, es war dasselbe zivile Gewand, welches auch ich jetzt anlegen sollte. Wir Atlanen waren immer bereit zu kämpfen oder unsere Partnerin vor einem Konkurrenten mit Paarungsfieber zu verteidigen. So viele Jahre lang hatte ich ausschließlich Kampfuniformen getragen, dass ich mir in dem dunkelgrauen und dunkelgrünen Anzug, den Sarah extra hatte für mich anfertigen lassen, damit Tiffani und ich zueinander 'passten', nackt vorkam.

Ich hatte die Idee zuerst für bescheuert gehalten, wollte es aber den beiden Frauen recht machen. Mein Outfit war mir vollkommen egal. Jetzt aber genoss ich es, dass jeder mit einem einzigen Blick sagen konnte, dass meine Partnerin mich begleitete. Sie gehörte mir.

Tia räusperte sich und blickte mich erwartungsvoll an, sie wandte sich meiner Partnerin zu und zog die Augenbraue hoch, als wäre ich der größte Vollidiot auf dem gesamten Planeten. Vielleicht war ich das ja. Aber selbst als ich ihr entgegengekommen war, war ich erleichtert, dass sie mich einmal mehr wie einen nervigen älteren Bruder behandelte und nicht wie einen potenziellen Partner.

"Tiffani, darf ich dir meine Vettern vorstellen. Das ist Engel Steen. Er dient in der Atlanischen Ratsversammlung und ist für den gesamten interplanetaren Handel verantwortlich."

"Schön Sie kennenzulernen." Tiffani streckte einem merkwürdigen Erdenbrauch entsprechend die Hand aus, Sarah und Tiffani hatten bereits versucht, mir diese Geste zu erläutern. Ich hatte sie darüber informiert, dass es verpartnerte Männer nicht mochten, wenn ein anderer ihre Partnerin berührte. Wenn sich die Atlanen wie die Menschen auf er Erde 'die Hände schütteln' würden, dann würde es unter den Kriegern leicht zu Verletzten kommen.

Wie erwartet starrte Engel einen Moment lang auf die ausgestreckte Hand, bis er sich als Zeichen des Respekts und wie es bei uns Brauch war vor ihr verneigte. "Werte Dame, es ist mir eine Ehre."

Blitzartig grinste sie zu mir herauf, aber ich sah die Enttäuschung der

Niederlage in ihren Augen. Ich hatte dieses Argument gewonnen.

Tiffani lächelte Engel an und nahm ihren Arm zurück. "Vielen Dank."

"Das ist Tia, seine Tochter."

Ich sah, wie Tiffani sich verkrampfte, als ich Tia erwähnte, bezweifelte aber, dass irgendjemand außer mir es bemerken würde. Sie hatte ein breites Lächeln auf dem Gesicht. Tia reichte meiner Partnerin die Hand und Tiffani lächelte unverfälscht, als sie die Geste erwiderte.

"Es ehrt mich, dich kennenzulernen, Tiffani. Ich bin so froh, dass du hier bist." Sie errötete leicht und ich wusste, dass Tiffani die Verfärbung auf ihren Wangen bemerkt hatte, denn meine Partnerin versteifte sich wieder und ihr Lächeln wirkte erneut gezwungen und aufgesetzt.

"Danke sehr. Schön dich kennenzulernen."

Tia zog ihre Hand zurück. Sie war fast einen Kopf größer als meine

Partnerin, ihre dunklen Augen waren voller Sorge, als sie an ihrem langen, dunklen Haar herumzupfte und es zurück über ihre Schultern warf, als hätte sie nichts Besseres zu tun. Als Tia tief durchatmete, machte ich mich auf das Schlimmste gefasst.

"Dein Kleid ist wunderschön," bot Tia an und ich seufzte erleichtert.

Das Lächeln meiner Partnerin erwärmte sich und wirkte wieder waschecht. "Danke. Deines ist auch sehr schön."

"Da wir jetzt sozusagen miteinander verwandt sind, musst du mir erlauben, dass ich dich herumführe. Deek ist zwar ein guter Begleiter, aber ich bin sicher, dass dir eine weibliche Perspektive gefallen würde." Tias dunkle Augen wirkten aufrichtig. "Wir sollten Freundinnen sein."

"Das würde ich gerne." Tiffani blickte kurz zu mir auf. "Ich habe gehört, dass du dich Deek als Partnerin angeboten hast, um ihn zu retten."

Tia wirkte beklommen und fürchtete sich, ihr zu antworten. Ich konnte es ihr nicht verübeln, denn es war bekannt, dass Atlanische Partner, männlich wie weiblich, ziemlich eifersüchtig waren. Ich drückte Tiffanis Hand, um ihr irgendwie deutlich zu machen, dass sie meine entfernte Cousine nicht aus Eifersucht meucheln durfte.

"Ja," gestand Tia schließlich ein. "Und ich wette, du hast wohl davon gehört, dass Kommandant Deek und ich miteinander verlobt wurden, als wir beide fünf Jahre alt waren."

Tiffani warf mir einen überraschten Blick zu, ich aber legte einfach einen Arm um ihre Taille und zog sie näher an mich heran, unter meinen Arm, während Tia weiter redete.

"Du musst wissen, dass ich Deek liebe. Er ist wie ein Bruder für mich. Wir sind zusammen aufgewachsen. Aber keiner von uns beiden wollte wirklich verpartnert werden, Tiffani. Seine Bestie wollte mich auch nicht. Wir beide wussten es von Anfang an. Ich möchte, dass du das weißt. Als ich ihn besuchen ging, mich ihm angeboten habe, tat ich es, weil ich ihn nicht einfach sterben lassen konnte, ohne wenigstens zu versuchen, ihn zu retten. Ich konnte es einfach nicht."

Tiffani, die so angespannt in meinem Arm ruhte, lockerte sich und trat nach vorne, um Tia zu umarmen. "Danke, dass du es versucht hast. Ich verstehe dich. Und ich bin dir dankbar. Es ist gut zu wissen, dass Deeks Familie sich so sehr um ihn sorgt."

Tiffani trat zurück, als Engel sich räusperte. "Ja, Deek. Ich bin sehr erleichtert, dass es dir gut geht und du schließlich verpartnert wurdest. Wir hatten uns große Sorgen um dich gemacht."

"Danke, Vetter." Nie hatte ich Tias Angebot als ein Opfer angesehen, als einen Akt brüderlicher Liebe. Jetzt aber, dank Tiffani, verstand ich es und das letzte bisschen Ärger in mir verflüchtigte sich. Ihr Vater allerdings war eine ganz andere Angelegenheit. Die Kluft zwischen uns würde sich nicht mit höflichem Partygeplauder beseitigen lassen.

Ich betrachtete die Frau, die gewillt gewesen war, ihre Chance auf eine eigene echte Verpartnerung, ihr Glück zu opfern, um mir das Leben zu retten. "Tia, ich danke dir. Es ehrt mich zutiefst."

Tia blickte zu ihrem Vater herauf und stupste ihn mit dem Ellbogen.

"Völlig richtig," sagte er. "Es wäre eine Schande gewesen, wenn ein Kommandant wie du am Paarungsfieber zugrunde gegangen wäre. Was für eine unnötig tragische Verschwendung."

Tia und Tiffani unterhielten sich über den Markt, Einkaufsbummel und Frauenangelegenheiten, während ich Engel anstarrte. Ja, er hielt meinen Tod für unnötig. Wäre ich dem Fieber erlegen, anstatt meinen Kommandantenposten in der

Koalitionsflotte beizubehalten, wäre das eine Verschwendung gewesen, überlegte ich mir nüchtern. Tiffani runzelte leicht die Stirn und nahm meine Hand, als ob sie meine Verärgerung spüren konnte. Das gefiel mir sehr und der Bestie ebenfalls. Es war nur eine unschuldige Geste, trotzdem wurde mein Unmut wie nichts anderes durch ihre Berührung gelindert.

Engel mochte zwar der Cousin meiner Mutter sein, aber er war auch ein Mitglied der Atlanischen Ratsversammlung und schon viel zu lange an der Macht. In der Vergangenheit wurde ich um Gefallen gebeten, meine Position in der Koalitionsflotte wurde von anderen ausgenutzt, um sich einen Vorteil zu verschaffen, nie aber wurde ich von der eigenen Familie bestochen. Bis Engel.

Primitive Planeten mit Koalitionswaffen zu beliefern war illegal. Engel wusste das sehr wohl. Jeder Rekrut im ersten Jahr und in jedem

Bereich der Flotte wusste, dass wir Barbaren nicht mit Ionenkanonen ausstatteten. Und doch, genau das hatte Engel vor. Auf einem Besuch auf dem *Schlachtschiff Brekk* hatte ich ihn dabei erwischt, wie er zwei Kisten voller Kanonen auf einen Frachter lud, der medizinische Geräte zu einer kriegsgebeutelten Region auf dem Planeten Xerima bringen sollte.

Die Leute auf Xerima waren wilde Barbaren. Sie waren fast so groß wie wir und ihre Krieger stritten sich ohne Unterlass um Frauen und Land. Der Stärkste gewann. Ihr Planet wurde von der Koalitionsflotte beschützt, aber die Rechte und Privilegien eines Mitgliedsplaneten wurden ihnen nicht zugesprochen. Noch nicht.

Ich hatte die Waffen konfisziert und Engel dem Oberbefehlshaber überführt. Engel aber hatte Freunde in sehr gehobenen Positionen und innerhalb weniger Stunden war er wieder auf freiem Fuß.

Die Ratsversammlung glaubte seiner Version von einem Irrtum, einer fehlerhaften Frachtliste.

Ich allerdings glaubte ihm nicht. Und seine wiederholten Versuche, mich mit seiner Tochter zu verpartnern, ließen nur auf weitere Manipulationen seinerseits schließen. Wie viele Leute hätte er einschüchtern oder bestechen können, wäre ich, ein mächtiger Kommandant, Tias Partner geworden? Mit einem überaus mächtigen Kommandanten als Schwiegersohn?

"Das war sehr tapfer von dir, Tiffani," sprach Tia. "Seit deiner Ankunft gibt es in den Nachrichten kaum ein anderes Thema." Tia atmete tief aus und ihre Worte rissen mich aus meinen Gedanken.

"Nachrichten? Welche Nachrichten?" Tiffani blickte fragend zu mir hoch und forderte eine Erklärung, die ich ihr nur ungern zumuten wollte.

9

Als ich einen Augenblick zu lange mit der Antwort zögerte, wandte sich Tia grinsend meiner Partnerin zu. "Du weißt es noch gar nicht? Du bist berühmt."

Tiffani wurde bleich, sie wankte und Tias Theatralik ließ mich die Stirn runzeln. "Tia, hör auf, ihr Angst einzujagen."

"Warum hast du ihr nichts erzählt?

Wie viele Interviewanfragen hast du schon abgelehnt?"

Tiffani blickte verärgert zu mir hoch, sie war offensichtlich irritiert. "Nun?"

Seufzend lenkte ich ein. Dax und ich hatten die Angelegenheit erst vor wenigen Stunden ausführlich in meinem Büro besprochen. Irgendwann würde ich gezwungen sein, Zugeständnisse zu machen. Mein Volk brannte darauf, Tiffani kennenzulernen und liebte sie bereits jetzt für ihre heldenhafte Tat. Ich war ein egoistischer Bastard und wollte sie ganz für mich alleine behalten. Die Welt würde schon einsehen, dass mein Paarungsfieber noch eine Weile brauchen würde, bis es vollständig abgeklungen war. Langsam aber gingen mir die Mittel aus, um die Medien von uns fernzuhalten. Es würde nicht mehr lange dauern und die neugierige Öffentlichkeit würde vor unserer Tür stehen. "Zweiundzwanzig."

"Ach du lieber Himmel!" Tiffani war überrascht. "Ich bin eine Kellnerin aus

Milwaukee. So interessant bin ich nun auch wieder nicht."

Ich seufzte. "Und das war nur gestern."

Tia verschränkte prustend die Arme. "Du kannst sie nicht für immer in deinem Schlafzimmer einsperren, *Kommandant*."

Tiffani musste lachen, sie war aber weiterhin rot vor Wut. Sie legte ihre Hand auf Tias Arm. "Danke für die Warnung."

Tia schien die Berührung zu verwirren—meine Partnerin liebte Körperkontakt—, dann aber grinste sie nur. "Nun, wir sind jetzt schließlich eine Familie. Und wir Frauen müssen zusammenhalten."

"Das erinnert mich an etwas," sagte Engel.

Wir blickten zu Engel, als er etwas aus der Hosentasche hervorzog. Es war ein kleines schwarzes Täschchen mit einer goldenen Schnur.

"Das hier ist für dich." Engel

überreichte Tiffani das Täschchen, blickte aber zu mir. "Ein Friedensangebot und zugleich eine Entschuldigung. Willkommen in der Familie, Tiffani."

Tiffani nahm das dargebotene Täschchen, öffnete es und ließ den Inhalt in ihre kleine Hand fallen. "Wie hübsch. Danke vielmals."

Die verkrampften Muskeln an meinem Hals und Kiefer entspannten sich, als ich die Halskette erblickte. Die goldenen Glieder waren mit Graphitmustern umrankt und mit den Symbolen unseres Familiengeschlechts graviert. Es war das Geschenk, welches ich in meiner Haftzelle abgelehnt hatte. Dieses Mal aber schenkte es Tia nicht mir, sondern meiner Partnerin.

Engel schaute mich an, als könne er meine Gedanken lesen. "Da Tiffani deine Partnerin ist und es sich um ein Familienerbstück handelt, waren wir der Meinung, dass sie es bekommen sollte."

Ich blickte kurz zu Tia, um zu

prüfen, ob sie derselben Ansicht war. Sie nickte. "Mit deinem Kleid zusammen wird es toll aussehen, Tiffani."

Tiffani hielt das Geschenk hoch und bot es mir an. "Hilfst du mir?"

"Aber ja." Ich würde ihr immer helfen, egal, ob die Angelegenheit klein oder groß war.

Ich nahm ihr die Kette aus der Hand und glitt mit den Fingern über die vertrauten Metallglieder. Ich erinnerte mich allzu gut an das Stück. "Als ich klein war, saß ich immer bei meiner Großmutter auf dem Schoß und habe mit dieser Kette gespielt. Ich mochte es, wie sich das Licht an den Goldgliedern reflektierte."

"Vielleicht wird unser Sohn es dir irgendwann gleichtun." Tiffani unterbreitete diesen Vorschlag und drehte sich mit dem Rücken zu mir. Ich öffnete den Verschluss, legte das wertvolle Schmuckstück um ihren Hals und küsste sie auf die Schulter. Plötzlich stellte ich mir vor, wie mein Sohn auf

Tiffanis Schoß sitzen würde und wie seine mollige kleine Hand nach den goldenen Gliedern der Kette griff. Ich war wirklich dankbar und demütig für das Geschenk und wandte mich wieder Engel zu.

"Wirklich großzügig, Herr Regierungsrat. Und es steht meiner Partnerin ausgezeichnet. Vielen Dank."

Tiffani legte ihre Hände auf die kühlen Glieder und bedankte sich ebenfalls.

Ein anderes Pärchen gesellte sich zu Engel. Er blickte sie flüchtig an und nickte. "Ihr habt weitere Gäste zu empfangen. Wir werden euch nicht länger aufhalten."

Engel nickte und ergriff Tias Arm, dann führte er sie an den Getränketisch und Tiffani rief ihnen hinterher: "Ruf mich an. Ich möchte gern einkaufen gehen!"

"Einverstanden!" Tia grinste hocherfreut und ich beschloss, mich nicht weiter über Engel aufzuregen. Er war ein alter Mann, der uralte Spielchen spielte. Ich hatte meine Pflicht erfüllt. Ihn verpfiffen. Es war an der Zeit, die Vergangenheit ruhen zu lassen und mich meiner Zukunft mit meiner neuen Partnerin zu widmen.

Tiffani

Ich genoss zwar die Party, hatte aber denselben Gedanken wie Deek. Ich wollte mich davonmachen und meinem Partner die Kleider vom Leib reißen. Ich war es gewohnt, ihn entweder in seiner Uniform oder nackt vor mir zu sehen, in schicken Klamotten aber, die eine Art Atlanischer Smoking darstellen mussten, sah er ... umwerfend aus. Zum Anbeißen.

Allerdings war ich diejenige, die Sarah versprochen hatte, dass wir dableiben würden bis die letzten Gäste sich auf den Weg gemacht hatten. Also musste ich mich bis zum Schluss zusammenreißen, meinem Partner widerstehen. Sollte ich auch nur erwähnen, dass ich gerne früher gehen würde oder sollte ich vorschlagen, dass wir uns ein ruhiges Zimmer für einen Atlanischen Quickie suchten, dann würde Deek mich über die Schulter werfen und sich lauthals verabschieden. Und so genoss ich einfach nur seine ungebrochene Aufmerksamkeit, seine ständigen Berührungen; ich genoss etwas, das ich vorher nie gekannt hatte —die ungeteilte Aufmerksamkeit eines ultrascharfen Mannes.

Und weil er mich ständig berührte, bemerkte ich vor allen anderen, dass sich in ihm etwas verändert hatte. Seine Hände wurden glühend heiß, als hätte er Fieber. Er wurde immer unruhiger. Seine Augen, die den ganzen Abend über Ruhe und Zufriedenheit versprüht hatten, warfen jetzt jedem vorbeilaufenden Mann düstere Blicke zu und scannten jeden Schatten auf eine

Gefahr. Er trat näher an mich heran und belagerte mich, sodass es schon lächerlich wirkte.

Ich schätzte es, dass er mich beschützen wollte, aber das hier ging ein bisschen zu weit. Es sah aus, als konnte er sich buchstäblich nicht weiter als ein paar Zentimeter von mir entfernen. Immerzu hielt er mich an der Taille oder an der Schulter fest, erzwang er konstanten Körperkontakt. Er unterhielt sich kaum noch mit den Gästen. Innerhalb weniger Minuten gab er nur noch einsilbige Antworten von sich. Oder Grunzlaute.

Ich musterte ihn und bemerkte, dass er schwitzte und immerzu an seinem Kragen herumzerrte. Seine Haut war aufgedunsen und seine Augen waren dunkel, viel dunkler als üblich. Außer wenn—

Oh, Scheiße.

"Deek," sprach ich und nahm seine Hand. "Was ist los mit dir?"

Das Paar neben uns bemerkte seine

Wandlung und entfernte sich umgehend, sie wirkten besorgt und flüsterten sich zu.

"Fieber," knurrte er.

"Lass uns von hier verschwinden," murmelte ich und zerrte an seiner Hand, um ihn aus dem Raum zu schaffen. Zum Glück erlaubte er mir, ihn heraus zu führen.

"Kommandant."

Engel Steen stellte sich uns in den Weg. Er blickte erst zu mir, dann auf Deek und dann verweilte sein stirnrunzelnder Blick auf meinem Partner.

"Gibt es ein Problem?" wollte er wissen.

Kopfschüttelnd und mit einem aufgesetzten Lächeln versuchte ich, uns um ihn herum zu manövrieren, ich zerrte einen mächtig großen Atlanischen Kommandanten mit Paarungsfieber hinter mir her. "Nein, alles bestens. Wir wollen nur ein bisschen ... unter uns sein."

Engel legte eine Hand auf meine Schulter, um mich zu bremsen. "Der andere Regierungsberater ist eben eingetroffen. Er wäre äußerst enttäuscht, wenn er—"

Deeks Bestie knurrte, als er mich berührte und ich erinnerte mich wieder daran, dass unter verpartnerten Atlanen fremde Berührungen tabu waren. Ich entzog mich Engels Hand, damit er nicht weiter meine Schulter betatschen konnte, aber es war bereits zu spät. Deeks Knurren wandelte sich in ein lauthalses Brüllen, das praktisch das gesamte Haus erschütterte.

Die Gäste wurden allesamt still und schauten zu uns. Deek verwandelte sich vor meinen Augen. Seine Zähne wurden länger, wie bei einem Raubtier. Seine Schultern und Brust quollen hervor, seine Arme wurden fast doppelt so groß, als sich die Muskelfasern ausdehnten und die Bestie in den Angriffsmodus überging. Er wurde fast einen Kopf größer, seine Wirbelsäule verlängerte sich und er überragte damit alle Anwesenden im Raum.

"Deek. Beruhig dich." Ich musste ihn einfach anstarren, denn obwohl er in der Gefängniszelle im Bestienmodus gewesen war, hatte ich niemals bei der eigentlichen Verwandlung zugesehen. Es war wie in einer alten Folge von *Der unglaubliche Hulk* im Fernsehen, aber wenigstens hingen ihm die Kleider nicht in Fetzen vom Leib. Anscheinend berücksichtigten die Atlanen den Bestienmodus, wenn sie ihre Kleider nähten.

"Er hat immer noch das Fieber," sagte Engel und machte dabei große Augen, dann hielt er schützend die Hände hoch und ging auf Abstand.

Deek keuchte und nur meine Hand auf seiner Brust hielt ihn davon ab, sich auf Engel zu stürzen.

"Nicht anfassen," sprach Deek, seine Stimme war ein tiefes, dunkles Poltern, das ich noch aus der Zeit vor unserer Verpartnerung in Erinnerung hatte.

"Bleib weg, Engel. Du hättest mich nicht anfassen dürfen," sagte ich zu ihm.

Engel machte einen weiteren Schritt zurück. "Das tut mir leid, aber wir müssen uns jetzt um etwas anderes kümmern."

Dax und Sarah gesellten sich zu den anderen Gästen. Die Männer nahmen ihre Partnerinnen hinter sich in Schutz, nur für alle Fälle. Momente später wurden wir von über einem Dutzend Kriegern umzingelt und an deren funkelnden Blicken und angespannter Haltung konnte ich ausmachen, dass sie jederzeit bereit waren, Deek zu Boden zu bringen.

Scheiße. Ich wandte mich Deek zu, berührte seine Wange. "Deek, Baby, beruhig dich."

Engel pirschte sich wieder heran und er beachtete mich noch nicht einmal. Es sah aus, als würde er näher kommen, was mich zusammenzucken und Deek aufbrüllen ließ.

Engel erstarrte und wandte sich an

Dax. "Kommandant Deek hat wieder das Paarungsfieber. Sie müssen sofort die Wachen rufen."

Dafür, dass er Deeks Zustand so unverblümt herausplärrte, wollte ich ihm eine verpassen, aber dafür, dass er andeutete, meinen Partner zurück ins Gefängnis zu schleifen, wollte ich ihm in die Eier treten.

Ich rotierte zu Dax. "Sollst du es wagen. Hilf mir einfach dabei, ihn hier herauszuschaffen. Ich bin seine Partnerin. Er kommt wieder in Ordnung."

"Nicht anfassen," wiederholte Deek, seine Augen waren gleich einem Laser auf Engel gerichtet, seine Hände waren zu harten Fäusten geballt. "Partner."

"Partner?" sprach Engel ungläubig und ein bisschen zu laut für meinen Geschmack. "Sie kann nicht deine Partnerin sein. Sieh dich nur an."

Engel hob seinen Arm und fuchtelte durch die Luft. Alle Blicke richteten sich auf Deek, dessen Augäpfel fast aus dem

Schädel traten, als er Engels anmaßende Behauptung verarbeitete. Seine Atmung war rasant und abgehackt, als wäre er eben auf dem Schlachtfeld gewesen.

"Deek, hör nicht auf ihn. Ich bin deine Partnerin. Mir ist egal, was er sagt."

Von einem anderen Kriegsfürsten herausgefordert, wurde die Frau, um die es ging anscheinend unsichtbar, denn Deek hob mich hoch und platzierte mich hinter seinem Rücken und aus dem Weg.

"Partner!" brüllte Deek.

"Sie kann nicht deine Partnerin sein, Kommandant. Denn dann würdest du nicht die Beherrschung verlieren." Sein Ton klang nicht laut oder streitlustig, sondern bevormundend und herablassend, als würde er einem Fünfjährigen zwei plus zwei erklären.

"Hör mit deiner Klugscheißerei auf, Engel." Ich schob mich vor Deeks enormen Torso und warf Engel einen finsteren Blick zu. Dieser blöde Arsch.

Nichts von alledem würde geschehen, wenn er mich und Deek einfach hier raus lassen würde. Gott steh mir bei, ich wollte ihm nicht mehr nur in die Eier treten, sondern ihm mit einem Stiefel den Arsch aufreißen.

"Ich bin nur dabei, das Offensichtliche auszusprechen, Kleine. Du bist nicht seine Partnerin. Unmöglich."

Noch bevor ich schreiend Deek Einhalt gebieten konnte, stürzte er sich auf Engel. Der alte Mann ging zu Boden und Deek sprang buchstäblich mit hochgerissenen Armen auf ihn drauf, um auf ihn einzuprügeln. Oder schlimmer noch.

Ich schrie, aber mein Gebrüll ging in den überraschten Ausrufen der Anderen unter.

Dax kam hervor und packte Deek am Arm. Deek aber war wütend und vier weitere Krieger waren notwendig, um ihn zu bändigen.

"Deek!" brüllt er und bediente sich

seiner gesamten Stärke, um ihn von Engel Steen herunterzuzerren. "Bring deine Bestie unter Kontrolle. Sofort!" Dax wandte sich mir zu. "Tiffani! Komm her und hilf uns!"

Ich eilte zu Deek und legte meine Hände an seine Flanke, ich umarmte ihn, damit er wusste, dass ich bei ihm war. Es schien zu helfen, aber mir war klar, dass wenn die anderen ihn loslassen würden, er erneut den Regierungsrat angreifen würde.

"Götter, der Mann ist übergeschnappt. Das Fieber hat ihn durchdrehen lassen!" Engel lag rücklings und mit erhobenen Armen auf dem Boden, um sich zu verteidigen. An der Augenbraue hatte er eine kleine Wunde, aber ich hatte keinen Schimmer, wie die zustande kam, da Deek nicht dazu gekommen war auf ihn einzuprügeln.

Tia fiel neben ihrem Vater auf die Knie, sie sah besorgt aus, schaute aber auf Deek mit einer Mischung aus

Abscheu und Trauer. "Das kann nicht wahr sein." Ihr Blick wanderte zu mir und ich starrte sie nur an, sollte sie es wagen, diesen Schwachsinn, von wegen Deek sei nicht mein Partner, zu wiederholen. Er gehörte mir. Mir!

Dax stand zwischen Deek und Engel und schob Deek mit aller Kraft zurück.

Engel war mir egal, ich sorgte mich nur um Deek. Die Bestie brodelte und tobte. Schweiß tropfte von seinen Augen und seinem Gesicht. Gütiger Gott, seine Augen waren furchtbar. Mein Deek war nicht länger hier, nur noch die Bestie war anwesend.

"Deek," sprach Dax. "Kommandant."

Deek knurrte daraufhin und versuchte, sich von der Bestie zu befreien, um seine Stimme wieder zu finden.

"Kommandant," wiederholte Dax. "Zurücktreten."

"Mir," knurrte Deek. "Partner."

Der Gedanke, dass ich nicht ihre richtige Partnerin sei, missfiel der Bestie.

Obwohl es mir schmeichelte, dass die Bestie so hartnäckig daran festhielt, dass ich ihr gehörte, war mir auch klar, dass Deek jetzt in Schwierigkeiten steckte.

"Dieser Kriegsfürst hat komplett die Kontrolle verloren!" rief Engel. "Ihr habt ihn gesehen. Ihr habt gesehen, was er getan hat."

Er wandte sich an die Gäste und sie nickten mit den Köpfen, sie sahen zu, wie Deek immer noch mit der Bestie rang. Alle hier waren mit dem Paarungsfieber vertraut und sie erkannten die Symptome mühelos. Zum Teufel, ich war seit einer Woche auf Atlan und wusste bereits, wie es sich äußerte.

Dann fing das Getuschel an.

Das Fieber ist wieder da.

Ihre Verpartnerung war nicht rechtmäßig.

Die Alien-Frau ist nicht seine richtige Partnerin.

Er muss weggesperrt werden.

Wie traurig. Sie werden ihn hinrichten.

10

HINRICHTUNG?

Das Wort war wie ein Stich ins Herz. Wie konnten diese Fremden es wagen, an unserer Verbindung zu zweifeln? Sie wussten überhaupt nichts über unsere Partnerschaft, was wir einander bedeuteten.

Das Fieber aber war zurück und das konnte ich nicht leugnen.

"Ruft die Wachen," sprach Engel auf

wackeligen Beinen stehend. "Tia, beeil dich und lass die Wachen kommen. Er muss weggeschlossen werden. Er ist eine Gefahr für sich selbst und jeden anderen hier." Engels Blick wandte sich mir zu und er milderte seinen Tonfall. "Einschließlich dir, Liebes. Es tut mir leid."

Dax raunte Deek etwas zu, aber ich konnte nicht hören, was er zu ihm sagte. In der Hoffnung, dass meine Berührung und das Wissen, dass ich sicher und wohlauf war ihn beruhigen würde, stellte ich mich vor meinen Partner. Ich konnte ihn schließlich nicht vor den Augen der Gäste ficken und das würde jetzt auch nichts mehr nützen. Wir hatten tagelang wie die Kaninchen gefickt und trotzdem hatte das Fieber ihn wieder fest im Griff.

Als ich Deeks aufgeheizte Haut berührte, folgte Engel mit finsterem Blick jeder meiner Bewegungen. Er glaubte nicht, dass ich Deeks einzig wahre Partnerin war. Ich konnte es in seinen Augen sehen. Ich trug die Handschellen, die angeblich den Männern helfen sollten, ihre Bestien unter Kontrolle zu behalten. Ich hatte keine Ahnung, wie die Schalttechnik bei den anderen Kriegsfürsten funktionierte, hatte aber den Abstand vor zwei Tagen selber getestet und war vor Schmerz zusammengebrochen, als ich mich zu weit von ihm entfernt hatte. Wir hatten darüber gestritten, denn er wollte nicht, dass ich leide, ich aber wollte sie unbedingt testen.

Und wie ich mir danach wünschte, auf ihn gehört zu haben. Es war wie ein Elektroschock aus einem Taser.

Also blieb ich an seiner Seite und war zufrieden damit und nicht nur, weil es sonst verdammt weh tun würde. Er durfte meinen Körper beanspruchen, wann immer er es wollte. Ich hatte ihm alles gegeben. *Alles.* Und es reichte nicht.

Ich wusste, dass ich ihm jetzt nicht helfen konnte. Ich konnte nichts für ihn tun. Egal wie sehr ich mehr von ihm wollte, ich war nicht die richtige Frau für ihn. Vielleicht hatte Engel Recht. Außer den Handschellen hatte ich nichts, das unsere Verpartnerung bewies, was auch immer das heißen sollte. Mindestens ein halbes Dutzend Mal wurde mir eingebläut, dass die Partnerin eines Atlanen die einzige war, die die Bestie ihres Partners bändigen konnte. Die einzige Person im gesamten Universum, auf die ein Atlane im Bestienmodus hören würde.

Nun, auch bei dieser Angelegenheit hatte ich versagt.

Die Wachen kamen mit erhobenen Ionenkanonen durch die Tür geschritten.

"Steckt die verdammten Waffen weg," rief Dax ihnen zu. "Er ist ein Kommandant im Fieber, kein Schwerverbrecher."

"Er hat mich niedergeschlagen. Alle haben es gesehen. Ich bedaure, Dax. Ich weiß, dass ihr befreundet seid, aber er ist gefährlich," widersprach Engel.

Bei seiner letzten Äußerung schaute Engel zu mir und gleichzeitig wurden Deeks Unterarme in Fesseln gelegt.

Die Wachen führten ihn in Richtung Tür ab.

"Partner," knurrte Deek.

"Sie muss mit ihm kommen," beharrte Dax.

Ich wollte Deek nicht alleine lassen, aber ich hatte auch nicht erwartet, dass Dax darauf bestehen würde, dass ich mit ihm ins Gefängnis ging. Ich konnte ihm nicht helfen die Bestie zu zähmen. Ich verstand nicht, warum er beim ersten Mal auf mich reagiert hatte, allerdings war er damals auch nicht so vollkommen außer Kontrolle wie jetzt.

"Er wird sie verletzen!" wandte Tia ein und gesellte sich neben mich. "Du kannst bei mir bleiben," bot sie an, während sie mich mit traurigen Augen anblickte.

"Sie muss mitgehen," wiederholte Dax. "Sie sind aneinander gefesselt."

Die Handschellen. Deswegen musste

ich mitgehen. Nicht, weil ich Deeks Partnerin war, sondern weil es zu schmerzhaft sein würde, sollten wir getrennt werden.

"Ich gehe mit," sprach ich, hob mein Kinn nach oben und stellte mich hinter die Wachen. Das war einer demütigendsten—und herzzerreißendsten—Momente meines Lebens. Alle wussten, dass ich versagt hatte, dass ich dem Kommandanten nicht genug zu bieten hatte. Dass ich nicht seine Partnerin war. Ich hatte versagt.

"Ich werde bei ihm bleiben," grummelte ich trotz meines Knotens im Hals. Ich würde nicht zu heulen anfangen.

"Im Knast?" entgegnete Tia.

"Ich war schon dort. Ich habe keine Angst." In Wahrheit aber konnte ich es nicht ertragen, ihm von der Seite zu weichen.

"Ich fürchte, er wird nicht lange dort einsitzen." Engel schlich sich mit einem resignierten Seufzer an die Seite seiner Tochter. "In Fällen wie diesem wird das Hinrichtungsurteil sehr wahrscheinlich wieder in Kraft gesetzt und zügig vollstreckt werden."

Es war, als würde er mir einen Dolch in die Eingeweide rammen. "Wie viel Zeit bleibt ihm noch?" Das Gefängnis machte mir keine Angst. Ich hatte Angst davor, was mit Deek geschehen würde. Meinetwegen steckte er jetzt wieder in Schwierigkeiten. Ich hatte nicht ordentlich mit ihm gefickt. Sein Samen schlug keine Wurzeln oder verband sich nicht richtig mit mir oder was auch immer. Ich genügte ihm nicht. Ich hatte seine Bestie nicht ausreichend befriedigt.

"Stunden." Dax beantwortete meine Frage. Tränen stiegen mir in die Augen, aber ich hatte keine Zeit für einen Nervenzusammenbruch. Sie brachten meinen Partner nach draußen in ein großes Fahrzeug, um ihn ins Gefängnis zu überführen.

Deek würde sterben. Dieses Mal würde ich ihn nicht mehr retten können.

Dax begleitete mich zum Gefängnistransporter und einer der Wachen half mir, hinten einzusteigen. Ich blickte ihm nicht in die Augen. Niemandem blickte ich in die Augen. Ich wollte ihr Mitleid nicht sehen oder ihre Verurteilungen. Uns sollte ich nur einen Anflug von Sympathie erblicken, würde ich durchdrehen. Tränen. Dicke, fette, hässliche Tränen.

Ich liebte meinen Partner. Ich liebte ihn. Er war groß und verroht und durch und durch Mann. Zum ersten Mal in meinem Leben fühlte ich mich hübsch und wertgeschätzt, zum ersten Mal begehrte mich jemand und das wollte ich nicht einfach aufgeben. Ich liebte seine Art, mich gegen die Wand zu ficken. Wie er seinen Kopf zwischen meine Schenkel zwängte und leckte und saugte, bis ich seinen Namen kreischte. Ich liebte die Art, wie er meinen Körper anstarrte, meine Brüste, meinen Bauch, als wäre ich eine Köstlichkeit. Ich liebte es, bei ihm zu sein.

Und jetzt würde er meinetwegen sterben.

Ich schwieg während der kurzen Fahrt zum Gefängnis. Dort angekommen half man mir aus dem Fahrzeug, während Deek hinter mir wartete. Er keuchte immer noch, seine Haut war errötet und seine Augen wanderten umher, als ob hinter jedem Schatten ein Feind lauern würde.

Seufzend folgte ich der Truppe Krieger, die uns den langen, cremefarbenen Gang hinunterführten, zurück in dieselbe Zelle, in der er einsaß, als ich hier angekommen war. Block 4. Zelle 11.

Ich ging in die Zelle und lief schnurstracks zum Bett, kletterte auf die Matratze und rollte mich auf der Seite zusammen.

Sollte Deek meine Nähe suchen, dann würde ich mein Bestes tun, um ihn zu besänftigen. Aber selbst, wenn ich ihm das Hirn rausvögeln, ihm den Schwanz lutschen, ihn knurren und grunzen lassen würde und ihn dazu bringen würde, ehrfürchtig meinen Namen auszusprechen, es würde nichts nützen.

Ich konnte ihn dumm und dämlich ficken, aber seine Bestie konnte ich nicht bändigen. Nur seine echte Partnerin konnte das. Nur seine echte Partnerin konnte ihn retten. Und sollte diese Frau jetzt auftauchen und ihn nehmen, mit ihm ficken, seine Bestie beruhigen, dann würde mein Herz in tausend Stücke zersplittern. Eigentlich sollte er mir gehören. Für immer.

Ich hörte wie sich das Energiefeld, die sogenannte Gravitationswand aktivierte, ignorierte es aber. Ich wandte Deek den Rücken zu, als er knurrend auf und ab marschierte. Ihn anzusehen konnte ich nicht ertragen. Es tat zu sehr weh.

Tränen kullerten lautlos von meinen Augenlidern auf das Bett. Deek sagte nichts zu mir, aber nach einer Weile kletterte er aufs Bett und legte sich an meine Seite, er zog mich in seine Arme. Mein Rücken drückte gegen seine überhitzte Brust, seine monströsen Arme umschlungen mich. Ich war mit den Nerven am Ende, konnte aber auch nicht schlafen.

Wenn uns nur ein paar Stunden blieben, dann wollte ich sie nicht verschwenden und stattdessen Deeks warme Arme an meinem Körper spüren.

Die schwere Goldkette um meinen Hals fühlte sich plötzlich wie ein Fluch an, wie Hohn, eine Verspottung. Das Gold stand für immer und ewig, für meinen Platz in Deeks Familie.

Und jetzt stand es für nichts als zerplatze Träume und Bedauern.

ICH MUSSTE EINGENICKT SEIN, denn als ich die Augen aufmachte, hörte ich Frauenstimmen. Erst kam es mir merkwürdig vor, dann erinnerte ich daran, dass Sarah mir von den Atlanerinnen erzählt hatte, die durch die Haftanstalt stolzierten, um den Männern eine letzte Chance auf eine Partnerin anzubieten. Ihre Anwesenheit erzürnte mich, denn ich spielte mit dem Gedanken, dass eine davon für Deek die Richtige sein könnte.

Er gehörte mir.

Außer, dass das nicht stimmte. Denn sonst wären wir nicht hier gelandet.

Ich hob meine Hand und glitt mit meinen empfindlichen Fingerspitzen über die goldenen und dunkelgrauen Glieder um meinen Nacken. Sie waren ein Symbol für meinen Anspruch auf Deek, meinen Status als seine auserwählte Partnerin. Sie waren eine sichtbare Beteuerung meiner Macht über ihn, meiner Fähigkeit, seine Bestie zu bändigen.

Allerdings hatte ich versagt.

Vielleicht würde einer dieser Frauen hübscher und begehrenswerter sein als ich. Vielleicht konnte eine von ihnen ihn retten.

Leider gab es nur eine Möglichkeit, um festzustellen, ob eine der Frauen die zum Tode Verurteilten hier erlösen konnte. Und zwar musste gefickt werden, um festzustellen, ob die Bestie Gefallen an der potenziellen Partnerin fand.

Ich kroch unter dem schweren Arm auf meiner Taille hervor und rutschte so leise wie möglich vom Bett. Als Deek sich regte, flüsterte ich ihm zu, dass er weiterschlafen sollte. Was er zu meiner extremen Überraschung auch tat.

Niemals schlief er dermaßen fest. Nacht für Nacht musste ich mich nur unter der Decke wenden und er war umgehend in Alarmbereitschaft. Der Grund dafür waren seiner Meinung nach die vielen Kampfeinsätze, die lange Zeit an der Front, wo ein paar unachtsame Sekunden über Leben und Tod entschieden.

Aber hier und jetzt? Er hob kaum

den Kopf, seine Augenlider blinzelten gemächlich, als wären sie schwer.

Kopfschüttelnd lief ich zur Gravitationswand und erblickte mehrere Atlanerinnen, die langsam von Zelle zu Zelle spazierten. In jede Zelle schauten sie hinein, um einen Blick auf die Gefangenen zu werfen und zu entscheiden, ob einer davon ihnen zusagte.

Eine Frau kam vor mir zum Stehen. Ich musterte sie durch das schimmernde Energiefeld hindurch und versuchte, meinen Kummer vor ihr zu verbergen. Sie war groß, wie alle Frauen hier, sie überragte mich um fast eine Kopflänge. Ihr Haar hatte eine helle, honigblonde Färbung mit glänzenden Highlights und die Fülle ihrer Haarpracht reichte ihr bis unter die Taille. Ihre Brüste waren größer als meine, aber ihre Taille war schlank und wohldefiniert und die Muskeln an ihren Armen und Beinen hätten sie auf der Erde für einen Bodybuilding-Wettkampf qualifiziert.

Und als ob das nicht schon genug wäre, sah sie auch noch hinreißend aus. Hellblaue Augen und rosafarbene Lippen. Sie sah aus wie ein überdimensioniertes Mannequin.

Nie und nimmer konnte ich es mit ihr aufnehmen.

"Hi, ich bin Seranda."

Selbst ihre Stimme klang sanft und schwungvoll, wunderschön.

Ich nickte nur.

"Ich bin hier um zu helfen," sprach sie und blickte an mir vorbei in Richtung Deek.

Mein Puls hämmerte und ich versuchte, nicht in Panik zu geraten. "Womit helfen?"

"Ich habe in den Nachrichten von dir gehört und es tut mir leid, dass es zwischen dir und Deek nicht geklappt hat. Er ist ein erbitterter und äußerst respektierter Krieger." Ihre Stimme klang mehr als ehrfürchtig, als ihr Blick von mir auf das Bett wanderte, in dem mein Partner, Deek, immer noch schlief. Sie betrachtete ihn überaus interessiert und ich kämpfte gegen meine erzürnte Mimik an, als sich meine Augenbrauen schimpfend zusammenziehen wollten. Ich hatte kein Recht darauf, ihr finstere Blicke zuzuwerfen. Ich hatte keinen Anspruch auf Deek. Nicht mehr.

Als sie sich wieder mir zuwandte, erkannte ich Mitleid in ihren hellblauen Augen. "Er ist umwerfend, Tiffani Wilson von der Erde. Ich möchte dir helfen, ihn zu retten."

Bei ihrer Andeutung zog ich die Augenbraue hoch. "Du … du willst ihn ficken und sehen, ob die Bestie dich mag."

"Mich mag?" Sie zuckte mit ihren perfekten Schultern. "Seine Bestie muss mich als seine Partnerin anerkennen."

Ich schürzte die Lippen. "Ja, das ist mir schon klar. Was, wenn es nicht funktioniert?"

"Dann habe ich es wenigstens versucht, oder? Und du wirst nichts dabei verlieren. Seine Hinrichtung ist eben angesetzt worden."

Mein Herz setzte einen Schlag aus, elende Pein bohrte sich wie eine Spitzhacke in meine Brust. "Wann?"

"Heute noch. Ihm bleiben acht Stunden."

Ich wollte ihr die Augen ausstechen, aber das würde auch nichts mehr ändern. Ich war nicht Deeks Partnerin. Ich hatte keine Gewalt über ihn und mit wem er zusammen sein sollte ging mich nichts an. Ich bedeutete ihm überhaupt nichts.

Aber ich liebte ihn. Einen Moment lang war er ein sanfter, fürsorglicher Liebhaber, im nächsten Moment wurde er zu einem herausfordernden Tier. Er bemühte sich immer um mich, behandelte mich wie seine Sonne, seine Sterne, als ob er alles für mich tun würde. Als ob er sterben würde, um mich zu beschützen. Mit ihm fühlte ich begehrt. Schön. Vervollständigt. Mit ihm war ich erfüllt.

"Was, wenn es nicht funktioniert?"

"Dann wird er sterben." Sie zuckte die Achseln. "Aber wenigstens wirst du es versucht haben, ihn zu retten. Solltest du ablehnen, dann wird deine rücksichtslose Eifersucht sein Todesurteil sein."

Donnerwetter. Sie hatte die Krallen ausgefahren. Das Miststück wollte andeuten, dass ich ihn umbringen würde, sollte ich sie nicht in die Zelle lassen damit sie ihn ficken und versuchen durfte, seine Bestie zu beruhigen. Ich stellte mir die beiden zusammen vor und musste fast auf meine schicken Schuhe kotzen. Deek war gut im Bett, nein, unglaublich gut, aber es war unsere Verbindung, die das bewirkte. Wir standen uns nahe, vielleicht nicht als Partner, aber auf eine Art und Weise, die ich zuvor nie mit einem anderen Mann erlebt hatte. Und deswegen brach es mir das Herz. Ich liebte ihn. Ich hatte ihm mehr als nur meinen Körper gegeben. Ich hatte ihm mein Herz geschenkt. Meine Seele.

Und jetzt musste ich zusehen, wie er starb.

Oder ich könnte ihn schauen lassen, ob eine dieser Atlanerinnen, einschließlich Seranda, seine wahre Partnerin war. Wenn ich nicht die richtige Partnerin für ihn war und darauf bestand, mit ihm in der Zelle zu bleiben, dann wäre das sein garantiertes Todesurteil.

Anstatt ihm zu helfen, ihn zu trösten, besiegelte ich sein Schicksal.

Ich blickte auf die Handschellen an meinen Handgelenken. Ich hatte mich an ihr schweres Gewicht gewöhnt, denn sie waren eine konstante Erinnerung an meine Verbindung zu Deek.

Jetzt allerdings waren sie wie Fesseln, die mich an ihn banden, obwohl ich nicht die Richtige für ihn war. Obwohl meine Anwesenheit seinem Todesurteil gleich kam.

Ich blickte zu Seranda. Ich war genau wie sie. Ja, ich war schwerer, weniger hübsch und definitiv keine Atlanerin. Dax und Sarah hatten mich in der Hoffnung, dass ich die Richtige sei, dass mein Körper die Bestie besänftigen würde, in diese Zelle gebracht. Das Bräute-Programm hatte mir die Übereinstimmung garantiert, aber es war ein Computerprogramm und sicher nicht unfehlbar.

Ich war genau wie Seranda, nur weniger. Eine Versagerin. Die Handschellen gehörten nicht an meine Arme.

Deek gehörte nicht zu mir.

Ich fummelte an einer Handschelle herum und versuchte sie zu öffnen. Frustriert zog und zerrte ich, bis mir die Tränen über das Gesicht rannen. Bis jetzt hatte ich nicht geweint, aber die Handschellen waren alles, was von uns übrig blieb. Und jetzt würde ich sie loswerden. Uns loswerden.

Schlussendlich fand ich die eigenartige Einkerbung, die den

Verschluss zusammenhielt und die Handschelle öffnete sich. Die Zweite ging viel leichter auf. Ich legte sie neben meinen Füßen zu Boden und wischte mir die Tränen aus dem Gesicht.

"Ruf die Wachen, Seranda. Sie sollen das Energiefeld deaktivieren. Versuche, ihn zu retten."

Sie nickte und ihr Gesichtsausdruck wirkte ernst, nicht triumphierend. Es tat ihr wirklich leid für mich. Ich ging davon aus, dass sie Deek respektierte und bewunderte, dass sie ihn wirklich wollte, ihm das Leben retten wollte. Und das machte die ganze verfluchte Situation nur noch schmerzhafter für mich.

Ich wartete, bis die Gravitationswand deaktiviert wurde, dann lief ich den Gang entlang. Ich blickte flüchtig über meine Schulter und sah, wie Seranda die Träger ihres Kleids von ihren Schultern zog. Ich erhaschte einen Blick auf ihre makellosen Brüste, bevor sie zu Deek in die Zelle ging. Es war nicht schwer mir vorzustellen, wie sie nackt und formvollendet Deek aufwecken würde.

Ich drehte mich um und eilte davon, denn mir war klar, dass ich hier nicht länger hingehörte.

11

eek

Ich war todmüde, vollkommen erschöpft und wollte nicht aufwachen. Aber Tiffani lag in meinen Armen. Nein, sie lag auf mir drauf, sie küsste meinen Nacken und war dabei, langsam mein Hemd aufzuknöpfen. Ich brummte zufrieden, die Bestie aber war unruhig. Angestachelt hatte sie mich aufgeweckt. Warum? Warum gab sie keine Ruhe, warum wollte sie Tiffanis Zuwendungen nicht genießen?

"Du bist so groß."

Ich hielt den Atem an, als ich die Stimme hörte und die Bestie brüllte fast vor Wut.

Der Duft nach Turinen, jener Blume, die zu Beginn der warmen Jahreszeit auf Atlan erblühte, widerte mich an.

Ich öffnete die Augen und sah helles Haar. Irgendjemand, nicht Tiffani, saß auf mir drauf und war dabei, mich am Hals zu lutschen.

Umgehend wachte ich auf und die Bestie knurrte, bis mein Brustkorb nur so dröhnte. Ich packte die Frau an der Hüfte—ihrer nackten Hüfte—, hob sie hoch und von mir herunter und stellte sie neben das Bett.

Dann sprang ich auf und lief quer durch die Zelle, um so viel Abstand wie möglich zu gewinnen. Mit der Hand fuhr ich mir durch Haar und ich bemerkte, dass sie vollkommen nackt war. Sie bemühte sich nicht, ihren

Körper zu verstecken, sondern rollte ihre Schultern zurück und hob das Kinn damit ich alle ihre ... Vorzüge sehen konnte.

"Kommandant, ich bin hier um ihnen zu dienen," sprach sie und ließ keinen Zweifel daran, womit sie mir *dienen* wollte.

"Wo zur Hölle ist Tiffani?"

Die Zelle war nicht groß. Sie konnte also schlecht unterm Bett versteckt sein.

"Sie ist gegangen." Verführerisch ließ sie die Hände an ihren Flanken entlang und über ihre Hüften gleiten, dann fuhr sie sich über ihren flachen Bauch nach oben, um ihre Brüste zu streicheln. Ich sah zu, wie ihre Nippel steif wurden. Jeder Atlane würde sich von ihr angetörnt fühlen, ich aber war von ihrer Zurschaustellung nur angewidert. Ich wollte sie nicht. Ich wollte braune Haare und grüne Augen. Ich wollte es weich und rund, eine Frau zum Versinken, zum Dominieren und keinen Ringkampf im Bett.

"Gegangen?" fragte ich, während ich zurück zum Bett ging, das Laken herunterzerrte und es ihr zuwarf. "Bedeck dich, Frau."

"Mein Name ist Seranda und ich bin hier, um die Bestie milde zu stimmen," erklärte sie.

Sie fummelte mit dem Laken herum und bedeckte ihre Vorderseite. Es verhüllte ihren Körper fast vollständig, gewährte aber weiterhin aufreizende Blicke auf die Kurve ihrer Hüfte und ihre nackte Schulter.

Ihre Worte brachten mich ins Stocken. Meine Bestie randalierte und ächzte, weil eine unverpartnerte Frau in meiner Zelle war. Nackt. Sie saß auf mir drauf und leckte meinen Hals. Es war nicht das Fieber, was mich reizte. Dieses Gebrechen war vorüber.

Für den Moment.

"Meine Bestie braucht Tiffani."

"Die Bestie braucht eine Partnerin oder sie werden sterben." Sie neigte den

Kopf und spitzte verdrießlich die Lippen. "In weniger als acht Stunden."

Sie war gutaussehend, ihr Körper war üppig und perfekt ... für jemand anderes. Darüber hinaus war sie auch ein Miststück.

"Tiffani ist meine Partnerin," raunte ich sie mit zusammengebissen Zähnen an.

Seranda schüttelte langsam den Kopf und deutete auf die Handschellen, die neben der Gravitationswand auf dem Boden lagen. "Nein, ist sie nicht. Wer hat mich ihrer Meinung nach hereingelassen? Sie hat sie verlassen, Kommandant."

Ungläubig lief ich hinüber und hob die Handschellen hoch.

Sie fühlten sich kalt an. Leer. "Verdammt!"

Ich wandte mich wieder der Atlanerin zu. Ihren Namen hatte ich bereits wieder vergessen. Wenn sie diese Zelle verließ, dann würden ihr Gesicht, ihr Körper ebenfalls aus meinem Gedächtnis gelöscht werden. Meine Bestie wollte Tiffani und keine Andere. Sie war meine Partnerin. Das wusste ich. Meine Bestie wusste es.

Aber ich litt immer noch am Fieber. Das alles ergab keinen Sinn. Für die Bestie jedoch war es ganz einfach. Sie wollte Tiffani.

"Verschwinde," knurrte ich.

"Ich bin hier, um sie zu trösten."

"Ich will nicht getröstet werden. Ich will Tiffani."

"Vielleicht bin ich ihre Partnerin," konterte sie.

Die Vorstellung ließ meine Bestie fauchen und schnappen.

"Nein."

"Sie werden sterben," sagte sie erneut. "Kommandant, sie sollten es wenigstens versuchen. Berühren sie mich. Lassen sie sich berühren. Geben sie mir eine Chance, sie zu retten."

Sie kam einen Schritt weit auf mich zu, ich aber erhob die Hand.

"Nein."

"Um sie zu retten, hat sie die Handschellen abgenommen."

Ich musterte sie und mir wurde klar, dass sie mich anlog. "Was?"

"Sie will nicht, dass sie sterben. Für einen Alien ist sie ziemlich … nett. Sie hat die Handschellen abgelegt, damit sie mich ficken können. Um zu sehen, ob die Bestie damit besänftigt werden kann, ob das Paarungsfieber verschwindet."

"Sie *wollte*, dass ich dich ficke?"

Zum ersten Mal wirkte die Atlanerin weniger selbstbewusst. "Nein, ich glaube, sie wollte mir die Augen auskratzen. Aber ihr war klar, dass sie nicht ihre Partnerin war, dass sie sie nicht retten konnte, ihre Bestie nicht bändigen konnte. Sie hat geweint, Kommandant, aber sie war sehr tapfer. Sie ist gegangen, um ihnen damit das Leben zu retten. Lassen sie ihr Opfer nicht umsonst gewesen sein."

Ich war mir nicht ganz sicher, ob ich Tiffani übers Knie legen und ihr den Arsch versohlen sollte, bis er viel zu rot und wund war und sie eine Woche lang nicht mehr sitzen konnte oder ob ich sie in die Arme nehmen und bis zur Bewusstlosigkeit küssen sollte, weil sie so selbstlos, mutig und so verdammt stur war.

Wie auch immer, das war jetzt völlig egal. Sie war weg und ich saß mit einer Atlanerin fest, die mit meiner Bestie ficken wollte. Mein Schwanz baumelte schlaff in meiner Hose. Weder Mann noch Bestie war interessiert.

Scheiße. Ich würde sterben.

T<small>IFFANI</small>

S<small>ARAH UND</small> D<small>AX</small> waren so lieb und nahmen mich in ihrem Zuhause auf. Auf Atlan hatte ich keinen anderen Zufluchtsort. Deeks Haus war nicht länger meins. Erst wurde mir gesagt, wegen meines unerschrockenen

Einbruchs in Deeks Gefängniszelle und der rettenden Verpartnerung sei ich zu einer ziemlichen Berühmtheit geworden und jetzt war ich berüchtigt dafür, dass die ganze Sache jämmerlich schiefgelaufen war.

Ich hatte keine Ahnung, wie man das Atlanische Gegenstück eines Fernsehers anstellte und ich wollte es auch gar nicht. Was auch immer über mich berichtet wurde, ich wollte nichts davon mitbekommen.

Ohne Freunde und ohne Perspektiven musste ich mich fragen, was mit mir geschehen würde. Den Bestimmungen des Bräute-Programms nach könnte ich ein anderes Match finden, sollte meine Verpartnerung aus welchem Grund auch immer nicht aufgehen. Den Regeln entsprechend, konnte ich Atlan nicht mehr verlassen, um zur Erde zurückzukehren, aber ich konnte den nächst annehmbaren Kandidaten als Partner akzeptieren. Aber die Verbindung würde nicht genauso stark sein, es wäre nicht dasselbe. Es wäre kein Deek.

Wie es aussah, hatte ich keine andere Wahl. Während Deek auf der Suche nach einer Partnerin jede willige Atlanerin ficken würde, um sein Leben zu retten, müsste ich mit jemand anderes verpartnert werden. Entweder müsste ich in seiner Nähe leben und ihn mit einer anderen Frau zusammen sehen oder, schlimmer noch, mit dem Wissen weiterleben, dass Deek hingerichtet wurde.

Ich hasste den Gedanken, dass er jemand anderes berühren würde, jemand anderes lieben würde. Aber ich liebte ihn zu sehr, um ihn krepieren zu lassen. So oder so, ich war die Verliererin. Ich weinte mich in den Schlaf, wenn man mein unstetes Hin- und-her-wälzen denn als Schlaf bezeichnen konnte. Ich hatte ihn verlassen. Ich war stark genug gewesen. Welches Mädchen hätte anders gehandelt?

Zuerst fand ich vor lauter Kummer keine Ruhe. Meine Nase war dermaßen verstopft, ich konnte kaum atmen und konnte mit dem Wissen, dass Deek seine Seranda wohl in diesem Moment kreuz und quer durchfickte, keine Ruhe finden. Dann aber plagte mich ein anderes Problem. Ich konnte meine Beine nicht still halten, konnte es mir nicht gemütlich machen. Ich fühlte mich, als hätte ich vier Tassen verdammt starken Kaffee heruntergespült und während mein Verstand von der Gedankenflut hundemüde war, war mein Körper vollkommen überdreht.

Ich stand vom Bett auf und fing an, hin und her zu laufen. Meine Haut kribbelte und ich frottierte sie, als wäre ich auf die kühle Luft im Gästezimmer allergisch. Das Licht wurde mir zu grell, also schaltete ich es aus. Mein Mund wurde immer trockener und ich hatte Durst. Unheimlich starken Durst. Ich lief zur Küche und erinnerte mich daran, wie Sarah ein Glas genommen und es mit Wasser gefüllt hatte.

Ich schluckte es herunter und füllte es erneut.

Ich stellte mir vor, wie Deek diese andere Frau fickte, wie er sie gegen die Wand nagelte und seine Bestie erbarmungslos in sie hineinstieß. Ich stellte mir den Ausdruck intensiver Lust auf seinem Gesicht vor, wie sich seine Augen verdunkelten. Wie er knurrte.

Himmel, dieses Geräusch. Meine Pussy zog sich zusammen und wurde feucht, was mich nur noch wütender machte. Tränen liefen mir übers Gesicht, als ich ein drittes Glas Wasser trank. Meine Brüste kribbelten und ich stellte mir Deeks Mund darauf vor, wie er sie tief in sich hineinsaugte, ihre schwere Masse mit den Händen knetete, bis ich stöhnte und darum bettelte, gefickt zu werden.

Seranda. Sie spürte jetzt seinen Mund auf ihrer Titte, auf ihrer Haut, auf ihrer heißen, feuchten ...

Stopp. Das ging zu weit. Ich brauchte Ablenkung. Eine Beschäftigung.

Fieberhaft blickte ich mich in der Küche um, mein Herz raste wie eine Dampfturbine, dann entdeckte ich meine Rettung. Ein Dreckfleck auf dem weißen Kachelfußboden. Der konnte nicht dort bleiben. Er störte und ließ den Boden dreckig erscheinen, wahrscheinlich war er mit Keimen übersät.

Hecktisch nahm ich einen Lappen und befeuchtete ihn mit Wasser aus meinem Glas. Auf Händen und Knien kauernd fing ich an, Sarahs Küchenfußboden zu schrubben, zuerst entfernte ich den Fleck, dann scheuerte ich weiter und weiter über den harten Boden. Meine Knie taten höllisch weh, aber das war egal. Alles war besser, als mich auf das Gefühl von Deeks Schwanz in meinem Inneren zu konzentrieren …

"Tiffani!" bläkte Sarah.

Erschrocken blickte ich zu ihr hoch. "Was?"

"Was machst du da?"

Dax gesellte sich hinter sie, legte die Hände auf ihre Schultern und blickte mich stirnrunzelnd an.

"Was? Auf dem Fußboden war ein Fleck und der musste weggeschrubbt werden. Der gesamte Boden muss gesäubert werden. Er ist voller Keime. Ungeziefer. Überall." Ich widmete mich wieder meiner Aufgabe. Schweiß rann mir von der Stirn und tropfte auf die marmorierten Fliesen. Keuchend wischte ich ihn weg, umgehend aber folgte ein Zweiter. Und ein Dritter. Danach schrubbte ich unaufhörlich, war mir aber nicht sicher, ob es Schweiß oder Tränen waren, die ich da wegschrubbte.

Seranda hatte jetzt auch seinen Schwanz. Sie hatte alles.

Sarah blickte besorgt. "Bist du in Ordnung?"

Ich schüttelte den Kopf. "Er ist dabei, Seranda zu ficken. In diesem Moment. Ich spüre es."

Daxs missbilligendes Grollen half nicht dabei, mich aufzumuntern. "Du hättest ihn nicht verlassen dürfen."

"Sie werden ihn töten. Ihn töten. Ihn töten." Gott, waren es hier drinnen vierhundert Grad oder ging es nur mir so? Mein Kleid fühlte sich zusehends lästig an, also zog ich es hastig aus und schmiss es zu Boden. Meine Hände und Arme waren leuchtend pink.

Hah! Ich wusste es. Viel zu heiß hier.

Sarah pirschte sich an mich heran, während ich weiter den Fußboden scheuerte. "Wie viel von dem Wein hast du getrunken?" fragte sie.

"Wein? Ich hatte keinen Wein. Ich hatte Durst und habe Wasser getrunken. Ich brauche mehr Wasser." Ich erhob mich und füllte ein viertes Mal mein Glas. Mit einem Zug spülte ich es herunter und begoss dabei meinen Hals und meine Brust. Mir war so verflucht heiß. "Es ist heiß hier. Habt ihr Aliens denn keine Klimaanlage?"

Sarah blickte kurz zu Dax und dann

wieder zu mir. "Die Temperatur ist normal, Tiff. Willst du nicht aufstehen? Ich bringe dich wieder in dein Zimmer."

"Nein. Ich muss den Boden sauber machen."

"Du hasst es, zu putzen," ermahnte sie mich. Das stimmte. Seit meinem Job im Restaurant hasste ich es, sauber zu machen. Deek hatte Bedienstete, die sauber machten und Dax ebenfalls. Aber hier saß ich nun und scheuerte den Boden. Warum?

Langsam stand ich auf, dann blickte ich auf den Lappen in meiner Hand und sah, dass meine Hände zitterten. Das sah nicht mehr nach vier Tassen Kaffee aus. Das war eher eine halbe Kiste voll mit Red Bull. Mein Herz hämmerte so rasant in meinem Brustkorb, dass es wahrhaftig zu schmerzen anfing.

"Irgendetwas stimmt nicht mit mir."

12

Sarah nahm mir daraufhin den Lappen ab und warf ihn auf den Tisch. Sie musterte mich genau, nahm mein Kinn in ihre Hand.
"Hast du irgendwas genommen?"
"Was genommen?" fragte ich, während ich mir mit den Händen über die nackten Arme rieb. Es juckte. Ich war nervös. Mein Herz schlug zu schnell. Viel zu schnell. Ich brauchte Eiswasser.

Mehr Wasser. Gab es auf diesem blöden Planeten auch Eiscreme? Mit Schoko-Chips? Irgendetwas in der Art? "Es ist heiß hier, oder?"

"Tiffani, was hast du eingenommen?"

"Eingenommen? Was meinst du? Etwa wie Aspirin?"

Sarah nickte.

"Nichts."

Sarah blickte über ihre Schulter zu Dax.

"Bist du sicher?" wollte Dax wissen.

"Ja. Ich lag weinend im Bett und dann fühlte ich mich merkwürdig. Himmel, irgendetwas stimmt nicht mit mir. Ich kann mich nicht beruhigen und meine Haut fühlt sich unheimlich an, als ob lauer Ameisen über mich hinüberkrabbeln."

Ich bibberte, zerrte an den Nähten meines Hemdes, dann zuckte ich. Ameisen? Möglich. Gab es auf diesem Planeten mikroskopisch kleine Spinnen? Vielleicht waren es Spinnen. Ich zitterte und rieb über meine Haut, als ob wirklich etwas über mich hinüber krabbelte. Ich konnte aber nichts sehen. Ich war so verwirrt. "Gibt es hier Spinnen? Und warum habe ich deinen Boden gescheuert?"

Ich blickte hinunter auf die sauberen, weißen Fliesen. Ich hatte einen winzigen Dreckfleck gesehen und war ausgeflippt. Früher hatte ich ganze Stapel fettiger Pfannen und Restaurantfritteusen in Angriff genommen. Das hier war überhaupt nichts. Nichts. Ein kleiner Spritzer Dreck?

Bewegte es sich? War es eine Spinne?

Ich machte einen Schritt zurück und suchte etwas, um es mit gehörig Abstand zerstampfen zu können. Hatten sie hier eine gusseiserne Pfanne? Einen Besen? Ein Besen wäre gut.

Dann erblickte ich mein leeres Glas.

Gütiger Gott, ich hatte immer noch Durst. "Ich habe Durst, Sarah. Tut mir leid. Kann ich noch ein Glas Wasser haben?"

"Wie viel hast du schon getrunken?"

Ich musste eine Minute lang überlegen. "Ich weiß nicht. Drei. Nein, vier. Ich glaube, jemand hat mir was ins Glas getan."

Sarah verdrehte diesmal nicht die Augen. "Also von K.-o.-Tropfen wärst du eingeschlafen, nicht aufgeputscht."

"Stimmt." Scheiße. Das wusste ich. Einmal war es sogar im Restaurant passiert. Was stimmte nur nicht mit mir?

"Was ist das, K.-o.-Tropfen?" fragte Dax.

"Das ist eine Droge, die eine Person einschlafen lässt. Sie wird ruhiggestellt und wenn sie wieder aufwacht, dann erinnert sie sich an nichts mehr. Sie wird auf der Erde benutzt, zumindest dort, wo Tiffani und ich gelebt haben, um Frauen damit zu vergewaltigen."

"Götter," Dax knurrte. "Hat dich irgendjemand angerührt, Tiffani?"

Ich schüttelte den Kopf. "Niemand

außer Deek und das war bevor das Fieber auf der Party ausgebrochen ist. Danach wollte er mich nicht mehr anfassen. Aber in der Zelle haben wir uns ein Bett geteilt. Er hat die Arme um mich geschlungen und ich bin eingeschlafen. Das ist alles."

"Hast du irgendetwas gegessen oder getrunken, hat dir irgendjemand auf der Party etwas angeboten?" fragte Sarah.

"Nur von Deek."

Dax ging zu einem Wandschrank und nahm ein merkwürdiges, schwarzes Ding mit einer komischen Windung an der Spitze heraus. Er drückte einen Knopf und die Windungen erleuchteten mit blauem Licht.

Ich runzelte die Stirn und wollte meinen Kopf von dem Gerät entfernen.

"Ist schon in Ordnung," sagte Sarah. "Das ist ein ReGen-Stab, erinnerst du dich? Er hat dir mit deinem Kopfschmerz geholfen. Das Ding heilt Wunden und so."

Richtig. Als ich hier ankam, hatte ich

wegen der NPU Kopfschmerzen gehabt. Das war vor gefühlten einhundert Jahren.

Mit einem komischen Ausdruck auf dem Gesicht stand ich einfach nur da und Dax wedelte mit dem Stab über meinen Kopf, dann ging er weiter runter und arbeitete sich meinen gesamten Körper entlang und dann wieder nach oben.

"Und?" fragte er mich, als er fertig war. "Fühlst du dich besser?"

Ich schüttelte den Kopf. "Nein. Ich fühle mich noch genau so."

"Wie genau *fühlst* du dich?" fragte Sarah.

"Mein Herz hämmert und mir ist heiß. Jeder Fleck auf dem Fußboden treibt mich in den Wahnsinn. Ich habe Durst. Meine Haut kribbelt. Schau her, sie ist ganz pink." Ich streckte Sarah meinen Arm aus, damit sie ihn sich ansehen konnte und Dax musterte mich ebenfalls, als ich weiter ausführte. "Und ich bin ..." Scheiße, ich konnte es nicht aussprechen.

"Notgeil?" Sarah beendete den Satz für mich.

Ich errötete, aber Sarah war nicht zum Lachen zumute. "Ja. Ich muss ständig an Deek denken, an das ... was wir zusammen alles gemacht haben."

Dax blickte mich prüfend an. "Wenn du nichts Falsches gegessen hast, dann mit wem bist du alles in Kontakt gekommen?"

Ich dachte zurück an die Party und ging in der Küche auf und ab, damit ich etwas von meiner ruhelosen Energie ablassen konnte.

"Ich habe mich mit allen auf der Party unterhalten, aber niemand hier fasst den Anderen an. Ihr Typen seid alle viel zu macho oder so. Verrückt. Ihr Typen seid verrückt, ist euch das klar?" Himmel, Deek war dermaßen eifersüchtig, so grimmig, wenn ein anderer Mann mich nur anblickte und ich liebte es! Ich liebte das Gefühl, umsorgt zu werden. Begehrt zu werden. Gewollt zu sein.

Und jetzt wollte er Seranda.

Dax knurrte. "Ja, niemand berührt die Partnerin eines Anderen."

Ich dachte zurück an das Geschehene. "Engel schon. Er hat mich angefasst. Deek ist deswegen durchgedreht. Er ist ein Arschloch. Ich kann ihn nicht ausstehen."

Die Worte platzten nur so aus mir heraus und ich bereute sie sofort. Er war schließlich Deeks Cousin. Ein Familienmitglied. Ich durfte Deeks Familie nicht geringschätzen.

"Tut mir leid. Ich hätte das nicht sagen dürfen." Flehend blickte ich Sarah an. "Bitte erzählt Deek nichts von dem, was ich eben gesagt habe." Nicht dass es irgendetwas zur Sache tun würde, denn er gehörte nicht länger zu mir.

Ich stöhnte vor Qual und wandte mich ab.

"Tiffani, ist schon in Ordnung. Wir

werden es ihm nicht erzählen," flüsterte Sarah.

Das wollte ich ihr glauben, also wandte ich mich um und sah, wie sie mir vertrauenswürdig zunickte. Gut. Sie würde ihm nichts sagen. Sofort fühlte ich enorme Erleichterung und ich kam mir vor wie eine Dreijährige, der man eben einen Lutscher geschenkt hatte.

Dax legte den Kopf schief und beobachtete mich. "Was meinst du damit, Engel hat dich angefasst?"

Ich konnte nur schwer nachdenken, aber es war nicht schwierig, mich an das schaurige Gefühl von Engels Hand auf meiner Schulter zu erinnern. "Ich habe Engel Steen, also Deeks Cousin oder Onkel oder was auch immer er ist, die Hand gereicht. Er hat sie nicht genommen, aber ich habe Tia die Hand geschüttelt. Ich nehme an sie wusste, dass das ein Erdending ist."

"Tia?" fragte Sarah. "Warum würde sie dir so etwas antun?"

"Das hat sie nicht," sagte Dax. "Aber

wir haben von Engel Steen geredet, Tiffani. Versuche, dich zu erinnern. Hat er dich angefasst?"

Langsam schüttelte ich den Kopf und schritt weiter auf und ab. "Nur am Ende hat Engel mich angefasst. Es gefiel mir nicht, aber Deek war wegen des Fiebers bereits am Durchdrehen. Denk daran, es war Engels Berührung, die ihn komplett hat ausflippen lassen."

Ich hielt an und ballte die Hände zu Fäusten, wieder wurde ich fuchsteufelswild, als ich an Deek zurückdachte.

"Bist du sicher, dass es nicht irgendetwas anderes war?" fragte Sarah. "Mach die Augen zu und denk ganz in Ruhe nach."

Ich tat, wie sie mir befahl und ging im Kopf noch einmal die gesamte Party durch. "Die ersten Gäste trafen ein und Deek erinnerte mich daran, dass die Atlanen sich nicht die Hand gaben, sondern sich zur Begrüßung voreinander verneigten, also habe ich am Anfang darauf geachtet. Da war dieser Typ, der unheimlich groß war, erinnerst du dich?" fragte ich mit geschlossenen Augen.

Sarah lachte. "Ja, der hätte ein Basketballer sein können, nicht?"

"Nachdem er gegangen war, kamen Engel und Tia zu uns. Das war, als ich ihr die Hand schüttelte. Engel hat mir Deeks Familienhalskette geschenkt."

Ich riss die Augen auf und berührte die Glieder, die immer noch an meinem Hals ruhten.

"Oh Gott," sprach ich, zerrte am Verschluss an der Rückseite und versuchte, die Kette anzunehmen. "Es ist die Halskette. Aber ja, es ist die verdammte Halskette."

"Wovon redest du?" sprach Sarah und kam herüber, um mir zu helfen.

"Rühr sie nicht an!" rief Dax und zog Sarah zurück. Als sie von mir wegsprang, atmete er tief durch. "Entschuldige, dass ich laut geworden bin, aber wenn die Halskette für ihren

Zustand verantwortlich ist, dann darfst du sie nicht anfassen."

Er lehnte sich nach vorne und küsste Sarahs Augenbraue, während ich weiter am Verschluss herumfummelte und die Kette schließlich abnahm. Wie eine tote Schlange hielt ich sie hoch.

Dax holte eine kleine Holzschachtel und ich ließ sie hineinplumpsen. Er stellte die Schachtel auf den Tisch und griff nach dem ReGen-Stab. "Ich werde die Einstellungen ändern. Solltest du vergiftet worden sein, dann wird es die Chemikalie analysieren und deine Zellen darauf programmieren, ein Gegenmittel zu produzieren." Die blauen Windungen erleuchteten komisch orangefarben, als er erneut mit dem Stab über mich herüberwedelte.

Innerhalb weniger Minuten ging es mir besser. Meine Haut war nicht mehr so gereizt, meine Atmung beruhigte sich und ich fühlte mich nicht mehr wie kurz vorm Durchdrehen. Ich fühlte mich nicht länger, als wollte ich einen Marathon laufen oder ihr Haus putzen.

Ich atmete tief durch, dann noch einmal. "Heilige Scheiße. So ist es viel besser."

Dax blickte auf den ReGen-Stab und knurrte. "Ich wusste es."

"Was?" fragten Sarah und ich einstimmig.

"Es ist Rush."

"Was ist das, Rush?" Ich blickte hinunter auf die Schachtel und die Halskette, die höchstwahrscheinlich mit dem Zeug eingepudert war.

"Es ist seit Jahrzehnten verboten. Hochgradig illegal. Es beschleunigt den Stoffwechsel und macht es uns fast unmöglich, die Bestie unter Kontrolle zu halten. Früher wurde es bei Sexpartys verwendet, bis die Männer durchdrehten und anfingen, sich gegenseitig umzubringen. Es ist seit langem verboten worden, aber auf anderen Planeten wird es immer noch illegal gehandelt."

"Etwa auf der Erde?" fragte ich nach.

"Nein. Nicht auf der Erde. Bei euch wirkt es nicht auf dieselbe Weise wie bei Atlanen oder bei anderen Rassen."

"Deswegen bin ich nicht zusammen mit Deek durchgedreht, deswegen wurde ich neurotisch und er wütend."

"Genau. Wir wissen nicht genau, warum ihr anders darauf reagiert. Den Wissenschaftlern ist bekannt, dass einige Aliens—entschuldige bitte, aber für Atlanische Forscher seid ihr beide Aliens—auf andere Art und Weise darauf reagieren."

"Vielleicht war es gut, dass ich auch auf Droge gesetzt wurde. Ansonsten ..."

Diesen Satz beendete ich nicht. Ich wollte noch nicht einmal darüber nachdenken.

"Du wirst wieder in Ordnung werden. Der ReGen-Stab hat es neutralisiert. Aber bei Deek, bei einem Atlanen, selbst bei seiner Größe, wird diese Droge die Bestie entfesseln, wird ihm vorgaukeln, dass er das

Paarungsfieber hat." Dax hob die Schachtel hoch und wir alle betrachteten die vergiftete Halskette. "Bei den anderen Rassen, wie der Deinen, verursacht es Herzrasen. Es bringt Hitzewallungen und Durst und es …"

"Macht geil," bestätigte ich. "Es macht dich rattenscharf."

"Oh Scheiße." Sarah legte ihre Hände auf ihren Mund. "Diese Droge wurde also auch bei Deek verwendet."

Ich nickte. "Ganz klar. Deek hat sie angefasst, als er mir die Kette umgelegt hat. Direkt danach ist er durchgedreht. Er muss also genug davon über die Haut aufgenommen haben, um darauf zu reagieren." Ich blickte zu Dax hoch. "Das bedeutet—"

"Deek leidet nicht am Paarungsfieber. Er wurde vergiftet."

"Und er gehört mir." Der Zorn überrollte mich nur so, als ich daran dachte, was beinahe geschehen wäre. "Engel hat ihn vergiftet. Aber warum?

Ich dachte, sie gehören zur selben Familie."

Dax runzelte immer tiefer die Stirn. "Ich glaube, Engel war an Bord des *Schlachtschiffs Brekk* als bei Deek zum ersten Mal das Paarungsfieber ausbrach."

Was das bedeutete, war offensichtlich und ich war dermaßen gewillt, jemanden die Augen auszukratzen, dass ich vor Wut nur so schäumte. "Er hat Deek von Anfang an vergiftet, damit er hingerichtet wird."

Sarah verschränkte die Arme. "Oder mit seiner Tochter verpartnert wird."

Ich atmete tief durch und versuchte, nachzudenken. Nachdenken! "Warum würde Engel so etwas tun? Sie gehören zur selben Familie, richtig? Was will er damit erreichen? Selbst, wenn Deek Tia zur Partnerin genommen hätte, ich kapiere es nicht. Das hätte auch nicht viel verändert."

Dax stellte die Schachtel ab und marschierte in der Küche auf und ab, seine Augen waren schwarz vor Zorn. Ich erkannte die Anzeichen der Bestie als Antwort auf seine Wut und ging rasch zur Seite, als Sarah herbeigeeilt kam, um ihn zu beruhigen.

"Wir müssen uns beruhigen, die Wachen rufen und rüber zu Engel gehen und ihn zur Rede stellen, oder? Wir haben noch Zeit."

Schnell rechnete ich nach. "Fünfeinhalb Stunden."

Daxs Schultern waren jetzt etwas breiter als noch Momente zuvor, aber er ließ zu, dass Sarah mit der Hand über seinen Rücken strich, um ihm zu helfen, die Fassung zu wahren. "Regierungsrat Engel ist ein überaus mächtiger Mann. Als Deek ihn wegen illegalem Waffenhandels mit einem Nicht-Mitgliedstaat ausgeliefert hat, war er binnen Stunden wieder auf freiem Fuß."

"Was?" Sarah schnappte nach Luft und ich tat es ihr gleich. "Welcher Waffenhandel? Wovon zur Hölle redest du da?"

Dax stützte sich mit den Händen auf der Arbeitsfläche in der Mitte des Raumes ab und starrte auf die Halskette, während er weiter redete. "Deek hat mir vor ein paar Tagen in seinem Büro davon erzählt, als ihr beide euer Treffen hattet."

"Was hat er dir erzählt?" bohrte ich nach und trat einen Schritt näher.

"Engel war an Bord der *Brekk*, er beaufsichtigte eine Sonderlieferung mit Nahrungsmitteln und medizinischer Ausstattung für einen kriegsgebeutelten Planeten namens Xerima. Das sind primitive Völker, Plünderer und Barbaren, die wie altertümliche Krieger über Land und Frauen streiten. Sie sind clever, erbitterte Kämpfer und sie sind sehr gut darin, wenn es darum geht, die Technologien anderer Rassen zu stehlen."

"Und? Was soll das mit Deek zu tun haben?" Oh, Engel wollte ich in diesem Moment wirklich und wahrhaftig erwürgen.

"Deek hat ihn dabei erwischt, wie er

hochkarätige Ionengewehre und Sonarkanonen in den medizinischen Geräten versteckte. Xerima wird von der Koalitionsflotte beschützt, ist aber kein vollwertiges Mitglied. Ihnen Waffen, Transporttechnologien oder Raumschiffe zu geben wird von der Interstellaren Koalition ausdrücklich untersagt."

Sarahs Atem verließ ihre Lungen mit einem langen, langsamen Zischen. "Deek hat ihn also dabei erwischt und ihn verpfiffen."

"Ja. Engel aber wurde binnen Stunden freigelassen und der Vorfall wurde nie untersucht." Dax wirkte angewidert. "Er hat sehr hoch gestellte Freunde."

Gütiger Himmel, war dieser politische Mist denn überall anzutreffen? Ich dachte, die Politik auf der Erde wäre schlimm. "Also? Also was? Er hat meinen Partner vergiftet und wollte ihn verrecken lassen. Dafür muss er büßen."

Dax nickte. "Ich stimme dir zu. Aber wir werden Beweise brauchen. Wir müssen die Wachen informieren, jetzt, bevor wir ihn festnageln."

Sarah und ich schauten uns an. Sie zuckte die Achseln. "Einverstanden. Dann ruf sie an oder was auch immer. Wir haben die Halskette."

Dax schüttelte den Kopf. "Ja. Aber Deek hatte mehrere Kisten voll Waffen als Beweis und das reichte nicht aus. Engel muss erst ein Geständnis abliefern und wir müssen ihn irgendwie austricksen, damit er das auch tut."

Als er mir in die Augen blickte, erkannte ich die Beunruhigung in seinem Blick. "Tiffani, du musst ihn dazu bringen, es zuzugeben. Wenn wir es schaffen, sein Geständnis aufzuzeichnen, dann werden wir es den Nachrichtensendern übergeben, damit die es auf dem gesamten Planeten ausstrahlen. Dann wird er die Sache nicht einfach unter den Teppich kehren können, wie er es sonst immer tut."

Scheiße. Ich war nicht gerade eine Expertin, wenn es darum ging, Geständnisse zu erlangen. Ich war Kellnerin und kein Bulle. Aber ich würde alles unternehmen, um Deek zu retten. "Ich will Deek zurück und Engel soll sterben."

"Amen," fügte Sarah hinzu.

Ich blickte zu Dax und zog die Schultern zurück. "Sag mir einfach, was ich tun soll."

Seranda und ihre Riesentitten konnten sich jetzt verpissen und sich einen anderen mächtigen Atlanen als Sexpartner suchen. Deek gehörte mir und ich würde ihn aus diesem Scheiß-Gefängnis rausholen. Und zwar sofort, nachdem ich Dax dabei geholfen hätte, das Arschloch, das ihn da hineingesteckt hatte umzubringen. Nun, vielleicht nicht gleich umbringen, aber ich würde ihm so fest in die Eier treten, dass er sein Gehänge mindestens einen Monat lang nicht gebrauchen könnte. Und dann würde ich ihn Dax überlassen. So wie die Wut praktisch durch seinen gesamten Körper hindurchschimmerte, würde ich mir um Gerechtigkeit für meinen Partner wohl keine Sorgen machen müssen.

Und ich war sehr, sehr dankbar, dass Deek solch überaus loyale Freunde hatte. "Danke ihr beiden. Ich werde das nicht vergessen. Niemals."

Sarah ergriff meine Hand. "Wir Mädels von der Erde müssen zusammenhalten."

Ich nickte und vor lauter Erleichterung und Hoffnung stiegen mir die Tränen in die Augen.

Sarah drückte mich. "Lass uns dieses Arschloch erledigen und deinen Mann da rausholen."

Dax führte uns zum Tisch und wir saßen wie Generäle da, die die nächste große Schlacht planten. "Na schön, hier ist der Plan …"

13

Ich atmete tief ein, um meine Nerven zu beruhigen. Immer hieß es, dass einem flau im Magen wurde, bei mir aber fühlte es sich an, als stünde ich kurz vorm Herzinfarkt. Meine Handflächen waren verschwitzt, mein Herz pochte wie wahnsinnig und es war fast unmöglich, Ruhe zu bewahren. Das Vorhaben verlangte von mir, extrem entspannt rüber zu kommen, als der Bildschirm mich also mit Tia am anderen Ende der Stadt im Haus ihres Vaters verband, setzte ich ein strahlendes Lächeln auf.

"Tiffani!" rief Tia, sie saß vor ihrem Bildschirm auf einem Stuhl. "Geht es dir gut?"

Ihr Blick wanderte über mich—oder über das, was per Bildschirm von mir zu erkennen war.

"Es hat ein paar Minuten gedauert, bis ich herausgefunden habe, wie dieses blöde Gerät funktioniert, damit ich dich anrufen kann, aber, ja, mir geht's gut."

Sie runzelte die Stirn.

"Du siehst wirklich ... aufgeregt aus."

"Ja," entgegnete ich und zum ersten Mal war ich erfreut über meine Rastlosigkeit. Es wirkte wie Aufgeregtheit. Ich *war* auch aufgeregt darüber, dass wir die Ursache für Deeks blanke Wut herausgefunden hatten und dass Dax seine Männer zum Gefängnis geschickt hatte, um die Hinrichtung, wenn nötig, zu stoppen.

Engel ein Geständnis abzuringen

war alles, was wir brauchten, um Deek zu retten und es war meine Aufgabe, es aus ihm herauszubekommen.

"Ich bin wirklich aufgeregt. Du wirst die Neuigkeit nicht glauben können."

"Worum geht's?" fragte sie. "Ist es wegen Deek?"

Ich nickte und eine Träne kullerte mir die Wange hinunter. Das war nicht gespielt und die Gewissheit, dass er wirklich mein Partner war, überwältigte mich.

"Lass mich meinen Vater rufen. Er wird die gute Nachricht hören wollen. Einen Moment bitte."

Ich sah zu, wie sie von ihrem Stuhl aufstand. Sie trug nicht mehr das Kleid von der Party, sondern die gewöhnliche Tracht der Frauen auf Atlan, ihre war hellrosa.

"Vater!" rief sie von etwas weiter weg, als würde sie einen entfernten Flügel ihres Hauses erreichen wollen.

Deek hatte erwähnt, dass er in einer Villa wohnte. Als Regierungsberater hatte er viel Geld. Ich starrte an die Wände eines leeren Raumes und die schicken Möbel und die Kunstwerke an den Wänden bestätigten es.

Tia kehrte zurück und setzte sich wieder. Engel stellte sich hinter sie, seine Hand ruhte auf ihrer Schulter.

"Okay, du hast mich lange genug auf die Folter gespannt," sprach Tia mit aufgerissenen Augen. "Was ist passiert?"

"Es geht um Deek. Er hat kein Fieber. Er wurde vergiftet."

Tia runzelte die Stirn und ich glaubte zu erkennen, wie Engels Fingerknöchel an ihrer Schulter sich verkrampften.

"Vergiftet?"

Ich nickte. "Ja, kannst du dir das vorstellen? Einer der Gefängniswachen hat die Symptome erkannt und ihn testen lassen. Ich glaube, es heißt 'Rush' oder so." Ich wedelte mit der Hand. "Gütiger Gott, ich bin nur eine Kellnerin von der Erde und kenne mich mit diesen Dingen nicht aus, aber ich denke er hat etwas angefasst, das mit dem Zeug bedeckt war."

"Soll das ein Scherz sein?" entgegnete Tia sichtbar erschüttert. Sie blickte hoch zu ihrem Vater.

"Ich weiß, es ist unfassbar!" Ich lächelte heiter und schaute zu Engel. Der blinzelte noch nicht einmal.

"Das ist ... unglaublich," sprach er. "Aber er hatte mehr als einmal das Fieber. Wie ist das nur möglich?"

Ich schüttelte den Kopf und stellte mich doof. "Keine Ahnung. Wie gesagt, ich habe nie zuvor von Rush gehört. Ich weiß, dass er einen Fieberschub hatte und Dax ihn deswegen den Auswahlprozess des Bräute-Programms hat durchlaufen lassen. Tia, du erinnerst dich daran, wie es Dax gerettet hat, oder?"

Sie nickte energisch. "Oh ja, jeder hat davon gehört. Das perfekte Paar."

"Und Dax wollte probieren, ob er seinen Freund auf dieselbe Art retten könnte. So bin ich hier gelandet."

Tia lauschte gespannt und Engel blieb stoisch, aber ich bezweifelte nicht, dass er alles in sich aufnahm und nachdachte.

"Dax hat gesagt, dass es zu lange her ist, um die Spur des Gifts zu irgendjemanden auf der *Brekk* oder dem Zeitraum danach zurückzuverfolgen. Aber ich glaube, die Wachen sind gerade in Daxs Haus und testen alles auf das Gift."

Ich wischte mir mit der Hand übers Gesicht, als würde ich mir vor Müdigkeit die Augen reiben, dann wanderte ich mit der Hand an meinen Hals und legte sie auf die Halskette. Engels Blick folgte mir.

"Sie sind zuversichtlich, dass sie die Ursache für die Kontamination ausfindig machen werden und die Substanz zu ihrem Urheber zurückverfolgen können." Ich erschauderte. "Gütiger Gott, kannst du dir vorstellen, wer Deek so etwas antun würde?"

Tia schüttelte mitfühlend den Kopf. "Du hast Recht. Das ist schrecklich."

"Ist Deek immer noch im Gefängnis?"

Ich nickte. "Er ist aus der Zelle raus und sitzt jetzt in Sicherheitsverwahrung. Sie haben einen dieser ReGen-Stäbe an ihm verwendet—Himmel, die sind dermaßen toll!—und sie wollen sicher gehen, dass er wieder völlig in Ordnung ist, bevor sie ihn zu mir nach Hause entlassen." Ich blickte über meine Schulter. "Wie du siehst, bin ich wieder in Deeks Haus, alleine, aber sicher. Und was Deek betrifft, er wird gut beschützt, damit niemand ihm Schaden zufügen kann. Das ist so beruhigend. Jetzt werde ich endlich wieder schlafen können."

Ich wunderte mich, ob ich wie ein verdattertes Mädchen von der Erde klang, das vor sich hin quatschte, denn ich hoffte, dass Engel die Halskette sehen und wissen würde, dass es sich um das Beweisstück handelte, welches ihn hinter Gitter bringen würde.

"Ich habe Videos gesehen mit

Leuten, die Rush genommen hatten. Wie gruselig," sagte Tia.

"Ich weiß. Ich nehme an, bei den Menschen von der Erde wirkt es nicht." Ich zuckte die Achseln. "Wer weiß? Ich kann nur sagen, dass ich vor lauter Sorge ganz ausgelaugt bin und nicht aufgeputscht wie auf Droge. Sobald ich von diesem Bildschirm wegkomme, werde ich mich hinlegen. Ich wollte es euch beide aber wissen lassen, schließlich gehört ihr zur Familie."

Für mehr Wirkung tätschelte ich nochmals die Halskette.

Tia lächelte. "Ich bin so froh, das zu hören. Ruh dich aus und wir werden morgen vorbeikommen, um euch beide zu besuchen und die Neuigkeit zusammen zu feiern."

"Noch eine Feier!" rief ich aus. "Vielleicht könnt ihr bis übermorgen warten? Ich würde gerne mit Deek ein bisschen feiern ... allein."

Ich zwinkerte ihr zu. Sie errötete, zwinkerte aber zurück.

"Also gut, bis übermorgen."

Ich winkte in den Bildschirm, als Tia an das Display fasste und einen Knopf drückte, um den Anruf zu beenden. Der Bildschirm erlosch und ich ließ meine Hand fallen, genau, wie auch mein Lächeln.

Ich atmete aus, dann drehte ich meinen Stuhl um. "Glaubt ihr, es hat funktioniert?" fragte ich.

Dax und Sarah traten in das Zimmer. Einer der leitenden Wachleute gesellte sich zu ihnen.

"Er wird wegen der Kette kommen. Bald, bevor Deek wieder hier sein wird," sprach der Wächter. Er hatte keinen emotionalen Bezug zu der Angelegenheit, war aber nicht weniger erzürnt darüber. "Sobald Deek zurückkommt, wird er sie nicht aus den Augen lassen und jeder Versuch, die Halskette zurückzubekommen würde scheitern. Engel weiß das."

"Jetzt geh ins Bett und warte," sagte Dax mit grimmiger Miene. Jahrelang hatte er gegen die Hive gekämpft, aber das Böse auf Atlan verstörte ihn zutiefst. Das Böse lauerte unter den Atlanen selbst.

"Wie ein Lockvogel," fügte ich hinzu.

Deek

ICH ERWACHTE, als ein Militärarzt mit einem ReGen-Stab über mir hin und her wedelte. Götter, andauernd schlief ich ein. Warum wurde ich jedes Mal von irgendeiner Verrücktheit aufgeweckt? Zuerst war es Tiffani, die mich verführte —was mich rückblickend nicht im geringsten störte—, dann Seranda und jetzt das hier.

"Lass mich verdammt nochmal in Ruhe," knurrte ich.

"Ich bitte um Verzeihung, Kommandant," entgegnete er. "Wir müssen sie untersuchen."

"Vor meiner Hinrichtung?" fragte ich und schob den Stab von mir weg.

"Wegen Rush."

Meine Hand stoppte. "Rush?"

Warum zum Teufel musste er mich auf Rush testen? Ich hielt still und ließ den Atlanen seine Arbeit machen.

"Wie erwartet. Sie haben genug Rush im Blut, um einen Zoran zur Strecke zu bringen."

"Dieses dreibeinige Ungeheuer im Sektor 3?"

Er nickte und bewegte weiter den Stab über mich. "Die Messungen zeigen siebenmal den Wert, den sich ein Süchtiger in die Venen spritzen würde. Geben sie mir dreißig Sekunden, um es zu neutralisieren."

Die Farbe des Geräts wechselte von orange zu blau. Ich war oft genug verletzt gewesen, um zu wissen, dass ich stillhalten musste damit der Zauberstab seinen Job erledigen konnte.

Der Arzt legte den Stab beiseite und entfernte sich von meinem Bett. Ich stand auf, schüttelte mich und fühlte in mich hinein. "Heilige Scheiße, Doktor. Was ist mit mir los?" fragte ich.

"Sie wurden vergiftet."

Ich warf ihm einen meiner unerbittlichen Blicke zu, der die Frischlinge im Militär in ihren Stiefeln erbeben ließ. Der Arzt zuckte nicht mal mit der Wimper. "Unseren Informationen nach scheint es so, als hätte sie jemand mit Rush vergiftet, um es so aussehen zu lassen, als würde das Paarungsfieber Ihre mentalen Fähigkeiten beeinträchtigen."

Ich atmete tief durch, dann ein zweites Mal und genoss das Gefühl von ... nichts. Zum ersten Mal in einer verdammt langen Zeit fühlte ich mich normal. "Sie meinen, jemand wollte es so aussehen lassen, als wäre mein Paarungsfieber außer Kontrolle geraten."

Er nickte. "Ja, und um Sie hinrichten zu lassen."

"Sie meinen ein vorsätzlicher Mord. Wer?"

Der Arzt hielt abwiegelnd die Hände hoch. "Ich arbeite auf der Krankenstation, nicht bei der Garde. Mir wurde aufgetragen, Sie auf Rush zu testen. Sie können sich bei ihrer Partnerin dafür bedanken. Sie ist sehr klug. Sie haben Glück."

"Was soll das heißen? Meine Partnerin hat Sie beauftragt, mich auf Rush zu testen? Sie kommt von der Erde. Woher soll sie überhaupt wissen, was das ist?" Rush war vor über zwanzig Jahren verbannt worden. Es war so extrem selten, dass sich niemand mehr die Mühe machte, darauf zu testen. Die Droge einem anderen Atlanen unterzujubeln war allerunterste Kategorie und dermaßen unehrenhaft, dass es den meisten Kriegern nicht einmal in den Sinn kam. "Wer hat es mir verabreicht?"

"Das weiß ich nicht, Kommandant. Dafür müssen sie ihre Partnerin fragen, oder Kriegsfürst Dax. Aber sie sind jetzt frei von der Droge und unterstehen nicht länger meiner Fürsorge."

Klar, er heilte die Leute nur. Er kümmerte sich nicht um ihre Festnahme.

"Wenn Sie den Gang entlang gehen, wird Sie der leitende Gefängniswächter erwarten. Mir wurde gesagt, dass zwei persönliche Wachen des Kriegsfürsten Dax auf sie warten, um Sie nach Hause zu geleiten."

Die Gravitationswand war heruntergefahren, also lief ich in den Gang hinaus. "Doktor?"

Er folgte mir und kam hinter mir zum Stehen. "Ja?"

"Was, wenn es kein Rush gewesen wäre? Wenn es wirklich das Fieber gewesen wäre?"

Der Atlane spitzte die Lippen. "Dann hätte ich den Hinrichtungsbefehl unterzeichnet."

Ich nickte kurz und machte mich auf den Weg. Wer auch immer dafür verantwortlich war, würde es mir bezahlen. Jetzt musste ich nur noch herausfinden, was zum Teufel hier los war.

"Wachen!" rief ich und war bereit, meinen Feind zu jagen.

Am Ende des Ganges angekommen, erblickte ich zwei Wachen in den Farben von Daxs Hause und mein Körper entspannte sich, aber nicht allzu sehr. Als ich mich näherte, trat der ältere der beiden Männer hervor und salutierte vor mir. Er wirkte etwa so alt wie ich und seine Haltung wie auch die Art, mit der er seine Waffe trug, ließen vermuten, dass er zu kämpfen wusste.

"Kommandant. Mein Name ist Rygor." Mit dem Kopf deutete er auf den anderen Mann. "Das ist Westar. Kriegsfürst Dax hat uns beauftragt, Sie aus ihrer Zelle nach Hause zu eskortieren."

Ich musterte die Krieger mit meinem erfahrenen Auge. Beide hatten meine Größe und trugen gepanzerte

Kampfanzüge, aber Rygors intensiver Blick versprühte Ungeduld, sogar Wut.

"Warum ist Dax nicht gekommen? Und wo ist meine Partnerin?"

Die Wachen tauschten einen Blick aus, dann schauten sie zu mir, konnten aber meinem Blick kaum standhalten. Als ob sie erwarteten, dass ich gleich in die Luft ging. Nun, sollten sie nicht bald meine Fragen beantworten, dann würden sie genau das von mir bekommen. Ich verschränkte die Arme vor der Brust und funkelte sie auf dieselbe Art an, bei der die neuen Rekruten sich in die Hosen machten.

Rygor räusperte sich. Anstatt zu antworten, überreichte er mir eine Tasche. Ich öffnete sie und erblickte das komplette Set eines Panzeranzuges und eine Waffe.

"Was zur Hölle ist hier los, Rygor? Sprich. Sofort." Ich trug nicht viel am Leib; als der Doktor es von mir verlangte, hatte ich mein Hemd ausgezogen und die Hose und weichen

Pantinen an meinen Füßen waren Überbleibsel der Party. Was Rygor mir da überreichte, gab mir das Gefühl, als würden wir in die Schlacht ziehen. In familiäres Gebiet.

"Ihre Partnerin hatte ebenfalls eine Reaktion auf die Droge. Kriegsfürst Dax und Sarah haben sich um sie gekümmert. Als sie sie getestet haben, wurde Rush bei ihr festgestellt."

Ich hielt inne, als ich dabei war mir den Panzeranzug überzuziehen und beäugte den dienstältesten Wachmann. "Ist meine Partnerin in Sicherheit? Wurde sie verletzt?" Die Bestie drohte hervorzubrechen, als ich auf seine Antwort wartete.

"Immer mit der Ruhe, Kommandant. Es geht ihr gut." Er räusperte sich erneut und blickte kurz zu Westar, bevor er sich wieder mir zuwandte. "Zumindest war sie in Ordnung, als wir ihr Zuhause verlassen haben."

Ich stülpte mir die Panzerung über die Brust und zog sie rasch zurecht. In dem Kampfanzug fühlte ich mich heimisch. Er war klobig, aber vertraut. Sogar recht bequem war er und er half mir dabei, mich mental auf das, was uns erwartete, vorzubereiten. Wenn Dax mir eine Panzerung zukommen ließ, dann stand mir ein Einsatz bevor. Ich musste davon ausgehen, dass es um meine Partnerin ging, also war ich bereit zu töten. Diesmal war nicht der Hive unser Feind.

"Was zum Teufel soll das heißen, '*sie war*'? Und warum wird sie nicht von Kriegsfürst Dax beschützt?"

Westar reichte mir eine kleine Ionenpistole und brach endlich sein Schweigen. "Sie würde es nicht erlauben, Kommandant."

Ein Knurren entstieg mir und ich spürte, wie sich mein Gesicht verspannte, wie meine Augen sich verwandelten, während die Bestie hervorpreschte. Ich würde Tiffani vor jeglicher Bedrohung beschützen, auch, wenn sie sich selbst zur Gefahr wurde.

Mit Mühe hielt ich die Bestie zurück, aber meine Stimme veränderte sich ebenfalls. Meine Worte waren ein tiefes Poltern. "Erklären. Jetzt."

Rygor rechte mir ein Paar Stiefel. "Ziehen sie die hier über. Unterwegs werden wir ihnen alles erzählen. Je länger wir brauchen, desto länger wird es dauern, bis sie ihre Partnerin persönlich fragen können."

Da musste ich ihm zustimmen.

Westar schnaubte. "Bis dahin wird es vorbei sein."

Ich wuchtete erst einen, dann den anderen Fuß in die Stiefel. "Was wird vorbei sein?"

Rygor verneigte sich leicht. "Ihre Partnerin ist dabei, Ihren Feind zu konfrontieren, Kommandant. Sie wird überwacht, aber sie bestand darauf, ihn alleine zu treffen."

"Meine Partnerin tritt alleine meinem Feind gegenüber?" Meine Frage hallte an den Wänden des Korridors wieder.

Ich würde ihr den Arsch versohlen, bis sie eine Woche lang nicht mehr sitzen könnte. "Mit wem zur Hölle nimmt sie es auf? Wer hat mich vergiftet?"

Rygor eilte zügig voran, Westar und ich kamen kaum hinterher. An der Art, wie er flott voranschritt, wie er meiner wütenden Bestie gegenübertrat, konnte ich ausmachen, dass er an der Front gekämpft hatte, dass er dem Feind gegenüber gestanden und überlebt hatte. Ein Krieger der Koalitionsflotte. Ich fragte mich, warum er keine eigene Partnerin hatte, warum er weiterhin Kriegsfürst Dax diente, wenn er ein eigenes Haus haben könnte und eine Partnerin, um ihn zu zähmen.

"Ich sage es ihnen nur ungern, Sir, aber es war ihr Cousin."

Meine Schritte wurden langsamer, aber ich hielt nicht an. "Das glaube ich nicht. Tia würde mich nie hintergehen."

Westar schüttelte den Kopf und unsere bestiefelten Fußschritte erzeugten einen steten, hämmernden Klang als wir die Gänge entlang eilten. "Nicht Tia, ihr Vater. Engel Steen."

Rygor blickte besorgt über seine Schulter. "*Regierungsrat* Steen."

Diese beiden Worte ließen mir das Blut in den Adern gefrieren. Ohne Rush in meinem Organismus und mit endlich klarem Denkvermögen ergab alles plötzlich Sinn. Und das ließ mich sogar noch schneller laufen.

Meine Partnerin war da draußen und nahm es mit einer der mächtigsten Personen auf meinem Planeten auf, einem Mann, der so hervorragend vernetzt, so unantastbar war, dass zwei Kisten voll illegaler Waffen nicht ausgereicht hatten, um ihm auch nur die geringste Bestrafung einzuhandeln. Nicht einmal eine Anhörung.

Engel Steen war unangreifbar und meine sture, tapfere kleine Partnerin wollte ihn zur Strecke bringen.

Allein.

14

Engel Steen war ein Arsch. Ein großspuriger, selbstherrlicher, frauenfeindlicher, selbstverliebter—die Liste ging ewig so weiter—Arsch. Er würde perfekt zur Erde passen. Waren Männer wie er nicht der Grund gewesen, warum ich die Erde überhaupt erst verlassen hatte?

"Tiffani, Liebes, ich bin so froh, von der glücklichen Wendung zu hören.

Sicherlich wünschst du dir nichts sehnlicher, als den Kommandanten wieder zu Hause zu haben." Er hob die zierliche Tasse an seine Lippen und strahlte mich an, als wäre ich seine verfluchte Lieblingstochter, der hellste Stern des Planeten, das glücklichste, zufriedenste Mädchen weit und breit.

Hätte ich es nicht besser gewusst, dann hätte ich ihm jedes verdammte Wort geglaubt. Der Typ war Oscar-reif. Sollte ich es schaffen die Abneigung von meinem Gesicht fernzuhalten, würde ich auch einen verdient haben.

"Vielen Dank, Herr Regierungsrat."

"Bitte, wir sind eine Familie. Nenn mich Cousin, oder Engel." Er griff nach meiner Hand und legte seine riesige, knorrige Pranke auf mein Handgelenk, als ich ihm mehr Wein einschenken wollte. Er trug Handschuhe, woraufhin ich ihn schreiend auffordern wollte, sie abzulegen, damit ich ihn kreuz und quer mit der kontaminierten Kette einreiben konnte.

Allerdings wusste er nicht, dass das Schmuckstück an meinem Hals, welches er unaufhörlich beäugte nicht die originale Kette war, sondern eine Kopie. Die echte Kette lag in einer Schachtel in Kriegsfürst Daxs persönlichem Tresor. Die Rückstände des Rush-Puders hafteten ihr immer noch an. Das Beweisstück für sein Komplott war außerhalb seiner Reichweite.

Er drückte mich sanft, als wolle er mich trösten. Das ganze Regelwerk, von wegen Atlanen durften sich nicht anfassen, schien für ihn nicht zu gelten. Nachdem ich mitbekommen hatte, welche anderen Gesetze er alle gebrochen hatte bezweifelte ich, dass er vor irgendwem oder irgendetwas Respekt hatte.

Ich lächelte und hoffte, dass er sich mit Erdenmädchen nicht genug auskannte, um die Abscheu und den brodelnden Hass hinter der Fassade lesen zu können. "Ist mir eine Ehre, werter Cousin." Ich änderte mein hoffentlich einladendes Lächeln zu einem wehmütigen Gesichtsausdruck und hob meine Hand an die Beute, hinter der er eigentlich her war. "Genau wie dieses großzügige Geschenk. Danke nochmals. Deek wird hocherfreut sein, dass du dich so sehr um mich sorgst. Dass du mir einen Besuch abstattest, schmeichelt mir sehr, aber ich versichere dir, mir geht es gut."

"Ja, Liebes. Aber du gehörst zur Familie und ich konnte den Gedanken, dass du ganz alleine in dieser Festung auf seine Rückkehr wartest, nicht ertragen." Er nahm die Hand von meinem Arm und langte nach der Halskette. Drecksack. "Darf ich sie anschauen? Gestattest du? Ich würde sie gerne halten. Jetzt, wo der Kommandant bald nach Hause zurückkehrt, werde ich sentimental."

Jackpot.

"Natürlich." Ich hob meine Hände an meinen Nacken und öffnete den Verschluss, um sie ihm zu übergeben.

Dann kringelte ich die Länge auf seiner offenen, handschuhbedeckten Handfläche zusammen.

"Danke, Liebes." Er beäugte die goldenen und grafitfarbenen Glieder, inspizierte sie und strich mit den Fingerspitzen über jedes einzelne Kettenglied, als würde er jedes Stück einzeln mit etwas einreiben.

Und dann dämmerte es mir. Er brauchte die Halskette nicht zu stehlen, um den Beweis zu vernichten; er musste nur die Droge neutralisieren. Wenn sie erst einmal beseitigt war, dann hätten wir keinen einzigen Beweis.

Er gab vor, sie zu studieren und ließ sich ausgiebig dabei Zeit, ich lächelte ununterbrochen, nippte an meinem Wein und beobachtete ihn, bis er stirnrunzelnd zu mir hoch blickte.

"Das ist nicht die Halskette, die ich dir gegeben habe, werteste Cousine. Wo ist die andere?"

"Ist sie nicht?" Ich machte meine Augen so groß wie möglich und beugte mich vor, um die Halskette zu betrachten. "Ich habe sie nicht abgenommen, seit du sie mir gegeben hast. Noch nicht einmal umgezogen habe ich mich."

Ich blickte auf mein jetzt zerknittertes und ruiniertes Partykleid. Sobald Engel hinter Gittern sitzen würde, würde ich das Ding verbrennen. Beim ersten Mal Anziehen war es so wunderschön gewesen, jetzt aber erinnerte es mich daran, wie viel Böses es auf der Welt gab. Nein, im Universum.

"Woher weißt du das?"

"Nein, es ist nicht dieselbe." Er versuchte mich anzulächeln, endlich aber konnte ich die Anspannung um seine Augen herum sehen, die Boshaftigkeit, die durch seine Fassade hindurchbrach. "Der Verschluss ist anders. Die Kette meiner Großmutter war am Verschluss mit ihren Initialen graviert."

"Oh nein!" Ich legte meine Hand auf meine Brust, um die Überraschte zu spielen und lächelte ihm zynisch zu, als ich einen Schluck Wein trank. "Was für ein chemisches Wundermittel steckt in deinen Handschuhen? Was wirst du tun, wenn du den Beweis nicht vernichten kannst? Jetzt werden alle erfahren, dass du deinen eigenen Cousin mit Rush vergiftet hast, dass du die meistgehasste Droge auf Atlan herstellst und sie wie Bonbons vertickst."

Ich stellte mein Weinglas ab und zückte eine Pistole, die Dax mir geborgt hatte—er hatte mir auch gezeigt, wie man sie abfeuerte, nur für den Fall— und zielte auf seine Brust. "Armer, großer, böser Regierungsrat, überlistet von einem dummen, fetten Mädchen von der Erde. Welch eine *Erniedrigung*."

Sein Blick verengte sich, als er mich anblickte, seine Augen wanderten von der Pistole in meiner Hand zu meinen unverblümt hasserfüllten Augen.

"Was denkst du, wirst du damit anstellen, Tiffani?"

"Ich bin nur das dumme Mädchen

von der Erde, richtig? Was ich vorhabe? Dich abknallen."

Ich wedelte mit der Pistole vor ihm herum, um meinen Worten Nachdruck zu verleihen und ließ ein paar Tränen über meine Wangen kullern, teilweise zur Show und teilweise, weil ich dermaßen wütend auf ihn war, dass ich meinen Zorn abreagieren musste. Ich *wollte* ihn wirklich töten und das machte mich sogar noch wütender. Zuhause würde ich nicht einmal eine Spinne zertreten. Ich würde das verfluchte Vieh mit einer Tasse einfangen und es nach draußen schaffen.

Dieser Typ ließ mich hassen, wahrhaftig hassen und ich vermittelte es ihm mit meinem Blick.

"Jetzt, *Cousin*, sollte ich dich töten, weil du ihn mit Rush vergiftet hast. Deinetwegen wäre er fast gestorben. Es erscheint mir nur gerecht, wenn du dasselbe Schicksal erleidest."

Ich schluckte, dann befeuchtete ich

meine Lippen. Seit wann waren die taub?

Daraufhin lächelte Engel, er lehnte ich sich zurück und verschränkte die Arme vor der Brust. "Sterben? Heute? Nein, Liebes, ich fürchte, das ist nicht genau das, was ich geplant hatte."

Alles im Raum begann sich zu drehen und ich schielte ihn an. "Was …?" Der halb zu Ende gedachte Gedanke stoppte abrupt und meine Sicht vernebelte sich. Ich spürte, wie die Pistole aus meiner laschen Hand fiel. Kurz darauf sackte mein Körper zusammen und ich stieß gegen den Stuhl, auf dem ich gesessen hatte.

Meine Augen waren geöffnet, aber meine Sicht war verschwommen, als wollte ich unter Wasser ohne Schwimmbrille sehen. Alles war unscharf und verzerrt.

Ich bekam mit, wie Engel aufstand und seine Handfläche unter mein Kinn legte, er hob meinen Kopf an, damit ich ihn anblickte.

"Wie du selbst gesagt hast, *dummes Erdenmädchen*. Hast du wirklich geglaubt, du könntest mich überlisten?" Er zog die Handschuhe aus und stopfte sie in seine Hosentasche. "Die Handschuhe waren nicht mit einem Gegenmittel für Rush präpariert, liebe Cousine."

Er nahm die Halskette und legte sie wieder um meinen Hals, die Berührung seiner Finger lief mir eiskalt den Rücken herunter. Aber ich verbarg mein Entsetzen. Ich war wie ein Laufstegmodel. Vollkommen distanziert. Gefühlslos. Ich wusste, dass ich reden konnte, wenn ich es wollte. Ich konnte blinzeln. Ich konnte ihm ins Gesicht spucken, hatte aber keine Kraft und der Rest meines Körpers fühlte sich wie ein totes Gewicht an.

"Die Halskette war wirklich für dich bestimmt, Liebes." Sein Griff an meinem Kinn wurde schmerzvoll und ich konnte mich immer noch nicht bewegen. Es war, als wäre mein gesamter Körper vom

Halse abwärts gelähmt. "Und jetzt wirst du mir sagen, wo die echte Kette ist."

"Fick dich ins Knie, Arschloch!" Meine Worte waren gedämpft und undeutlich, aber er konnte sie nicht überhört haben.

Als wäre ich eine Feder hob er mich vom Stuhl, seine Hände umfassten meine Kehle. "Wo ist die Halskette?"

Ich bekam kaum Luft, konnte mich aber nicht wehren, konnte seine Hand nicht packen oder wegziehen. "Du hast Deek vergiftet," hustete ich hervor.

Er lachte und das Geräusch klang einfach nur bösartig.

Ich wollte ihm die Augen auskratzen, konnte aber nichts gegen ihn ausrichten. "Ich hasse dich."

"Ich brauche deine Liebe nicht, Tiffani." Mit offensichtlichem, männlichen Interesse wanderte sein Blick über meinen Körper. "Vielleicht ficke ich dich, bevor ich dich umbringe. Mal sehen, welch magische Kräfte deine Pussy hat, um eine Atlanische

Bestie vor einer Überdosis Rush zu retten."

Ich konnte nicht mal mehr den Kopf schütteln. "Nein."

"Deek mag dieses Mal überlebt haben, aber ich kann dafür sorgen, dass er wieder an die Front geschickt wird, auf eine Hive-Mission, damit er gefangen und assimiliert wird. Ein Schicksal, schlimmer als der Tod, nicht wahr?" Gleich einer Stoffpuppe warf er mich zu Boden und ich konnte mich nicht verteidigen, konnte nicht einmal den Kopf bewegen und mich umdrehen. "Du wirst zuerst krepieren."

Zum Glück war mein Körper weitgehend betäubt, aber mein Kopf knallte auf den harten Marmor und fühlte sich dabei wie eine explodierende Melone an.

Aus der Nähe war ein lautes Brüllen zu hören. Ich öffnete die Augen und es fühlte sich an, als würden mir heiße Metallspieße in den Schädel geschoben werden, das Licht war nichts als explodierender Schmerz. Aber ich kannte dieses Brüllen. Ich kannte den Atlanen. Diese Bestie. Und sie gehörten beide mir.

Deek

RYGOR UND WESTAR begleiteten mich zum Hintereingang meines Hauses und wie ein paar Räuber schlichen wir uns hinein. Unterwegs hatte sie mir alles berichtet, mir mitgeteilt, was ich verpasst hatte. Je mehr ich erfuhr, desto mächtiger wurde die Bestie. Ich wusste, dass Tiffani es mit Engel aufnahm, um ihm ein Geständnis abzuringen. Ich wusste, dass sowohl die Atlanischen Garden als auch Dax sie überwachten.

Das reichte nicht. Meine Bestie war außer sich und meine Augen blieben permanent schwarz, als ich darum kämpfte, sie unter Kontrolle zu behalten.

Tiffani konnte meine Bestie in blinder, blutrünstiger Rage aber nicht gebrauchen. Sie brauchte meinen Verstand.

Was verflucht unmöglich war, da die Bestie sich nur noch ausmalen konnte, wie Engel sie antatschte, sie verletzte.

Ich stürzte die Hintertreppe hinauf in ein Zimmer, in dem Kriegsfürst Dax und drei bewaffnete Mitglieder der Atlanischen Garden eine Reihe von Monitoren überwachten. Ich wusste, dass sie jedes einzelne Wort aufzeichneten, konnte aber nichts davon hören.

Ich beobachtete, wie Tiffani lächelnd an ihrem Wein nippte, als ob nichts auf der Welt sie bedrückte. Sie wohlauf und in Sicherheit zu sehen half dabei, die beschützerische Wut der Bestie zu mildern und geräuschlos drängte ich Dax, mir seinen Kopfhörer zu übergeben. Ich wollte jedes verfluchte Wort hören.

Die Vernunft verlangte, dass ich sie

ihr Vorhaben beenden ließ. Sollte ich jetzt eingreifen, dann würde Engel sich verpissen und uns wieder und wieder bedrohen. Solange er am Leben und in Freiheit war, blieb er eine tödliche Gefahr. Wie sehr ich es auch hasste, Tiffani hatte in diesem Punkt Recht. Wir mussten ihn stoppen und dafür benötigten wir ein Geständnis, etwas, das er nicht leugnen konnte. Sollte dieses Arschloch aber auch nur daran denken, meine Partnerin zu bedrohen, würde ich ihn mit bloßen Händen in Stücke reißen.

Mit finsterem Blick trat ich näher an die Monitore, als ich Engels Stimme hörte. Er hielt die Kette meiner Urgroßmutter in den Händen. Tiffani musste sie abgenommen haben, um sie ihm zu überreichen.

"Nein, es ist nicht dieselbe. Der Verschluss ist anders. Die Kette meiner Großmutter war am Verschluss mit ihren Initialen graviert."

"Oh nein!" Tiffani legte ihre Hand auf

ihre Brust und lehnte sich zurück. "*Was für ein chemisches Wundermittel steckt in deinen Handschuhen? Was wirst du tun, wenn du den Beweis nicht vernichten kannst? Jetzt werden alle erfahren, dass du deinen eigenen Cousin mit Rush vergiftet hast, dass du die meistgehasste Droge auf Atlan herstellst und sie wie Bonbons vertickst.*"

Sie stellte ihr Weinglas ab und mein Herz begann zu rasen. Was zur Hölle dachte sie sich, indem sie einen kaltblütigen Killer dermaßen verspottete? Der Raum, in dem sie sich aufhielten war zu weit entfernt. Rennend würde ich mindestens zehn Sekunden benötigen, um sie zu erreichen. In der Zwischenzeit könnte er sie umbringen.

Ihre Stimme stachelte ihn noch ein bisschen weiter an und wie sehr ich auch an ihre Seite eilen wollte, ihren Mut konnte ich nur bewundern. Sie war die unerschrockenste, würdigste Partnerin, die es gab. Und das alles tat sie meinetwegen. Engel dazu zu bringen, seine Verbrechen einzuräumen war der einzige Weg, mich vollständig und unwiderruflich zu entlasten und den Rest unseres Lebens in Frieden leben zu können.

"*Armer, großer, böser Regierungsrat, überlistet von einem dummen, fetten Mädchen von der Erde. Welch eine Erniedrigung.*"

Tiffani zückte eine Waffe und ich wandte mich zu Dax. Er nickte und flüsterte, "Keine Sorge, Deek. Sie weiß, wie man damit umgeht."

"Was verdammt hast du dir dabei gedacht, ihr eine Kanone zu geben?" wollte ich wissen. Sie durfte nicht einmal in die Nähe einer Waffe kommen, und schon gar nicht eine in den Händen halten.

"Sollte sie etwa unbewaffnet mit ihm da drin sitzen?" entgegnete Dax achselzuckend. "Sie sollte nicht damit auf ihn zielen. Die Pistole war als allerletztes Mittel gedacht."

"Scheiße."

Engel sprach erneut und ich wandte mich wieder dem Bildschirm zu. "Was denkst du, wirst du damit anstellen, Tiffani?"

"*Ich bin nur das dumme Mädchen von der Erde, richtig? Was ich vorhabe? Dich abknallen.*"

Ich sah, wie Tränen über Tiffanis hübsches Gesicht liefen. Sie verspürte Schmerzen. Meinetwegen.

Und dann drohte sie, ihn zu erschießen.

Mein Herz erstarrte, ein eiskalter Schauer ging durch meine Adern. Es war mir verdammt nochmal egal, wenn sie ihn umbringen würde, denn er verdiente es zu sterben. Aber eben hatte sie einen Kriegsfürsten bedroht, einen kampferprobten Krieger, der mehr als ein Jahrzehnt im Kampf gegen die Hive überlebt hatte.

Wenn sie ihn umbringen wollte, dann sollte sie besser abdrücken und mit dem Gequatsche aufhören.

Ich eilte zur Tür, aber einer von Daxs Wachen hielt mich zurück. "Noch nicht, Deek. Er wird es gleich zugeben. Überlassen sie ihn ihr."

"Er wird sie verflucht nochmal töten." Meine Bestie begehrte auf und ich wurde größer, meine Zähne schmerzten, als sie hervorbrachen und mein Zahnfleisch zog sich zurück, um rasiermesserscharfe Kanten freizulegen.

Engels süffisanter Ton brachte mich dazu, mich wieder den Monitoren zuzuwenden. Beinahe wäre ich mit dem Ohrhörer im Ohr aus dem Zimmer gestürmt. *"Das ist nicht genau das, was ich geplant hatte."*

"Was ...?" Tiffani wirkte durcheinander. Schwach. Ich sah zu, wie sie zusammensackte, wie sie die Beherrschung über ihren Körper verlor und ein leises, grummelndes Geräusch den Raum erfüllte.

"Dummes Erdenmädchen. Hast du wirklich geglaubt, du könntest mich überlisten?" Dann zog er die Handschuhe

aus und stopfte sie sich in die Tasche. "*Die Handschuhe waren nicht mit einem Gegenmittel für Rush präpariert, liebe Cousine.*"

Gift. Er hatte verdammt nochmal meine Partnerin vergiftet. Vor meinen Augen. Und Dax. Und den Wachen.

"Scheiße," knurrte ich.

Dax zischte und der Wachmann zu meiner Linken verkrampfte sich. "Bleiben sie hier, Kommandant. Wir müssen herausfinden, was er ihr gegeben hat."

Engel legte ihr wieder die Halskette um und ich musste mich abwenden, weil ich den Anblick, als er sie anrührte, nicht ertragen konnte. "*Die Halskette war wirklich für dich bestimmt, Liebes. Und jetzt wirst du mir sagen, wo die echte Kette ist.*"

"Fick dich ins Knie, Arschloch!"

15

Da war sie, meine wunderschöne, starrköpfige Partnerin. Ihre unverhüllte Missachtung, ihr Mut erfüllten mich mit Stolz, selbst als ich mit mir ringen musste, um sie die Sache zu Ende bringen zu lassen und sicher zu stellen, dass Engel kein Schlupfloch, keine Ausrede hatte. Ich musste ihre Tapferkeit anerkennen, ihren Wunsch, behilflich zu sein, aber mir musste nicht gefallen, was sie da tat. Dann überkam mich die Wut. Dax und zwei seiner Wachen mussten mich mit allen Kräften zurückhalten, als Engels Ton immer fordernder wurde.

"Wo ist die Halskette?"

"Du hast Deek vergiftet."

Sein Gelächter klang alles andere als normal. Ich blickte auf den Monitor und beobachtete, wie meine Partnerin von seinen riesigen Händen baumelte, an Händen, die sich um ihre zarte Kehle schlangen.

Und die Bestie brach frei.

Ich raste den Gang entlang und in das Zimmer, in dem Engel sich über meiner Partnerin auftürmte. Das Grollen meiner Bestie ließ die Wände wackeln. Sie wurde in den Wahnsinn getrieben, als das Rush meinen Organismus anstachelte. Als die Hive meine Krieger verletzt hatten, war ich wütend geworden. Selbst als ich von Seranda erfahren hatte, dass Tiffani mich verlassen hatte, war ich äußerst aufgebracht. Als ich aber sah, wie Tiffani unter dem Einfluss einer anderen verdammten Droge auf dem Boden lag, wehrlos und geschwächt war, brach die Bestie schließlich frei. Als Atlane hatte ich keine Kontrolle darüber und das wollte ich auch gar nicht. Ich wollte Engel jede Gliedmaße einzeln ausrupfen. Ich wollte ihn vernichten.

Nichts würde mich aufhalten können. Weder Dax noch die Wachen. Nichts.

Aus dem Augenwinkel erblickte ich Dax, wie er mit den anderen bei der Tür stand, wartete. Er würde eingreifen, aber nicht jetzt. Jetzt war es an der Zeit für mich, diese Sache ein und für allemal zu beenden.

Ich und meine Bestie kämpften gegen eine Gefahr für meine Partnerin.

Er würde sterben.

"Wie es aussieht, ist das Fieber noch nicht vorbei, Kommandant," Engel verspottete mich, insbesondere als er meiner Bestie gegenüber ruhig und besonnen blieb.

"Du bist tot." Drei Worte und selbst das war ein Kraftakt. Meine Bestie wollte einfach nur kämpfen.

Engel lief in Kreis herum, als Antwort auf meine Drohung wurde seine eigenen Augen schwarz. Trotzdem zuckte er nur die Achseln. "Eine Partnerin zu verlieren ist schlimmer als der Tod, nicht wahr? Wenn deine geliebte Tiffani tot ist, dann wirst du vielleicht einsehen, dass *du* einige Dinge hättest anders machen sollen."

Ich schlich vorwärts, mein Panzeranzug saß eng und mein Herz raste. Die Bestie wollte nicht angreifen. Er war immer noch zu nahe an unserer Partnerin dran. Und ich wusste genau, wovon er sprach. Seine Drogen und Waffen, die Lieferung, die ich ihm vermasselt hatte. "Xerima."

Engel platzierte sich genau zwischen mich und Tiffani, die weiter regungslos auf dem Boden lag. Meine Bestie konnte ihr Herz schlagen hören, aber es wirkte träge. Langsam. Bald würde mir nichts anderes übrig bleiben als ihn anzugreifen und darauf zu hoffen, Engel in die Finger zu bekommen, bevor er sie töten würde.

"Was ist der Sinn der Sache, Familienmitglieder in gehobenen Positionen zu haben, wenn sie einem nicht helfen? Es war einfach, Kommandant. Eine einfache Unterschrift hätte das alles hier verhindert."

Er war dabei, die Tat einzugestehen. Vielleicht wusste er, dass er sterben würde. Vielleicht wusste er, dass alle anderen von seinen Verbrechen wussten. Er hatte meine Partnerin vergiftet. Allein dafür würde er lebenslänglich bekommen. Der Rest wurde mit dem Tode bestraft. Exekution.

"Habgierig. Würdelos." Meine Bestienstimme fauchte ihn an und ich trat einen Schritt näher.

Engels Augen waren komplett

schwarz, sein Gesicht verlängerte sich, als er sich verwandelte. "Ich bin reich, du Schwachkopf. Geld und Macht habe ich."

Und das stimmte. Er war einer der mächtigsten Männer auf unserem Planeten. Hochgelobt. Verehrt. Reicher noch als die höchstdekorierten Kriegsfürsten, die aus dem Krieg zurückkehrten. Warum also würde er mit Rush und illegalen Waffen dealen? Das ergab keinen Sinn. "Warum tun das?" Drei Worte. Ein ganzer Satz. Vor Tiffanis Ankunft wäre das undenkbar gewesen.

"Mir war langweilig, Deek. Wirklich. Zehn Jahre lang habe ich Hive-Soldaten in Stücke gerissen. Dann kam ich nach Hause, trug Pantoffeln und trank Wein." Engel hob seine Arme und wedelte damit vor den prunkvollen Wandteppichen, Kunstgegenständen und edlen Möbeln im Wohnzimmer herum. "Das alles ist nichts wert, Deek. Mit der Zeit wirst du es einsehen. Ich hatte die Chance, den Ausgang des Krieges auf Xerima mitzubestimmen, die Entwicklung einer ganzen Zivilisation zu beeinflussen."

"Du spielst Gott."

"Wir sind Götter, du Narr. Die meisten sind Feiglinge, haben Angst vor der Macht."

Langsam schüttelte ich den Kopf und ballte meine Bestienhände zu Fäusten. Er war verrückt. Dann erkannte ich die manische Überzeugung in seinem Blick.

Daraufhin stürzte ich mich auf ihn. Er erwartete es, ließ mich in seinen Zirkel eindringen und erlaubte mir, ihn zu packen. Meine Aggressivität befeuerte seine eigene Bestie, nährte das innere Ungeheuer mit Wut und ließ Engel ebenfalls zur Bestie werden. Er wuchs zu meiner Größe heran, sein ergrautes Haar wirkte befremdlich. Nicht viele Männer in seinem Alter oder mit seiner Statur verwandelten sich und der Anblick war überaus verstörend. Aber sein Körper war nichts als

Muskeln, seine Schultern und Brust genauso groß wie meine. Er war gigantisch, kräftig und er verstand es, zu kämpfen.

Aber ich kämpfte für mehr als nur mein eigenes Wohl. Ich kämpfte für Tiffani.

Wir rangelten miteinander, prüften unsere rohe Kraft. Es war ein Hin und Her und keiner von uns gewann die Oberhand. Ich hörte die Wachen eintreffen, ignorierte sie aber. Ihre Pistolen würden mich in diesem Moment nur reizen und sie konnten wenig ausrichten, um Engel zu stoppen. Kriegsfürsten lernten an der Front, mit dem Schmerz einer Schussverletzung klarzukommen.

"Nein, nicht eingreifen." Ich hörte Daxs Worte, konzentrierte mich aber auf Engel. Er schob mich beiseite und wir umkreisten uns, während er sich mit dem Handrücken das Blut vom Mund wischte. Seine Bestie atmete schwer, Schweiß tropfte ihm von der Stirn.

"Niemand stellt sich zwischen zwei Krieger im Bestienmodus. Muss ich euch zurück in die Grundausbildung schicken? Holt einen ReGen-Stab. Der Kommandant braucht eure Hilfe nicht, seine Partnerin allerdings schon."

Engel holte aus und ich wehrte den Hieb ab, ich versetzte ihm meinerseits einen Schlag in die Nieren, nahm sein Gesicht in den Schwitzkasten und zog ihn nach hinten und zwang den Kopf des Mistkerls dabei nach oben. Mit meinen Krallen zerfetzte ich ihm das Gesicht, verdrehte ich ihm den Nacken. Bedauerlicherweise drehte er sich zur Seite, als ich ihm die Wirbelsäule brechen wollte und mein Versuch hinterließ nur ein paar tiefe Kerben, nachdem die Klauen meiner Bestie sich horizontal in sein Gesicht gegraben hatten. Blut ergoss sich aus den Wunden und sein Brüllen ließ den Raum erbeben.

Keuchend beugte ich mich mit ausgestreckten Armen vor, bereit für mehr. Meine Spur auf seinem Gesicht zu sehen und zu wissen, dass er mit dieser Schmach auf seinem Körper in den Tod gehen würde, ließ meine Bestie triumphierend aufheulen. Aber wir waren noch nicht fertig.

Diesmal griff er mich an, sein wütendes Gebrüll war wie ein Donnerschlag im Raum. Seine Stoßkraft wandte ich gegen ihn selbst. Ich trat zur Seite, schleuderte ihn zu Boden und stieß ihm meine Krallen in den Rücken.

Besinnungslos grub ich mich in sein Fleisch, umfasste seine Wirbelsäule mit beiden Händen und packte zu, bis ich seine Knochen knacken spürte, erst einer, dann zwei, dann weitere und Engel brüllte vor Schmerzen unter mir.

Ich hielt ihn fest, meine Hände waren um seine Wirbelsäule gewickelt, während er mit den Armen fuchtelte. Seine Beine hörten auf, sich zu bewegen und meine Bestie fletschte zufrieden die Zähne. Wir hatten ihn verletzt, ihn ruiniert, unseren Feind zerstört. Engel würde sich nicht mehr aufrappeln, er würde nicht mehr laufen können, nie mehr kämpfen.

Und trotzdem konnte ich nicht von ihm ablassen. Mit den Armen drückte er sich hoch und ich presste meine Faust tiefer, schob seine Wirbel auseinander und stach in seine Weichteile. Seine Lungen füllten sich mit Blut. Seine Arme sackten zusammen und er plumpste zu Boden, vor lauter Schock kühlte sein Körper aus. Langsam blinzelte er, als das Blut aus seinem Mund tropfte.

Die Bestie war fertig mit ihm. Erledigt. Siegreich. Aber ich würde nicht locker lassen, nicht, bis er seinen letzten Atemzug getätigt hätte.

"Deek. Deek!" Ich spürte die Hand auf meiner Schulter, hörte die Stimme, aber es fiel mir schwer, aus der Trance des Hasses auszubrechen. Der Wut. Der Rage. Es war nicht die Bestie, die nicht zuhörte, sondern der Atlanische Krieger. Ich wollte Engel tot sehen. Die Bestie aber hörte auf ihre Partnerin und sie war es, die jetzt redete.

Eindringlich beruhigte sie mich und drängte darauf, die Hand meiner Partnerin auf meiner Schulter wahrzunehmen, ihr zuzuhören.

"Deek, lass es sein. Es ist vorbei," sprach sie. Sie drückte meine Schulter und ich zwang meinen Blick weg vom paralysierten Engel und blickte zu Tiffani auf.

"Es ist vorbei für ihn. Überlass ihn den Wachen."

"Aber er hat dir weh getan," entgegnete ich. Ich konnte diese Gelegenheit nicht verstreichen lassen. Ich musste den Krieger, der sie verletzt hatte ausschalten.

"Das hat er. Er hat auch dich verletzt." Sie musste schlucken, denn der Schock saß noch tief in ihr. "Aber es ist vorbei."

"Er muss sterben," gelobte ich.

Sie nickte und berührte meine verschwitzte Wange, strich mit dem

Daumen unter meinem Auge entlang. Meine Bestie gab sich der Berührung hin und frohlockte. "Er wird sterben, aber nicht unter deiner Hand. Lass Dax hier hereinkommen, um ihn zu versorgen."

"Nein!" Die Bestie und ich waren einer Meinung, aber Dax kam bereits mit dem verfluchten ReGen-Stab angelaufen und wollte dem Mistkerl helfen.

"Lass ihn vor den Regierungsrat treten, Deek," sprach Dax. "Ich kann seine Wirbelsäule nicht wiederherstellen, aber er wird stabil genug sein, um ins Gefängnis überführt zu werden. Ich verspreche dir, wenn die Ratsversammlung erfährt, was er getan hat, werden sie ihn hinrichten."

Tiffanis Augen waren kreisrund, flehend. "Lass sie machen. Übergib ihn den Wachen. Ich will nicht, dass er dich befleckt. Bitte."

Meine kleine Partnerin wollte verhindern, dass ich mich schuldig fühlte. Sie verstand aber nicht, dass ich keine Schuldgefühle, kein Bedauern verspürte. Sollte Engel hier und jetzt verrecken, dann würde ich nie auch nur einen Anflug von Schuld verspüren. Aber sie hatte ein weiches Herz, ihre Sorge war aufrichtig, also würde ich nachgeben. Nicht weil ich darunter leiden würde, den Mann, der ihr Schaden zugefügt hatte umgebracht zu haben, sondern weil sie meinetwegen leiden und sich Sorgen machen würde.

Ich war sehr viel gewissenloser, als ihr bewusst war. Ich war ein Killer. Ein Krieger. Mein Herz schlug nur für sie. Nur für sie fühlte ich Schmerz.

Mein Griff war steif und ich öffnete meine Finger, um Engel loszulassen. Ich tat es für sie.

Dax stand mit verschränkten Armen hinter Tiffani, mit der Ionenpistole in der Hand wartete er, bis der ReGen-Stab anlief. Als er fertig war, machte er mit dem Kopf ein Zeichen und die Wachen beugten sich nach unten, packten Engel und beförderten ihn halb im Tragegriff und halb über den Boden schleifend aus dem Zimmer und die Schmerzschreie des Verbrechers entfernten sich.

"Danke." Tiffani fiel vor mir auf die Knie. Ich spürte die Wärme ihrer Haut, ihr Geruch waberte zwischen uns und ich sog ihn tief in mich ein. "Ich wollte ihn auch umbringen. Wirklich. Ich hätte ihn erschießen sollen. Ich hätte dich schützen sollen."

Ich blickte überrascht. Tiffani verkörperte Milde und Leichtigkeit, Liebe und Lachen. Ich konnte mir nicht vorstellen, dass etwas derartig Böses sie berührte. "Götter, nein. Das kann ich nicht zulassen. Du darfst diese Art von Hass nicht in deine Nähe lassen. Er verdunkelt deine Seele."

"Das stimmt." Sie legte ihre Hand auf meine Brust und ich spürte, dass mein Herz sich beruhigt hatte. Ihre Berührungen beruhigten nicht nur meine Bestie, sondern auch mich.

"Ich kann auch nicht zulassen, dass

du dir damit die Hände schmutzig machst. Warum? Weil *ich* auf dich aufpassen muss. Ich. Dein Partner."

Ich atmete tief ein, dann noch einmal.

"Ich will ihn nie wieder sehen. Versprichst du mir, dass er hingerichtet wird?" fragte ich Dax und blickte ihm dabei in die Augen.

"Ja. Ich werde dich benachrichtigen, sobald es vollstreckt wurde. Kümmere dich um deine Partnerin. Der ReGen-Stab hat die lähmende Wirkung des Gifts neutralisiert. Ihr geht es wieder gut."

Ich war meinem Kumpel für seine Geistesgegenwart sehr dankbar, er hatte sich um meine Partnerin gekümmert, während ich Engel erledigte. Jetzt aber wurde es Zeit, die Rollen zu tauschen. Dax würde sich um Engel kümmern—ich hätte nichts dagegen, wenn er ihn noch einmal verprügeln würde—und ich würde mich um Tiffani kümmern.

"Gut genug, um ihr den Arsch zu versohlen?" erkundigte ich mich.

Tiffani machte große Augen und Dax schmunzelte. "Ich nehme an ja."

"Deek, ich denke nicht—"

"Ganz genau, du hast nicht nachgedacht."

Ich fühlte mich besser, mein Leben ergab wieder Sinn, alles wurde endlich wieder klar und deutlich. Und Tiffani stand im Mittelpunkt von alledem.

"Dein Leben aufs Spiel setzen? Dich selbst als fett *und* dumm bezeichnen? Es wird Zeit für eine Runde Hintern versohlen, Tiffani."

Sie zeterte, als ich aufstand und sie in meine Arme hob. Sie war eine perfekte Handvoll, genau richtig. Für mich. Ich würde sie nie mehr gehen lassen.

Ich trug sie ins Schlafzimmer und ließ die Handschellen, die sie weggeworfen hatte, aufs Bett fallen, bevor ich ins Badezimmer ging. Von unten konnte ich hören, wie Dax die Wachen aus meinem Haus heraus geleitete. Aus Tiffanis Haus. *Unserem* Haus. Und niemand würde ihr je wieder gefährlich werden.

Sie schwieg, bis wir beide hörten, wie die Eingangstür lautstark zuknallte, ohne Zweifel eine Gefälligkeit von Dax. Ich presste Tiffani in der Dusche gegen die Wand und ließ das warme Wasser herunterprasseln.

Sie biss ihre pralle Unterlippe und ihre Augen füllten sich mit Tränen, als sie zu mir aufblickte. "Du darfst mich nicht verhauen! Ich wollte dich nur retten."

Ich antwortete nicht sofort, sondern riss einfach das jetzt nasse Kleid von ihrem weichen Körper und schmiss es zu Boden. Dann wusch ich sie gründlich ab, damit jede Sekunde dieses Tages, jede Spur der Droge oder von Engel von ihrem Körper entfernt wurde.

Meine großen Hände waren schnell und gründlich, denn ich wollte sie nicht in der Dusche ficken, wo das Wasser zu unseren Füßen sich mit Engels Blut vermischte. Ich wollte sie sauber und bereit in *meinem* Bett haben. Sie gehörte komplett mir.

Einmal fertig damit ignorierte ich das Heben und Senken ihres Brustkorbs und wie sich ihre Augen verdunkelten. Ich zog meinen Panzeranzug aus und ließ ihn neben ihrem Kleid zu Boden fallen. Ich scheuerte mir Serandas Berührungen vom Körper, Engels Blut und sein Hass wurden mit dem Geruch frischer Seife ersetzt.

Ich atmete tief ein und genoss den Duft der feuchten Haut meiner Partnerin, den Duft ihrer Hitze, ihrer feuchten Pussy.

Oh ja, heiß und feucht war sie, bereit für mich. Ihr Blick verweilte auf meiner Brust und meinen Schultern, meinen Lenden. Als sie meinen Schwanz anstarrte, wurden ihre Wangen rosa und ihr Atem wurde flach.

"Ich gehöre dir, Tiffani. Jeder verdammte Zentimeter."

Einmal gesäubert schloss ich den Wasserhahn und sie blickte mich unsicher an. Ich hatte die Absicht sicher zu stellen, dass sie mich nie wieder mit diesem Ausdruck in ihren Augen anblicken würde. Sie gehörte mir. Und nach dem heutigen Tage würde sie nie wieder daran zweifeln.

Ohne mich abzutrocknen, wickelte ich sie in ein Handtuch und trug sie ins Schlafzimmer. "Jetzt werde ich dir den Hintern versohlen, Liebes. Aber nicht zur Bestrafung, obwohl du Gott weiß eine verdienst."

"Was für andere Gründe gibt es, um jemanden den Hintern zu versohlen?" fragte sie, als ich sie aufs Bett warf. Sie federte einmal hoch und kam zum Liegen. Ich packte ihre Knöchel und drehte sie auf den Bauch.

Ohne Zeit zu verschwenden schob ich das Handtuch hoch, bis ihr blanker Arsch frei lag. Die üppigen, weichen Hügel ihres Hinterteils ließen meine

Bestie aufheulen und meinen Schwanz hart werden.

Sie blickte über ihre Schulter und kniff die Augen zusammen. Allerdings rührte sie sich nicht. Sie blieb, wo sie war und das verhieß Gutes. Sie mochte meine dominante Art, mein Bedürfnis, wieder die Führung zu übernehmen. Sie brauchte diesen Auslass genauso sehr wie ich.

Ich kletterte neben sie aufs Bett, bis mein Knie sich an ihre füllige Brust schmiegte. Ich legte eine Hand auf ihren Rücken und die andere Hand auf ihren Arsch, dann streichelte und liebkoste ich sie, ich bereitete sie vor. Meine Augen wanderten von ihrem perfekten Arsch zu ihrem Gesicht. "Brauchst du einen ordentlichen Fick, Tiffani?"

Sie biss ihre Lippe und nickte.

"Gehörst du mir, Tiffani, Partnerin?"

"Ja."

"Wirklich? Bist du dir sicher?"

Sie runzelte die Stirn. "Ja, ich gehöre dir und du gehörst mir."

Ich griff nach den Handschellen hinter ihr, hob sie hoch und ließ sie vor ihrem Gesicht hin und her baumeln. Ich wusste, dass meine Augen sich verdunkelten, denn die Bestie konnte ihre nackten Hände nicht ausstehen.

"Warum hast du diese hier dann abgenommen?"

16

eek

Sie schluckte. "Ich musste es tun."

"Du hast mich an Seranda weitergereicht."

Kopfschüttelnd setzte sie sich auf die Knie, sodass wir fast auf Augenhöhe waren. "Nein, habe ich nicht. Glaubst du etwa, ich *wollte*, dass du sie fickst?" Tränen sammelten sich in ihren Augen, quollen aber nicht heraus. "Wolltest du?"

"Das sind drei, Tiffani."

"Drei?"

"Ich zähle die Gründe, warum du den Arsch versohlt bekommst."

"Hast du sie gefickt?" fragte sie erneut, ihre Stimme klang verunsichert, so ganz anders, als die der unerschrockenen Frau, in die ich mich verliebt hatte.

Ich hielt meine Arme hoch und ließ sie erkennen, dass ich immer noch die Handschellen trug. "Ich gehöre zu dir und niemand anderem. Du aber? Du sagst, du gehörst mir, trägst aber meine Handschellen nicht."

Nach Atlanischem Recht waren sie nicht notwendig, damit wir miteinander verpartnert blieben, aber ich wollte das Symbol, den äußerlichen Beweis dafür, dass Tiffani zu mir gehörte, sehen. Nicht alle Atlanen bestanden auf diese enge Verbindung, aber Dax und Sarah blieben aneinander gefesselt und unzertrennlich. Scheinbar war ich nicht mehr ganz so unabhängig, wie ich es einst geglaubt hatte. Ich wollte sie bei mir wissen, an meiner Seite, immer. Nie hatte ich geglaubt, ich wäre die Sorte Atlane, der von seiner Partnerin erwartete, dass sie die verdammten Dinger trug, sie an mich binden wollte, als wäre ich ihr Haustier, aber anscheinend war ich das. Ich wollte das Gold an ihren Handgelenken sehen, und zwar nicht nur, damit alle Welt sehen konnte, dass sie mir gehörte, sondern um der Bestie in mir zu versichern, dass wir ebenfalls zu ihr gehörten.

Sie entriss mir die Handschellen und wollte sie umlegen, ich aber nahm sie ihr wieder ab. Ich küsste erst das eine Handgelenk, dann das andere und legte ihr so behutsam wie möglich die Handschellen um. Es war ein Akt der Ehrfurcht, der totalen Ergebenheit und ich wollte, dass sie das spürte. "Nimm sie nie wieder ab, Tiffani. Ich flehe dich an. Es würde mir das Herz brechen."

"Deek, es tut mir leid. Ich wollte das nicht. Aber ich konnte dich nicht sterben lassen. Ich musste dich gehen lassen. Ich musste Seranda die Möglichkeit geben, dich zu retten." Tränen fielen von ihren Augen, als sich noch schwärzere Gefühle in ihnen spiegelten. Zorn. Eifersucht. Kummer. "Egal, wie hoch der Preis."

Ich strich über ihre Wange—Götter, sie war zart wie Seide—und lächelte sie verzagt an. "Ja, das weiß ich jetzt. Aber, Frau, ich will mit keiner anderen nackten Frau aufwachen außer dir. Hast du verstanden? Ich würde eher sterben, als dich zu verlieren."

"Ich würde nicht zulassen, dass du stirbst."

Mit einem schnellen Kuss fuhr ich ihr ins Wort und redete weiter. "Ich möchte nicht, dass du es allein mit Atlanischen Kriegsfürsten, Kriminellen oder irgendeiner anderen Gefahr aufnimmst."

"Ich war nicht allein."

Krieger und Bestie knurrten daraufhin.

Sie senkte den Blick.

"Ja, Deek."

"Jetzt leg dich über meine Knie, damit ich dir den Arsch versohlen kann und danach bekommst du den dringend nötigen Fick."

Ihre Augen flackerten vor Hitze auf, aber sie rührte sich nicht. "Ich hab's nicht nötig, dass man mir den Arsch versohlt."

Immer noch auf den Knien kauernd zog ich sie über meinen Schoß, ihr Kopf und Oberkörper lagen auf der Matratze, das Handtuch lag gebündelt unter ihrer Taille, ihr reifer Arsch ruhte erwartungsvoll auf meinen Oberschenkeln. Ich befreite das Handtuch und warf es zu Boden. Meine behutsamen Hände sammelten ihr langes Haar und legten es zur Seite, damit es mir nicht den Blick auf ihre vollen Kurven versperrte, auf ihr Gesicht, das Verlangen in ihren Augen.

Über ihre zarte Haut streichelnd sagte ich, "*Ich* muss dich versohlen, damit ich weiß, dass du mir gehörst, dass es dir gut geht. *Du* musst versohlt werden, um loslassen zu können. Du bist zu stark, zu waghalsig. Du frisst alles in dich rein, Tiffani. Ich werde nicht zulassen, dass du dich vor mir versteckst, weder deine Ängste, deine Erleichterung, noch dein Verlangen. Es ist Zeit, alles loszulassen."

Ich zögerte nicht länger. Wieder und wieder traf meine Hand ihren Arsch und ließ die perfekten Kugeln unter meiner Handfläche wieder und wieder erzittern, jeder scharfe Hieb meiner Hand ließ sie aufhüpfen, zucken und keuchen.

Klatsch!
Klatsch!
Klatsch!

Ich machte weiter, bis ihr gemächliches Weinen sich in einen reißenden Tränenstrom wandelte, bis sie aufhörte, ihre eigenen Gefühle zu unterdrücken und sich mir zeigte, bis ich sie wirklich sah.

"Versteck dich nicht vor mir, Tiffani. Ich will alles."

Sie schüttelte den Kopf, wies mich ab und ich versohlte sie wieder und wieder und ließ nicht locker, bis ihr nackter Arsch dunkelrosa anlief.

Mehrmals schrie sie auf, ohne aber sich zu bewegen. Ihre Augen waren geschlossen, ihr Gesicht verzerrt, als die Tränen hinter ihren Augenlidern hervorquollen. Noch zweimal schlug ich sie, dann schob ich eines ihrer Beine von meinem Schoß und öffnete so ihre Pussy für mich.

Ich wartete nicht, denn ihr feuchter Duft war mehr als einladend. Langsam führte ich zwei Finger in sie ein, tief, und glitt mehrmals ein und aus, während ihre Augen flatterten und sie unter mir winselte.

"Du hast mich so erschreckt. Nie in meinem Leben hatte ich derartige Angst. Die Wachen haben mich über Engel unterrichtet und über deinen Plan und fast wäre ich an Ort und Stelle gestorben. Ich schwöre, mein Herz stand still."

Ich fickte sie weiter mit den Fingern und erklärte ihr, wie außer mir und verzweifelt ich gewesen war. Ich sagte ihr auch, wie sehr ich sie liebte, dass ich ohne sie nicht leben könnte. Wie der Anblick der Handschellen in meiner Zelle mir das Herz gebrochen hatte, die Bestie vor Qual aufheulen lassen hatte.

Meine Worte verdeutlichten ihr, dass ihre Taten, auch wenn sie mir nur helfen wollte, mich um zehn Jahre hatten altern lassen.

"Ich konnte dich nicht einfach sterben lassen," kreischte sie. "Ich liebe dich. Ich würde eher auf dich verzichten, als dich sterben lassen."

Daraufhin stoppte ich und streichelte ihre aufgeheizte Haut.

"Ich will keine Entschuldigung, Tiffani. Ich liebe deinen Mut, wie du deinen Partner so unerbittlich beschützt. Ich will dir nur verständlich machen, warum ich dich übers Knie lege, warum ich dir ordentlich den Arsch versohle."

Ich atmete tief durch.

"Weil ich mich in Gefahr gebracht habe?" Sie fing wieder zu weinen an, erst zaghaft, dann mit tiefen Schluchzern.

"Nein, Liebes. Weil du dich vor mir verbirgst, weil du deine Gedanken nicht mit mir teilst, mir nicht sagst, was du brauchst." Wieder bewegte ich die Finger. Rein. Raus. Langsam, so langsam. Als meine Finger tief in ihrer Pussy steckten, schnippte ich einen Dritten über ihren Kitzler. "Was ist es, was du brauchst?"

"Dich."

Die Bestie in mir hatte genug von meiner Zurückhaltung, meinen Spielchen. Ich drehte sie auf den Rücken und befestigte die Handschellen über ihrem Scheitel, an dem speziellen Ring, der über meinem Bett angebracht war. Als sie wie ein Festmahl ausgebreitet vor mir lag, kniete ich mich zwischen ihre Beine und schob sie weit auseinander, mein Blick inspizierte jeden Zentimeter meines Eigentums.

Ich fasste nach unten und legte ein

Paar passende Fesseln um ihre Knöchel. Sie wehrte sich nicht, protestierte nicht, als ich sie weit auseinandergespreizt fesselte und nach meinem Belieben fixierte.

Ich krabbelte auf sie drauf, mit einem festen Stoß glitt mein harter Schwanz in ihre Pussy. Sie keuchte und beugte die Hüften, um mich tiefer zu nehmen.

"Willst du von mir gefickt werden, Liebes?"

"Ja." Sie wandte sich hin und her. "Fester."

TIFFANI

ICH KONNTE MICH NICHT BEWEGEN. Meine Arme waren über meinem Kopf festgemacht und um meine Fußgelenke waren dicke Metallbänder geschlungen. Deek kniete zwischen meinen Beinen, er hielt mich geöffnet, er sog mich ein, als wäre ich eine Delikatesse und er ein Verhungernder.

Mein Hinterteil brannte, wie eine Droge breitete sich die Hitze in mir aus und es kribbelte. Die Tränen waren heftig und geschwind über mich hereingebrochen, meine Sorge um Deek, die Verzweiflung, der Schmerz des Verlusts quollen aus mir heraus, als er mich verhaute. Und jetzt, jetzt war ich leer, geil und ihm vollkommen ergeben.

Seine Augen wurden schwarz, als sie über meinen Körper wanderten, auf meinen Brüsten und auf meinem runden Bauch verweilten, auf meiner mit Begrüßungssaft bedeckten Mitte. Ich brauchte ihn in meinem Inneren, brauchte es hart. Ich musste diesen ganzen verfluchten Tag vergessen. Ich wollte nicht länger darüber nachdenken. Ich wollte fühlen.

Wie ein angriffsbereites Raubtier kletterte er auf mich drauf und meine Pussy zog sich zusammen. Sein Schwanz war eine fette Überraschung, mit einem selbstbewussten Stoß drang er tief in mich ein, während er mich mit seinem Oberkörper festnagelte.

Gott, er war so groß, so dominant, so perfekt. Weder konnte ich mich davon abhalten, laut zu keuchen, noch konnte ich ihn abweisen, als er mich fragte, ob er mich ficken sollte.

Gott, ja! Ich wollte es hart und schnell und so tief, bis ich ihn nie mehr aus mir herauskriegen würde.

"Ja." Ich versuchte die Hüften zu heben, ihn zum Stoßen zu zwingen, aber er verweilte regungslos über mir, seine dicke Länge weitete mich, dehnte mich auseinander, füllte mich aus, gab mir aber nicht, was ich brauchte. "Härter."

Seine Augen, die eben wieder ihre grüne Farbe eingenommen hatten, wurden bei meiner Forderung wieder bestialisch schwarz und ich starrte ihn an, ich forderte das Monster in ihm heraus und wollte von ihm genommen werden, gefickt werden, vereinnahmt werden.

Mit einem Brüllen erfüllte er mir den Wunsch; während er hart und rasant ein und aus stieß, verwandelte er sich. Seine Begierde ließ das Bett wackeln und ich wollte meine Beine um seine Hüften schlingen, meine Hände in seinem Schopf vergraben, ihn dazu bringen, mich zu küssen, meine Brüste zu begrapschen, meine harten Nippel in den Mund zu nehmen.

Gefangen und ans Bett gefesselt konnte ich mich ihm nur unterwerfen. Und das brachte mich außer mich. Ich hörte auf, gegen mich selbst anzukämpfen und befahl meinem verdammten Hirn und der darin gespeicherten Zurückweisung wegen meiner Figur, endlich die Fresse zu halten und den Ritt zu genießen.

Unersättlich fickte er mich, als wäre ich die einzige Frau, die ihn bändigen konnte.

Und das war ich auch. Er gehörte mir.

Mir.

Er ging hoch, hob meinen Arsch vom Bett und legte den Arm um mich, unter meine Hüften, sodass er mich nach oben und auf seinen Schwanz ziehen konnte. Er schaukelte heftig und schnell, mein Rücken bog sich nach hinten, mein Körper war entblößt und vollkommen außer Kontrolle. Mit der anderen Hand ging er an meine Brüste, er zog und knetete, zwickte meine Nippel und meine Pussy zog sich mit jedem kleinen Stich um ihn herum zusammen.

Als ich am Durchdrehen war und ihn anflehte, mich kommen zu lassen, ging er mit seiner freien Hand an meinen Kitzler und rieb mich fest und zügig mit seinen drahtigen Fingern. Seine Finger glitten über mich drüber, flutschten durch meine Falten, meine Säfte bedeckten sie und sie waren schneller und besser als mein liebster Vibrator mit neuen Batterien und auf maximaler Stufe.

Und immer noch fickte er mich gleich einer Maschine. Sein Rhythmus war gnadenlos. Ich konnte nicht mehr denken. Oder Luft holen.

Ich konnte nur noch schreien, als ich kreuz und quer über seinem Schwanz kam. Aber er ließ nicht locker und stieß mich erneut über die Schwelle, nachdem der erste Orgasmus mich überrollt hatte.

Daraufhin lächelte mein Partner, sein Gesicht war halb Mann, halb Bestie, als er seinen Schwanz aus mir herauszog. Ich fühlte mich leer, meine Pussywände verkrampften sich um ein ödes Vakuum herum.

"Nein. Deek! Nein!" Ich war zu aufgeheizt, zu geil, zu außer mir. "Ich brauche dich. Fick mich. Mehr. Ich brauche mehr."

"Keine Sorge, Liebes. Ich bin noch nicht fertig mit dir." Er grinste überaus zufrieden und männlich, als er den Mund an meinen Kitzler senkte und saugte, bis ich nur noch Sternchen sah. Ich war dem Abgrund nahe, meine Pussy war leer und sehnsüchtig, als er mich mit seinem Mund und seiner Zunge neckte, er mich immer wieder an den Rand des Höhepunkts brachte, ohne mich aber kommen zu lassen.

"Deek, bitte. Bitte." Ich hielt es nicht mehr aus. Ich brauchte ihn in mir drin. Er musste mich füllen. Mich vervollständigen. Mir das Gefühl geben, als würden wir uns nie mehr voneinander trennen. Mich heil machen.

"Partnerin." Er küsste sich meinen schweißbedeckten Körper entlang nach oben, verweilte auf meinen Brüsten, saugte an jedem Nippel, bis ich ihn anflehte, damit aufzuhören und mich auf die Lippen zu küssen, mich mit seinem Schwanz auszufüllen.

Seine Unterarme stützten sich neben meinem Kopf ab und er eroberte meinen Mund. Ich stöhnte vor Freude, Tränen der Erleichterung, der Begierde traten aus meinen geschlossenen Augen und ich gab ihm alles. Ich hielt nicht mehr zurück. Ich überließ mich ihm und behielt nichts mehr für mich selbst.

Als er mich erneut füllte, seufzte ich und sein Schwanz bewegte sich in einem so gemächlichen Tempo, so widersprüchlich zu der vorhergegangenen Wildheit, dass ich wusste, dass diesmal etwas anders war.

Er hatte mich zuvor gefickt. Seit meiner Ankunft hatte er mich dutzende Male gefickt.

Aber das hier? Das hier war tief gehender. Ich kam mir vor, als würde er meinen Körper anbeten, mich auf eine Art lieben, die nicht in Worte gefasst werden konnte.

Als sein Schwanz in meinen Tiefen steckte und uns miteinander verband, küsste er mich. Er drängte nicht, forderte nicht, sondern ließ mich einfach wissen, dass er mich liebte, dass ich in seinen Armen sicher war, dass sein Körper mich beschützte und dass es immer so sein würde.

Ich riss meine Lippen von den

Seinen und blickte in die grünsten Augen, die ich je gesehen hatte.

"Deek, ich liebe dich."

"Ich liebe dich auch, Tiffani. Das darfst du nie mehr infrage stellen."

Ich nickte und hob meine Lippen an die Seinen, ich küsste ihn mit derselben zärtlichen Hingabe, die er mir eben entgegengebracht hatte. Er antwortete mit einem Knurren und ich spürte, wie sein Schwanz entgegen aller Wahrscheinlichkeit in mir noch größer wurde, kurz bevor er mich mit seinem Samen füllte, seinem Leben, seinem ewigen Versprechen.

Lies als Geschwängert vom Partner: ihr heimliches Baby nächstes!

Natalie Montgomery sehnt sich nach einem neuen Leben. Sie mag zwar reich sein, aber ihr Leben bietet ihr keine Erfüllung. Ihre Eltern waren nie für sie da, denn sie waren zu reich und mächtig, um sich mit ihrer Tochter zu befassen. Sie zieht den Schlussstrich, als sie Natalie mit einem kaltherzigen Verlobten verkuppeln wollen. Als Freiwillige im Programm für Interstellare Bräute ist sie überglücklich, als sie auf den heißen Wüstenplaneten Trion und in die Arme eines verführerischen Kriegers entsendet wird, der ihren Körper zum Glühen bringt.

Roark von Trion wünscht sich keine Partnerin. Unsicherheit und die ständige Bedrohung eines Krieges folgen ihm auf Schritt und Tritt. Als er aber zum ersten Mal seine neue Braut erblickt, ändert er seine Meinung. Natalie verkörpert alles, wovon er je in einer Frau geträumt hat ... sie ist so zart, so leidenschaftlich und willig, sich jedem seiner Bedürfnisse zu unterwerfen.

Roark kämpft ums Überleben, als ihr Außenposten angegriffen wird. Zu ihrer eigenen Sicherheit wird Natalie zurück zur Erde transportiert. Roark glaubt, sie sei tot. Natalie aber ist quicklebendig, genauso wie ihr neugeborener Sohn. Natalies Zorn und Reue wächst mit jedem Tag, der verstreicht, ohne dass ihr Partner sein Versprechen einlöst und sie holen kommt. Als er schließlich seinen Fehler erkennt, ist es zu spät, um ihr Herz wieder für sich zu gewinnen.

Lies als Geschwängert vom Partner: ihr heimliches Baby nächstes!

WILLKOMMENSGESCHENK!

TRAGE DICH FÜR MEINEN NEWSLETTER EIN, UM LESEPROBEN, VORSCHAUEN UND EIN WILLKOMMENSGESCHENK ZU ERHALTEN!

http://kostenlosescifiromantik.com

INTERSTELLARE BRÄUTE® PROGRAMM

DEIN Partner ist irgendwo da draußen. Mach noch heute den Test und finde deinen perfekten Partner. Bist du bereit für einen sexy Alienpartner (oder zwei)?

Melde dich jetzt freiwillig!
interstellarebraut.com

BÜCHER VON GRACE GOODWIN

Interstellare Bräute® Programm

Im Griff ihrer Partner

An einen Partner vergeben

Von ihren Partnern beherrscht

Den Kriegern hingegeben

Von ihren Partnern entführt

Mit dem Biest verpartnert

Den Vikens hingegeben

Vom Biest gebändigt

Geschwängert vom Partner: ihr heimliches Baby

Im Paarungsfieber

Ihre Partner, die Viken

Kampf um ihre Partnerin

Ihre skrupellosen Partner

Von den Viken erobert

Die Gefährtin des Commanders

Ihr perfektes Match

Die Gejagte

Interstellare Bräute® Programm: Die Kolonie

Den Cyborgs ausgeliefert

Gespielin der Cyborgs

Verführung der Cyborgs

Ihr Cyborg-Biest

Cyborg-Fieber

Mein Cyborg, der Rebell

Cyborg-Daddy wider Wissen

Interstellare Bräute® Programm: Die Jungfrauen

Mit einem Alien verpartnert

Seine unschuldige Partnerin

Die Eroberung seiner Jungfrau

Seine unschuldige Braut

Zusätzliche Bücher

Die eroberte Braut (Bridgewater Ménage)

ALSO BY GRACE GOODWIN

Interstellar Brides® Program

Mastered by Her Mates

Assigned a Mate

Mated to the Warriors

Claimed by Her Mates

Taken by Her Mates

Mated to the Beast

Tamed by the Beast

Mated to the Vikens

Her Mate's Secret Baby

Mating Fever

Her Viken Mates

Fighting For Their Mate

Her Rogue Mates

Claimed By The Vikens

The Commanders' Mate

Matched and Mated

Hunted

Viken Command

The Rebel and the Rogue

Interstellar Brides® Program: The Colony

Surrender to the Cyborgs

Mated to the Cyborgs

Cyborg Seduction

Her Cyborg Beast

Cyborg Fever

Rogue Cyborg

Cyborg's Secret Baby

Interstellar Brides® Program: The Virgins

The Alien's Mate

Claiming His Virgin

His Virgin Mate

His Virgin Bride

Interstellar Brides® Program: Ascension Saga

Ascension Saga, book 1

Ascension Saga, book 2

Ascension Saga, book 3

Trinity: Ascension Saga - Volume 1

Ascension Saga, book 4

Ascension Saga, book 5

Ascension Saga, book 6

Faith: Ascension Saga - Volume 2

Ascension Saga, book 7

Ascension Saga, book 8

Ascension Saga, book 9

Destiny: Ascension Saga - Volume 3

Other Books

Their Conquered Bride

Wild Wolf Claiming: A Howl's Romance

HOLE DIR JETZT DEUTSCHE BÜCHER VON GRACE GOODWIN!

Du kannst sie bei folgenden Händlern kaufen:

Amazon.de
iBooks
Weltbild.de
Thalia.de
Bücher.de
eBook.de
Hugendubel.de
Mayersche.de
Buch.de
Bol.de

Osiander.de
Kobo
Google
Barnes & Noble

GRACE GOODWIN LINKS

Du kannst mit Grace Goodwin über ihre Website, ihrer Facebook-Seite, ihren Twitter-Account und ihr Goodreads-Profil mit den folgenden Links in Kontakt bleiben:

Web:
https://gracegoodwin.com

Facebook:
https://www.facebook.com/profile.php?id=100011365683986

Twitter:
https://twitter.com/luvgracegoodwin

ÜBER DIE AUTORIN

Hier kannst Du Dich auf meiner Liste für deutsche VIP-Leser anmelden: **https://goo.gl/6Btjpy**

Möchtest Du Mitglied meines nicht ganz so geheimen Sci-Fi-Squads werden? Du erhältst exklusive Leseproben, Buchcover und erste Einblicke in meine neuesten Werke. In unserer geschlossenen Facebook-Gruppe teilen wir Bilder und interessante News (auf Englisch). Hier kannst Du Dich anmelden: http://bit.ly/SciFiSquad

Alle Bücher von Grace können als eigenständige Romane gelesen werden. Die Liebesgeschichten kommen ganz ohne Fremdgehen aus, denn Grace schreibt über Alpha-Männer und nicht

Alpha-Arschlöcher. (Du verstehst sicher, was damit gemeint ist.) Aber Vorsicht! Ihre Helden sind heiße Typen und ihre Liebesszenen sind noch heißer. Du bist also gewarnt...

Über Grace:

Grace Goodwin ist eine internationale Bestsellerautorin von Science-Fiction und paranormalen Liebesromanen. Grace ist davon überzeugt, dass jede Frau, egal ob im Schlafzimmer oder anderswo wie eine Prinzessin behandelt werden sollte. Am liebsten schreibt sie Romane, in denen Männer ihre Partnerinnen zu verwöhnen wissen, sie umsorgen und beschützen. Grace hasst den Winter und liebt die Berge (ja, das ist problematisch) und sie wünscht sich, sie könnte ihre Geschichten einfach downloaden, anstatt sie zwanghaft niederzuschreiben. Grace lebt im Westen der USA und ist professionelle Autorin, eifrige Leserin und bekennender Koffein-Junkie.

https://gracegoodwin.com

www.ingramcontent.com/pod-product-compliance
Lightning Source LLC
LaVergne TN
LVHW011754060526
838200LV00053B/3595